U0934693

早上九点叫醒我

阿乙

译林出版社

牛奶洒掉了，

哭也没有用。

目　录

一

金艳正在度过她人生最难度过的时刻（每个人都有一些艰难的时刻需要度过。面对这恐惧、孤独、难熬，似乎只有自尽才能解脱的时刻，我们屡次祷告于伟大的时间，求它加速推进自己的齿轮，好将我们带离现在。有时候，就在这现在，我们设想自己身处未来，正神情轻松甚至是带有一丝取笑意味地回忆这早已远逝的今天：当时我还差点尿了裤裆差点一头撞死在墙上呢）。她不时望向深邃的蓝天，为它完全的镇定与置身事外而震惊。地上满是残酒那潲水般的臭味，这让人反胃的味道让她想起昨夜整个村庄在饮食方面的狂欢。

"他没死，"现在，只要是碰见个她认为是善良人的人，她就凑上前，为自己辩解，"就在不多久前，他人还好好的，倚在门边，叫我去弄杯水，他不可能死的。"而他们尽量地避开她。死者宏阳这会儿在小殓中。宏阳唯一的姐姐木香，嘴咬毛巾，双手端一盆水，喘着气，不时进出。在先考与先妣出殡时，木香呼天抢地，泪如珠掉，几次昏厥过去，如今弟弟暴卒，她一言不发。她将在余生独自面对死神猥琐的扰袭。她不寻求任何安慰，也无意安慰任何人，只有当别人凑来，她才施舍性地抚摸一下别人的手。从出聘几十年的月华赶回娘家艾湾，她只花了煮一顿饭的时间。宏阳的前妻（或曰原配）水枝，十年来一直独居于村外阮家堰，看守着自己的宅基地与稻田，一个人烧火做饭，过生活，只在偶尔的黑夜来到艾湾小超市。因为活着需要盐、火柴与肥皂。宏阳死时，她莫名心悸，像有只兔子在胸腔内狂跳，一会儿兔子没了，心里又空荡得慌。因为这一阵心悸，她闩上门，什么也不干，就是躺在床上顾影自怜地哭。直到木香过来，敲打窗户，庄重地唤她**老弟媳妇**，她才起了床。在木香忧郁的眼神里隐含着噩耗。死讯让水枝惊愕不已。随后，她甩开木香，朝她离开后重建的宏阳宅第赶去。因为对环境极不熟悉，在跨越门槛时她不慎绊倒，没扎紧的头巾飘落，暴露出一头老年人才有的铁灰色头发，令人啧啧生叹（后来她对着这石做的门槛叮叮当当连斫三刀，原因是她意识到大家放跑了那个叫金艳的瘪比别人香的小姐）。在沉默的尸体面前，她高声哭喊，显然是在宣示暌违已久的主权。喊够了，并且适应了寡妇——而不再是那个由法律判定的与丈夫离异的自由人——这一身份时，她推上门，和大姑子木香一起擦洗亡人的身体，从头发、嘴角一直擦到阴囊、包皮、屁眼与脚趾缝儿，擦得专业、认真而粗暴，像在擦洗一扇门板。她试图给他穿上寿衣，发现他总有电线杆那么粗的手臂已完全失去力量，就那样随便耷拉着，任人摆布。脑袋呢，跟随着地球引力栽来栽去。"有种你就坐起来，”她低声喊着，“你逞能逞几十年现在倒是给我坐起来呀。”

“他只是睡过去不可能死的。”籍贯湖北的金艳此时还在宣扬这一鬼都不信的结论。昨晚，宏阳是趴在她背上回家的。为了应付这一庞然大物，她使出吃奶的力气，两腿不停打软。“快压死我了你这死猪快压死我了，你怎么不喝死自己呢。”她不停咒骂着。而就在今晨，她慌乱地跑出家门，对着自己碰见的第一个人说：“你去看看呢，看看他到底是怎么了。”随后人们排着队围拢到尸体旁。金艳摇晃着躺在沙发床上的宏阳，像电视剧里的女人那样撕心裂肺地喊：“老公你不会死，你不会死，我老公不会死的。”而他早就不声不响。有人严刻地看了她一眼，因此她再也不敢叫宏阳为老公。她相信稍后会有场审判专门针对自己——

他们会问：

你都给他喂了什么；

好好的怎么会死，你说清楚；

你是不是下毒了。

至少也是：

你这虚荣心重的女人就知道玩就知道打扮，你怎么连一个人都照顾不了哇；

你有给他盖过一床毯子吗；

请问。

“你们找医生再看看他呀。”她说。他们非常烦躁（“都这时候了还娇滴滴地用假声。”有人说），将她硬生生地推向一边。“宏阳只是醉坏了。”她强调道。宏阳的堂弟之一宏彬吼道：“你先给我出去。”她奉命出来时，感到一阵轻松，甚至还为此破涕为笑，但紧接着恐惧便重新攫紧她。她怀疑将她驱逐出来并且剥夺她遗属的身份，是要将她定性为元凶。

她一直不知道自己有无权利走出村庄。村东有条可穿行一台轿车的水泥道，道路的尽头连接着相对宽阔的九范公路，这四里长水泥道所经过的地方叫作后背垄，一百年来荒无人烟，而即使是九范公路边上也没几座像样的村落（不像从村西出发沿途都是艾湾的亲戚）。此时鸟声啁啾，日气渐浓，山溪薄薄一层自水泥道经过的桥梁之下穿过，水下是绿草缠绕的鹅卵石。她悄悄游荡到这里。中风过的老人家宏术用左手摇晃死去的右手，左腿拖动残疾的右腿，像被拆散后随便用铰链钉起来的家具，从对面一高一低，一左一右地走来。擦肩而过时，她低声问候，他并未回应。她因此愈加慌乱。她朝前走了几步，忽然像昨晚上一样腿脚打软。就是在双膝那儿晃啊晃，不停地晃，再也挪不动步子。好不容易又能挪动了，溪边传来脚步声。她回头，看见一名提着一桶衣服的洗衣妇正朝她望过来，端详着她，似乎在研究和判断她的举动。洗衣的女人久久没有蹲下去。就一直提着红色的塑料桶那么站着。金艳只好往回走，心下屈辱极了。她安慰自己：即使能走，现在走也不合适，毕竟人家尸骨未寒。

事情最终由施仁，那宏阳的堂侄之一，结算了。“他明明死了。”在过去的岁月里一直对着她讪笑的施仁，现在狠狠抽了她一耳光，说。她的嘴角涌出带有盐的味道的鲜血，人却莫名其妙地笑起来。因此她又挨了一脚，扑倒在地。她闻到地面硬邦邦的气息，像是有扇门在撞击她的脸。“要不是看你也是阳爷的屋里人，我早打死你了。”施仁拍着手说。她如释重负，跟着默念要不是／看你／也是／屋里（自己）人竟然充满感激。应该说，是她硬讨到这一顿打的。只有这样被打一顿，她才能感受到一种由惩罚带来的宽宏大量，才能感觉到自己被原谅了，才能平掉心底的账，从此谁也不欠谁。

“成什么体统，死的怎么说也是你男人，你不是他女人，他也是你男人，现在，请你滚，有多远滚多远。”他宣判道。她就哭哭啼啼地滚了。

“高露洁，”施仁对着她的背影高声说，“没有高露洁就不起床。阳爷找人到我们超市一盒盒买，黑人不行草珊瑚不行两面针不行就是佳洁士也不行，非要高露洁（“全国牙防组推荐的”），没有就绝食。直到施恩骑车去范镇买回来才不闹。你多高级啊高露洁。”

二

人啊，就是这样一个东西，在就要离开范镇时，许佑生反复琢磨这句话。此前他都在想：非要做点什么，至少应该大声告诉别人，可是死了一个人啊。小镇没有任何骚动，人们听说死讯就像早已知道，他们没有停手头正在干的活儿，一台大卡车停下发出哧的一声闷响，早上没卖完的油条躺在油汪汪的塑料筐内，苍蝇以蚊式机的姿态不停向它俯冲过来，地球照转，一个骑在他们头上拉屎拉尿十几年的人物死掉，就像是万里之外倚在墙边的竹竿悄然滑倒，或者深海的贝壳位移一厘米，他们既不喜悦也不悲伤。这样一个东西，这话是祝老师说的。祝老师舔着指头翻一本有辞书那么厚的蓝皮面账簿。账簿里头记录着货物批进售出的数量、价格及一些人的赊账，待会儿他将补上一笔而许佑生将签字。“我宏彬舅舅会过来还的。”许佑生说。翻到誊录挽联的那几页，仿佛觉得它预示着坏运气，祝老师伸直手臂举起账簿，同时尽量让头后仰着。“没一条合适的。”他说。不过还是在裁好的绿纸上一笔一画地写：

纵有前人尝滋味
谅无后人继春秋

“这是汪精卫写给自己的挽联，千万不要说给他们听。”他交代许佑生。在将许佑生送出南纸店——它开在卫生院外，招牌的字（“寿衣花圈”）大如饮水机桶子，时常让走动的病友黯然神伤——后，他拍打许佑生的肩膀，继续说：“人啊，就是这样一个东西。”许佑生想自己一上午愤愤不平，其实是因为自己有天也会死。他不喜欢人死后只得到这样寡淡的待遇。

飞驰的电瓶车带来豪迈，小树三四米三四米地后退，水泥路不停狂奔至眼前，风灌进衬衣使之鼓胀如帆兜。许佑生对着路中间荷锄的农民大喊大叫，带着一股为死人办事的傲慢劲儿（闪开！闪开！），就像背负着一道盖有各种加急戳记的急旨。激情终止于铁岭埂的山脚。山路又急又陡，自新中国成立后一共有二十七台车栽进半山腰的水塘，其中一次的三轮车载有乘客十六名，现在电瓶车以其马力只能冲上去六七米，而上山的路有三里半长。许佑生停下抽烟。车架上的不祥之物招惹来老屋曾家的几个小孩。没有斜眼的那一个，他分辨着。他们咧着嘴好奇地看那些东西又讨好地看着他，试图通过他表情的变化确证出什么。“滚蛋吧你。”他喊道。他们一哄而散。他想：这些都是好孩子，而像宏阳那样的很小便恶狠狠地盯着你看，充满弄死你的决心。宏阳那样的人四五十年一出。

周海花坐在门口的塑料凳上搓洗衣服，墙角连接自来水的洗衣机正瓮声瓮气地工作。之所以还要手洗是觉得机洗不干净，尽量劳动是她们存在的价值。一种自我认可的途径。她的丈夫因为度暑假的缘故，已从执教的几十里外的瀼溪民办中学返回，正坐在小椅子上，跷着二郎腿，看她。这是鹤立鸡群、出类拔萃的一幢房屋，有着华贵的琉璃瓦、瓷砖、铝合金窗和卷帘门。它由宏阳出资建造，当然宏阳不会明说，周海花也不会，就是他，这法律文书和事实上的丈夫也不会（开始接受这样的事总是很难，但逐渐地他意识到自己其实无从反击或者准确地说是无从反驳。她毕竟是在给家里带来好处，而不是相反，不是吗？他这样自我安慰。虽然这样的安慰往往还会使他自己更加痛苦）。此时这做丈夫的看着妻子太阳穴边黏湿的头发，以及从额头、脖子、乳沟等处新冒出的汗珠，想法或许和许佑生一样：正是这轻微受摧残的娇弱景象——不就是出点汗吗——让宏阳的心软绵绵，空荡荡，没有归属。当宏阳搂紧她的胯部，让她哭爹喊娘地上下晃动时，她的额头将再度冒汗，而头发也将再度黏湿。这不是一般的狐狸精。她不需要涂脂抹粉，不需要搔首弄姿，同时也不需要粘在男人身上，她只需坐在路边，白得放光同时丰腴的身躯便让人浮想联翩。她坐在小凳上的屁股巨大而结实，裤料被撑得紧绷，呈现出饱满的弧线。她让人的性欲止不住就膨胀啊。有时，宏阳从艾湾出发路过这里会和她睡一觉，有时从范镇归来也会。在几十年前这个地方还是九源人出行的噩梦，它卡在咽喉要隘，对九源人盘剥、索要无度，而后来它仅只是给宏阳提供茶水的驿站，或者说是一所行宫。现在，周海花的丈夫沉默地看着周海花，看着她一上一下地揉搓衣服，使它们发出咕咕的声响。他的眼睛在说：

你的亲爹你的野老公死啦。

死啦。

啦。啦。啦。

他死啦。

事情一定会以原谅结束。他终归是老实人，是个顶老实的老实人。他长着兜齿，下牙齿比上牙齿突出一两厘米，这使他做什么事都显得戏谑，无法保持愤怒的力度与长度。而她有着楚楚可怜的斜眼。除此之外，她还会哭。

许佑生爬上第一个坡时停下来抽烟，他看见那丈夫还在认真地盯着她，而她仍然在一上一下地揉搓，就像要誓死躲进这“咕、咕、咕、咕”的声音之盾里。许佑生将在艰难爬到山顶后又停下来，面前是一段疾驰而下的路，路底的缓冲带叫作赵坳。这个懒货将在赵坳再度停下抽一根烟。坳的东边是挖开的山面，这么多年还没长出植被，本就是层累而成的石块业已崩解，一捏就碎。西边连接一条小水泥道。它就是后背垄，尽头是艾湾，他此行的目的地。大雨过后，阳光充沛，万物清晰，树枝光秃处油脂闪亮，乌鸦砉的一声朝艾湾飞去，而金艳自艾湾那边来。三年前她来到范镇，带她来的人告诉她这里是外景地，他认识导演。当时的她看上去和演员无异：留着烫过的长发，穿红色连衣裙，手挽粪色的LV包，手指头则夹着一根细长的外烟，每当吸一口胸部便鼓起来，随后一道青烟自猩红的唇中摇曳喷出。她倚在车门边晃荡着挂在大脚趾上的高跟凉鞋。带她来的人带来一个长鼻毛的叫何老板的男人，后者因为不知是要先看她的脸还是胸脯而慌乱起来，就像驴在两捆草间焦躁不安。阳具顶起何老板的裤子，有一枚裤扣没扣上。何老板用汗津津的手捉住她冰凉的小手。她跟随着他袅袅婷婷地走起来。他们走进范镇宾馆去谈事情。在房间里何老板脱得只剩内裤，说事情就是戳瘪。“你懂吗，用你们的话说就是打炮。”何老板说。她仰视着天花板，想象着云上五千尺，荷里活的大门在那里呀的一声关上了。何老板松弛的肚皮上还有些煤渣。她几乎出了点眼泪，然后像一个接到短信说中奖并真的去询问的人一样低头自嘲：这世上哪里有免费的午餐呀。她本来就是干卖淫这一行的。一分钟后，在她的三摇两晃之下，何老板射精收工。现在，在许佑生眼皮底下，她迈着难看的外八字步，从连接艾湾与赵坳的水泥道走过来。许佑生想象宏阳压在她的身体上时，她的下肢被迫大大地张开。她的头发粘满灰尘，嘴角之血早已凝结，一边眼眶留着瘀青。你们这些婊子养的等着，她念念有词。好似不是她在走而是仇恨的鸟在抓着她走。她的情绪多变而无法安抚。惩罚是她自找的，没有惩罚她会“愧疚一辈子”，可是惩罚一旦降临（或者说落实了）她又觉得委屈，一想起啃了一嘴土她就气得发抖。许佑生是她出村后碰见的首个熟人。她的眼泪，有如晃动后被猛然揭开瓶盖的可乐，瞬间大量释出。她扑向他肩膀使得他无所适从。

“人死不能复生，节哀顺变。”许佑生说。

“你别说话。”她说。

刚才她望见他时，他弓着背斜坐在电瓶车上，一条腿蜷曲，另一条腿伸直，呆呆地看着她走来。他嘴内含着半支烟，积久的烟灰正微微颤抖朝下弯曲。这个人也是爱我的，她心想，一直以逃避的方式爱着我。

在她大骂艾湾的人时，他尝试拥抱她，发现她丝毫也没有抗拒，因此他抱得更紧。后来，在她的带引下，他推着电瓶车，沿着沙石小路来到坳下隐蔽的小河滩。光线像是被涂上了蜜饯。他走在滚烫的石子上，感觉不可思议。

“他们凭什么打我？”她继续说。

“谁打的你？”他吞咽着口水。

“艾施仁，还有艾宏彬。”

“好，我记得，是艾施仁和艾宏彬，他们也会去镇上的。”

“你要替我打他们。”

“我记得他们打过你，艾施仁还有艾宏彬。”

“你一定得打。”

“嗯。”

“打死他们。”

“嗯，打死他们。”

“你发誓。”

“我发誓。”

她咻咻地笑起来。然后猛吻他脸颊，问："你是不是爱我？"他点头。"坏孩子，坏坏的孩子。"她边说边倒进他怀抱。他抚摸她酥软的胸部。她闭上眼。他则不时张望上边，一大片芭茅秆挡着上边的九范公路。后来她坐在电瓶车座椅上，他扒她的内裤时，她配合着他，嘴上却说"你别这样"。她双手倒扶着车把，高难度地张开禁地时还在说"你别这样"。许佑生走过去，感到真正的考验是性交本身，是一个见多识广的女人对一个新男人的残酷评价。他内心在退缩而身体不得不向前，眼看隘口在即他悲哀极了。"这样很难。"后来他拍拍她白晃晃的腿，转身走向河对岸。那里长着五六株青翠欲滴的滴水观音，叶子阔大如蒲扇。他一共摘下六片并捧凉水浇湿，然后将它们摆成如下形状：

● ●
● ●
● ●

"算你懂事。"金艳按照如下的姿势爬上去。

左肘	右肘
左膝	右膝
左足	右足

她高耸金臀，等候着许佑生。为着拖延时间，许佑生两指

并拢插她阴门，其实她早已出水因为水太多他不得不在插过一阵后甩甩手就像医生稳重地甩动温度计。别这样你别这样，她哼唧着。他终于将因为过于笔直而战栗的阳具对准推进去，在那一瞬间他咬紧牙关（根据一本医学杂志的说法，只要阴茎在阴道内抽动超过十五次，就不能判定为早泄），然后才被一种神圣感裹挟。他进入的是朝思暮想的身体，一个女人的身体，圣母马利亚与观世音菩萨的身体，名人遗孀的身体，宏阳用过她很多大人物用过她而现在她和他合二为一。她有时尽情地叫唤有时超然事外，说："我也不是省油的灯，我又没少从他那儿赚。"说到底，她只是姘头，或是供长期使用的妓女。两年半前，宏阳意识到她的存在，走进阴暗的歌厅，对来自远方的鸡头同时也是她的男朋友说："我要给她自由。"那人掏出刀子说干哈呢，被宏阳夺过来插在桌上。"我要给她自由。"宏阳一边要捏碎人家的肱骨，一边强调。那人扭曲着脸，哥呀哥呀地哀告，无非是为她投资多少，付出多少，出了多少血，而回报看起来遥遥无期。"她长大是你养的吗？长成这样是你花钱整的吗？吃住一共用你几个钱？你凭什么收钱？你是她爹吗？你这家伙。"宏阳一天也不会说这么多话，自觉失了身份，因此扯出皮带一直追着对方打，直到将对方的衬衣抽破。"滚。"宏阳说。鸡头于是滚出范镇。跟着出去避风的还有几个老嫖客，他们害怕金艳说出他们在房事方面的猥琐行径，她总是管不住嘴。"我给你自由。"宏阳说。她点头。跟随他来到合作社往后又来到艾湾。现在，有一个长着嘴巴的时钟在许佑生脑里数着，从第一秒数到第六十秒，从第一分钟数到第五分钟，只有到五分钟才能说是完全摆脱早泄的嫌疑。“很久没做了，否则——”他说。她接口道：“别，就这样，我就喜欢你这样不急不慢的，人生在乎的不是目的地，而是沿路看风景以及看风景的心情。”这抒情的语言极大鼓舞了许佑生，后来他就放手地干起来。事毕还勾起她下巴问爽了吗。“你们怎么都问这个问题？”她说。这使他感到沮丧。

许佑生深情款款地说要是从今往后能厮守就好，话刚出口他就想到，范镇的人要是知道不知作如何看。因此往下的话便空洞虚假，甚至想及早摆脱对方。当她说她想先回趟老家时，他如释重负，同时又充满遗憾。

“你还回来吗？”他说。

“难说。”

“你要回来找我。”

“回来的话当然找你，你也可以去找我的。”

“我真舍不得你，”他看看手机上的时间，“你可以坐中巴车，两小时一班。我来时没有碰见，应该快到了。你不要老是走，那样会走很久的。”

“你送我上车。”

“我想送，但暂时还不行。”

“有什么不行的？你送送我嘛。”

“现在还不方便。”

他反复抱她，后来推着电瓶车走上水泥小道，她捏他的脸颊说："我跟你开玩笑的。"她一个人朝前走，快走上赵坳时又转身回来抱他，说："我怎么这么喜欢你呢。"

"我也是。"

许佑生目送她走上九范公路待在那儿。她对着他眨眼睛，他也望着她，有阵子他觉得看见的只是热气里一晃一晃的影子。不一会儿自张家坝出发的小客车驶到。发动机滚烫冒烟。司机跑去坳下小河提水（那里有外星人留下的启示：六片排列规则的叶子），金艳摇起猫步袅袅婷婷地走向车辆。车身到处留着焊接的痕迹，就像人皮隆起的伤疤。车缝粗大塞满泥条。侧窗要么空着，要么到处是裂开的白纹，就是这样她还是对着它照脸蛋儿，后来还走远扭头看那灰暗的玻璃里自己模糊的身材。直到司机回来她才走上车。她专注地找了一会儿座位，抽出纸巾擦它，以显示出自己与这些农民的不同。她透过车窗看着许佑生同时微摆小手，他机械地挥动手臂。小客车在马路上留下一堆青烟。看起来爬上山很难，但其实它一会儿就不见了。许佑生掉转车头向艾湾骑去，他感到光明里起了霉斑，他将在逐渐加重的暮色里走向世界的尽头：联合国、亚洲、中国、江西省、九江市、瑞昌（县级）市、范镇、原九源乡或九源管理区、下源村、艾湾。而她金艳恰从此脱身。他对她的想念一阵强过一阵，最终发展成了爱。

三

到得艾湾村口，许佑生下来推电瓶车。文官下轿，武官下马，他认为这是对死者必要的尊重。一路上有不少水坑，因此眼前的水泥桥留下各式轮胎碾轧的痕印。可以判断这些车辆是一路驰入村庄的，车主可能还大揿喇叭。而就在昨天，他们还谨小慎微，生怕弄出一点声响。宏阳对声音是如此敏感，在镇上曾经为隔壁商户不懂得将卷帘门关轻点而抡大锤子去敲，直到铝合金门片完全被敲瘪。“细细算下来，宏阳只服软过一次。”许佑生嫡亲的舅舅宏梁对许佑生说。宏梁脸上挂着长辈的傲慢，虽然他的年龄只有二十六岁。宏梁唯一的兄弟、四十三岁的宏杏失踪已经八年。宏梁是老当益壮的产物，每当有同龄人拍他肩膀，他总是掸开，这使他的童年过得极为孤独无趣，同时也使现在的他在讲述比自己大十八岁的宏阳时神情坦然，好像是在讲述自己的双胞胎兄弟。他的母亲，也就是许佑生的外婆，命令他将浸泡在粉红色大塑料盆内的一堆餐具洗净，它们保留着昨夜饕餮盛宴的痕迹，明天将再次沾满油污。吃了饭去屙屎，屙了屎又去吃饭，吃去死哦，他嘟囔着。老妇人并不理会，偶尔走过来只为关掉多余亮着的灯。他要延迟到晚上，延迟到不得不洗的时候再洗。

“是第一次也是最后一次，”宏梁说，“他们将他双臂推得极高，使他几乎小跑起来。他歪着脑袋因为不舒服而叫唤。就像小偷那样，撒娇性地叫唤。两名警察骨瘦如柴而他虎背熊腰。他们押着他走向后背垄，那时水泥道还没修，因此吉普车停在赵坳。我们感到痛苦，不是因为一个自己人被带走，而是因为这样一个人没出息，我们经年累月忍气吞声供养出来的原来只是一条贪生怕死的狗。是个软蛋。佑生，不是说人时时都要刚强，所谓刚极易折，强极必辱，人最好还能有点智慧，可以卧薪尝胆、忍受一时的胯下之辱，但人在经受这些时不能像哈巴狗一样摇尾乞怜，不能哎呀哎呀地叫唤，不能一点骨气也没有，你说是吧。他胳膊都不挥一下，就是甘心情愿，乖乖地让对方押走。在拐弯处，他喊有野猪，趁机挣脱，从小径蹿上山。他以为，正是一路上苦心麻痹对方，正是利用对方的一时疏忽，他才赢得这千载难逢的逃跑时机。一名警察喊不准动再动开枪啦，他便腿脚哆嗦地站住。直到缓缓转过身来，看见所谓的枪支只是一根食指，一根伸出来的像模像样的食指，他才继续跑掉。他返回村庄时得意扬扬，急于向人分享这快乐，然后匆匆收拾干粮到后山躲避。那你就去躲吧，跟狗一样去躲吧，我们连看都不看一眼。派出所的人卷土重来，包括两名警察，两名联防队员，一名司机。其中一名联防队员手执一只四节电池手电筒，正是他在水枝反抗时用电筒敲向她的锁骨，将事情闹大了。他们卷土重来也是没办法，因为空手而归所长会问：‘我让你们带回来的人呢？’辖区的群众也会说：‘哈哈，瞧，派出所出丑了。’他们就觉得不单是自己丢人了，整个公安队伍乃至整个国家也跟着丢人了。他们的警徽上可是绣着五角星、麦穗与长城呐。他们应该尽快恢复权力那神圣不可侵犯的特性，而绝不能暴露出软弱来。他们在没有找到宏阳后，气急败坏地将水枝抓走，用意是让宏阳去自首，交换回自己的妻子。这是旧社会，是古代才有的做法啊，换作任何别的时候他们都不会这么做，可在当时，他们被热胀的愤怒蒙蔽了自己的双眼，就把这件后来被他们上级通报批评、严肃处理的事给干出来了。当时，他们以为抓走水枝这名人质，抓这样一名妇女，就像抓只鸡一样简单，不会费什么力气。何曾知道，带走她比带走一亩地还难。水枝先是倒地，增加拖动的摩擦力，接着对着他们的小腿又掐又咬，最后还用手抓，或者是用脚钩住那些生了根的大宗物件，使他们寸步难行。女人就是这么麻烦。为使事情进展顺利，一名联防队员举起手电筒敲打她的锁骨。这下完了。她口吐白沫，开始胡言乱语，呼吸一瞬间也变得急促，就像那是人生最后的几口气呢。这会儿他们一定知道，这不是什么有价值的东西，这就是个麻烦，他们倒霉死了，可是又不能就此中止啊，一中止就会成为永恒的笑柄。他们将她慢慢拖向晒谷场：那躲在后山的缩头乌龟（宏阳）绝对可以鸟瞰到的地方。如果宏阳在外，我们就会阻拦得有力点，可现在他就蹲在山上一米高的灌木丛里，他自己就在呢——”（这会儿她可能离开范镇了，许佑生将手机塞回裤兜。刚才在洗过一只碗后，他在水桶里洗手，并在裤子上将手蹭干，然后掏出手机来看。没有未接来电，也没有短信。在《读者》或者是《意林》这本杂志里，曾有一句格言这样写：被女人遗弃的地方一无是处，不能称作繁华。）“——她的腿在尘土里拖出两道凹槽。有阵子她在哀号，有阵子则为着表演的诚信而故意将身躯挺得僵直，过一会儿在‘苏醒’时，她会暗示这‘苏醒’只不过是通往死亡道路上的一段回光返照的小插曲。她双目呆滞，气若游丝，哼叫着，我、要、死、啦，我、就、要、死、啦。她用尽办法。而只要一进入荒无人烟的后背垄，他们就会毫无顾忌，将她当成一副担架抬起来就跑。说起来她只有七八十斤重，能坚持到现在委实不易。她又干又瘦，没能给宏阳生下孩子，也没有任何姿色，但只要她还是她——哪怕只剩一截活着的手指、一句还飘浮在空中的呻吟；哪怕这些都不存在，她只剩一个名字；哪怕连名字也不存在，她只剩一个称呼——那么她就仍可以成为抽向宏阳的那根鞭子，就仍可以迫使他去思考一个重要的问题：**你妈的瘪你还是个男人吗？**这时，我们听见村后传来哗哗的擦响，那是宏阳从枝叶遮蔽的小路跑下来。上牙齿磕下牙齿的，就像不是他在跑，而是坚硬的路面在将他往空中蹬。他的脑壳都要蹬破了。他来到公家人面前，以比他们更像公家人的口吻说：‘放开她。’而他们阴阳怪气地回答：‘我以为你不来了呢。’但明显底气不足。让宏阳出现是他们此行的目的所在，可真的出现他们又觉得不是那么回事。宏阳的情绪极度激动。词汇从他嘴内一窝蜂地而不是按照时间顺序线性地跑出来，它们互相绊来绊去。最终他是喘上好几口气，好生整理整理，才将它们说顺溜的：‘你可以、一千次、一万次（地）、打我、骂我，但不能、碰我的、女人、一下，懂吗。’因为自认为有理可恃，他揪住那仍揪着水枝衣领的联防队员的衣领不停质问：‘说，为什么打她。’到这时他们才知自己没有准备好说辞，说起来这也太难准备了。在搪塞好一阵子后，他们只能说：‘是打了，打了又怎么样。’——”（一只碗在空中划出一道弧线后，掉进水桶，发出沉闷的声响，宏梁用粘着泡沫的手作势抽打许佑生的脸，被拍湿一点的许佑生连连往后坐。）“——‘怎么样？你跟我说怎么样？’宏阳掌掴起那联防队员来。掴完右脸掴左脸，掴完左脸掴右脸，来来回回噼里啪啦一共掴了十八遍，仿佛是为着彻底掴走自己的软弱和卑贱。他们捉住宏阳。而我们一村老少也在这时提着家伙赶来。那些活得太久已然活得腻烦的老头儿，不停拿扫帚与拐棍扫他们的腿。他们终于知道老人、小孩和妇女绝不能碰的道理，开始低头在人墙中突围。我们既没有让过，也没有不让过，我们就是站住不动，我们站成一堵并不犯法的人墙。他们是从觅到的缝隙中鱼贯而出的。那身材瘦削，长着一副柳肩，同时脑袋挺大的内勤还说：‘对不起，请让一让。’他是这伙人里最斯文的一位，大概这也是他第一次出警。他皮肤白皙，心思不在乡下。事情就此了结，非常怪异。他们应抓走宏阳没抓走，宏阳应抓走没抓走但女人被打得要死。

我们待在散场的寂寞里，不知那喧哗与骚动此时遁向何处，它为什么消失得如此之快，以至在他们相互对视一眼跑起来后我们还觉得错愕。他们像上演哑剧那样将全部的认真与努力用在腿脚上，跑得尘土飞扬，只有内勤仍然在走。逃跑的风刮过，使他猛然伸动脖子，无疑他也受到诱惑，却只是因此走得更快。他之所以选择走而不是跑，可能是因为他比他的同事更在乎自身的体面。是那蓄着一副斯大林胡子的联防队员害苦他，在跑到安全距离后，该队员挥舞菜刀大喊：'艾湾人别猖狂，你们的罪证在这里。'我们起了喧嚷，特别是那意识到自己丢了菜刀的人（刚才他还举着它用刀背作势剁着），以为凭菜刀便能定罪，说不好还会枪毙，因此焦急地追上去。十几个人跟着追上去。派出所的人四散而逃，有一位还跑到山上，只有内勤仍在行走，他走得太快，以至要绊倒自己。我们向前冲时，他看起来就像是我们中的一分子。我们终究没追上他们，心里充满遗憾与恐惧。说起来我们也不是要追他们，而只是想追下那件证据。正因为如此，我们在回程看见内勤时仍感懊丧。他面红耳赤尽量低调地朝前走，眼看就要走出去了，直到一个人发出嘿嘿的笑声，我们才醒悟过来：这不是还有个人质吗。我们抬起他，一路喊着，弄他，弄他，回了村。后来听说他辞去警职，去了郑州、上海、广州和北京云游，不知是不是因为此事。据说他现在得了癌症。有一段时间，他在药材公司的爹，常骑着自行车，将他在外边混得还不错的消息羞赧地传递给每一个认识的人——"（许佑生抬头望望楼板，它黄得发亮。楼板上悬挂着吊灯、腊肉与无数根尘条。腊肉像是碎尸后腌制起来的大胯。许佑生又看向舅舅：那个得了肾癌的人虽然是暂住，但是暂住在北京，而我们永久地生活在最底层、最偏远的乡下。）“——眼泪从他的眼角不停地溢出来。梅呀，梅呀，他用蚊子般的声音呼喊着。这应该是他的女神。我们将他掼到地上。宏阳提着他的衣领问：‘为什么抓我的女人？为什么打她？她到底犯了什么王法？’此时吼叫其实已无意义，干瘪的吼声是为着吼本身而吼吧。这内勤签下保证书：一、承认我们艾湾人从未拿菜刀或其他刃器伤害警方；二、承认水枝是被毫无缘故地抓起来并加以伤害；三、保证支付水枝及其他受伤村民的医疗费。他摁指印时，我们就像一群秃鹫围拢在他上头。他主动掏出所有钱，然后一声不吭地坐着。有人提议让他作为轿夫之一，将水枝抬到卫生院，并真的要用篾条将两根直木绑在竹床上。这时又有人说：‘苕瘪，你是要自投罗网吗？’我们不知道下一步棋该如何走，便将他放了。在赵坳他将看见三个派出所十二位同事，他们准备了两支手枪，试图杀回艾湾。最终驰来一台摩托喊停了他们。是局长来电了。局长接到了市长的电话，市长则接到张功偍的电话。张功偍在省计委上班，其舅妈是艾湾的女儿。是张功偍叫停了此事。双方各有损失，但还算是扯平。只有水枝仍在哼唧，她哼得太逼真以至让人相信她是真的病危了，她是好女人，她要用哼唧的方式为宏阳和全村人积累证据，如果他们秋后算账，她就会说我差点死啦你们知道吗我躺床上七天可是差一点死啦。”

吊灯形似铁锚悬吊着。灯座经锻打、折弯、焊接、喷漆，颇具欧洲庄园风格。玻璃灯罩内起先用的是咖啡馆的灯泡，光线暖而黄，像六盆不熄的小火。在大把的岁月里，宏梁对着这灯，举起琥珀色高脚杯，饮一口白兰地，而音箱里反复播放一首 Fleetwood Mac 乐队的歌。女声低沉沙哑，在演唱的途中失踪了，取而代之的是一段让人产生失重感的伴奏，就像有人将毕生家产从瀑布口推下来。

“伊莲：

我愿意就这样为你报废、牺牲。”

他反复听着这首歌，在灯光下写始终不发出去的情书。直到仿佛有了感应，她换乘多辆客车从修水县城赶来。三年师范生涯他们保持神圣的暧昧，每日黄昏，他守候在第三块篮球场边，只为着看她从小道走来去打开水又从原路返回。他们总是彼此看上一眼（如果没有意思她就不会看，而如果有意思，那她似乎人尽可夫，因为她是这么一路看过去的，他的时间蹉跎在这样的苦恼中）。出现在艾湾的她穿着无袖长毛衣、牛仔短裙和黑色打底裤。她美好的身体特别是黑纱下呼之欲出又止于当止之处的腿，反映着上帝造物的理想与决心。是新货，处女，她还没来得及败坏自己，他偷瞅着她。很多天后，这长腿——特别是当她除下那让她走得辛苦的白色平底凉鞋，绷直有如芭蕾舞演员的脚面时——仍然像是森林里极为机警的牝鹿，冷不丁就踩向他的心脏，让他不得不蹲下身子以缓解那得而复失有如万箭攒心的痛苦。他真想团住双手将丝袜一层层推上她光溜溜的长腿。在艾湾的她，一直在用轻柔的气息和他说话，他的一切感官落满绒毛。那是女神伊莲唯一的造访。后来有一日，宏梁的妈妈焦躁不安，反复念叨看不下去我实在看不下去，直到将吊灯的六盏灯全换成节能灯泡，她老人家才安下心来。她将观音大士像再度贴上墙，搬来打坐垫子，坐在并不开灯然而在潜意识里总觉得比其他地方要亮的灯下剥薯藤梗。这是穷人的时令菜，据说富人用来喂猪，总有一天富人们在吃多油荤后会称赞它清脆爽口，但只称赞一天。她喜欢叫宏梁洗这洗那。因为自从生下他后，她就忌惮水。现在，宏梁和外甥就坐在这里洗碗。蛾子像是一层铁屑被光的磁石吸住。如果宏杏不曾失踪，宏梁就还有机会出门，毕竟世界那么大，是那么充满诱惑，但宏杏自从某天与家中失去联系便活不见人死不见尸。艾湾的人曾去高泉煤矿兴师问罪，何老板找人证明宏杏和一伙人走了，在宏杏住过的宿舍只找到生锈穿孔的搪瓷杯和空烟盒。他们在矿下也没搜到踪迹。“是嫌我们工钱低，去湖北发财了。”何老板说。他们因此去湖北阳新找，也未找出个所以然。一天后（即宏梁一边洗碗一边向许佑生讲述宏阳的事的次日），宏梁的妈妈将看到而且只有她一个人看到宏杏。当时天空布满黑云，出殡队伍跑向廊檐下。在闪电的帮助下，她看清在山丘、河流、田野、道路之上，飘浮着几十具黑沉沉的尸体。他们是过去二十年里艾湾的死者。他们栽着头，垂着臂，肩部高耸着，就像被什么挂着。他们表情麻木，穿得破破烂烂。看得出，有人曾旷日持久地鞭打他们。现在他们要被赶到另一个矿场，继续接受鞭打。宏杏还穿着那捡来的财政所蓝色制服。一捧捧或者说是一铲铲的煤渣自虚空浇来，从他的头顶、肩膀、鞋尖滑落。他不看自己的老母，也不看这个村庄，只是张开嘴唇，任黑色的粉尘、颗粒，不停地从嘴洞里飘出来。儿啊儿啊儿啊儿啊儿啊，悲伤的老女人连滚带爬跑过去，我的儿啊。可只是跑到一半，大雨便瓢泼而下。随即天下光明，山清水秀，枝叶弯腰滴下最后的雨珠，几十名死者顷刻无影无踪。老女人全身湿透，站在田野中央哭啼："我一定是看见了的，一定是，他就死在外头煤井里。"而在这件事发生两个月后，宏梁被公安局带走。整个艾湾没有一个人迈出一条腿，他们顶多只是转过身，看着警方像踩一件稍显大的货物那样，将宏梁踩进车内。宏梁的妈妈给警察们打烟，要他们好好教育他。宏梁被带到以前朝思暮想的县城（在那里，他曾守候在教育局局长的宅第外三夜，最终未能将烟酒送出去，他便自己消费了它们。他也曾在整个县唯一的斯诺克球台前打出本地有史以来第一记单杆过百）。县城人民用好奇的眼光迎接被戴着头罩的他。受害人家属于当天又聚集在市府门口，拉出横幅，提醒政府和人民，政法部门可能会轻判这教师队伍中的害群之马。作为人类灵魂的工程师，宏梁被指控猥亵多名女童，更可恶的是还将尖锐湿疣传染给她们。许佑生最终获准去监狱探望时，宏梁已生出一头斑白的头发。整整三十分钟内他一言不发。许佑生想，等舅舅从监狱内出来时，人生差不多也就结束了。许佑生也没什么要讲的。他们磨到时间结束。狱警过来时，宏梁抬头看了他的外甥一眼。那真是悲哀的一眼啊。

现在，这葬礼前夜，穿着磨旧的水红色衬衣（那是过去他读师范的校服）的宏梁，甩干手，将手机擎到耳边，走来走去。喂喂喂，直到走到门口，他才听清对方的声音。接着他说：当然不是阳光的阳，那个阳是他自己改过来的，按族谱是杨柳的杨，杨柳春风。"多少事，"他转过来对许佑生说，"看过风水，十几天没好日子就明天，墓碑还在赶着刻呢，什么事都找我。"他们重新坐下来洗碗。宏梁施舍性地递来一根三毛五的烟，而许佑生带的是二十三元一包的极品金圣。许佑生今夜不敢将这包金圣拿出来，因为怕伤到对方的自尊。许佑生给舅舅点火。

"你怎么不吸？"宏梁说。

"待会儿就吸。"

"仅仅两个月过去，宏阳便从被押着走的懦夫，变成到派出所叩关叫阵的男人。很难解释这种变化，一件事之为一件事，结果是唯一的，而起因复杂。我在九源中心小学执教，既因为它符合毕业生回原籍的规定，也因为它是你外婆的要求（你大舅没了），还因为我厌倦城镇（人们互相打扰）、官场（人们互相利用）以及自己活得好（我觉得我迷恋上了失恋），或许还因为傲慢，我认为瀼溪民中没有编制因而拒绝了它——"（还有你不懂送礼，许佑生看着舅舅，送出去的酒是假的，你用比原价贵四十元的钱买到一瓶假郎酒，你的假酒被人喝出来了。）

“——宏阳去派出所叫阵很难说具体是因为什么。可能是出于同村长辈应负的责任。也可能是他本性上就喜欢有恩报恩，甚至是急于报恩。他不想将人情欠得太久，以至折损了自家锐气，何况施仁当时还是个小孩子，正是这小孩在水枝被带走时第一个出面阻拦，并被手电筒打中脑袋。而就我看最主要还是因为耻辱感。上次的事结束后，人们觉得派出所吃亏，宏阳赢了。但若细算，胜利应归功于一帮不怕死的老头，以及千里之外的张功偍，作为主要当事人的宏阳只能算是沾光他只是作为弱者被成功保护起来而已。他是没被抓走，但仓促间不加选择发出的叫唤声（哎呀哎呀），以及妻子被生生拖到村口的场景，就像两块疮疤长在脸上，使人们（甚至包括小孩）都自感对他怀有恩德，都可以放肆地评价他。而他无从声辩。谁让他在事发时一而再再而三地错失机会呢。等他意识到什么时，事情已被摆平了，已然过期。他再兴师问罪只能徒增无聊。因此他积下一堆怨气。哎呀哎呀，这哎呀哎呀，就像苍蝇在他心间飞舞，他试图挥走，可它们总是一千次一万次地飞回来。他为此夜不能寐。最终他想到平账只有一个办法：既然你们侵入我的地盘，让我当着自己人出丑；那我也应该侵入你们的地盘，让你们当着一镇子的人下不来台。他终于等到施仁出事。事情不大，但他迫不及待。”

“他不是掌掴过联防队员么？”许佑生说。

“什么时候？”

“他们抓走水枝舅妈时。”

“被掌掴的是他，宏阳。”

“你不是说他掌掴揪住水枝舅妈的联防队员么？”

“是联防队员揪住水枝，对啊，但我没说宏阳掌掴了联防队员。”

Shit！许佑生拿起舅舅刚给的香烟，说：“我记错了，我想想，嗯，是我记错了。”两人一时无话，鼓胀的沉默压迫着他们，使他们很不自在。手淫被娘撞见都没有这般不自在。宏梁摘下平光眼镜，鼻尖微微冒汗。最终，他双臀离座给外甥点火，就像是伪军给皇军点火，谄媚而猥琐：

“佑生你本事不错。”

“舅你乱说哩。”

“听说你在范镇戳了不少瘪。”

“怎么可能？”

“戳就戳了，不是什么坏事。”

“真没，我爸妈管得那么死。”

“嗯，”宏梁拍着许佑生肩膀，“你外婆总是跟我说，你外甥都要结婚了，你还不结婚。他一结婚马上就生孩子，那孩子一出生你就做舅公了。我听得凄凉，因为我一出生，我的舅公就老得秃顶了。”

“那是老年人思维。”

“问题在于我想结而没法结。我心理上有障碍。说起来我只有这一事弄不明白。过去不明白，现在不明白，将来不明白，怕是到死也不会明白。”

“什么事？”

“怎么来电的事情。”

“什么意思？”

“就是男女间如何来电，如何搞成事的事情。我搞不懂。为什么别人迈得出去这一步我就迈不出。明明两边都有意思。你这方面比较有经验，一定有窍诀可传授于我。”

“真没有。”

烟草里有一股骆驼粪的刺鼻味，许佑生不敢吸得太快，也不敢就此掐灭。宏梁站起身背着双手踱步，像古文人那样仰头自语：“玄妙啊。”许佑生想起上月自京里归来的汤伟，八年同学，穿开裆裤时相识，如今身材笨重依旧，然穿扮大变。他穿Gitman Bros衬衫、ACNE牛仔裤、Gucci绑带皮鞋，扎LV腰带，戴Lindberg超轻钛片眼镜及CK腕表，胡子刮得平整只留青楂，一只手抓着iPad 3另一只手抓iPhone 4s。他像是不得不才和许佑生吃了一顿饭。许佑生能感觉到对方的烦躁。饭局快要结束时，面对许佑生谦卑的请教，汤伟站起来，指指戳戳，几乎是咆哮着说了一大段话。如今许佑生将其原样转述给舅舅：“你觉得，她们每天化妆是为什么？有时化两个小时，有时化一小时，至少化二十分钟。她们不单涂手指甲，还涂脚指甲。常见的是涂红色，有时也涂绿色、紫色，隐秘的会涂肉色，让你看见的只是一层反光的油。还有穿衣服，至少得在两件之间试穿，多的时候七八上十件，既要考虑自己身材的优劣势，又要考虑天气和具体赴约的场合，有时还得想想别的女人会穿什么。她们既想让自己出类拔萃，又害怕弄巧不成反成拙，在众人里显得突兀。她们不停权衡、比较，不停地问自己，就是想让自己看起来美而又有分寸，这就是女人爱迟到的原因。她们从不懒惰，却总是迟到。有时迟到两小时，有时计划早晨出门，直到中午才撑着伞出来（外边可是没有任何下雨的意思哦）。你觉得她们这样不厌其烦地装饰自己——有时化妆、打扮与出门办事的时间比是四比一，有时为了区区一小时的舞会而提前一周准备——是为了什么？贞操？告诉别人自己不可冒犯？或者为了敦促全社会都遵纪守法，在道德的层面实现彼此的尊重？No，她们的意思很明显，就是而且只是为了收取赞美。一切目的都在于此。赞美，赞美，来自男人的赞美。作为男人，你的使命就是回应她的这种需求。这时，哪怕你的眼睛表现得像动物一样愚蠢、贪婪，哪怕说话极度浮夸，极度虚伪，极度肉麻，无耻到没了边，也没关系，因为这毕竟好过你闷声不响。她准备了这么多，就是为了让你及时呼应她。就像她精心准备了一桌丰盛的菜肴，你得伸出筷子去吃。面对赞美，她们一般问：'这是真的吗？你竟然说我这么出色。'这时候你要信誓旦旦，要像向上帝宣誓一样，庄严地许诺（记住，不能有任何半点犹豫！一旦犹豫，她就会陷入对你和对她自己的失望中）。有的女人会找你确认刚才的赞美，有时是反复确认，这时你要记着，再大的良心也要先昧下来，要诚恳地说自己所言句句是真。这就是女人一天内最大的快乐。为这个她什么都愿付出：肉体，灵魂，就是让她偷单位和父母的钱都可以。你只需要付出一句免费的赞扬啊，小朋友，只要张张口啊。而过去的你（我估计现在也一样）总是不会。你一贯在她们花枝招展走出的时候，僵硬地站在一旁。你以为她们会感激你懂礼貌吗？你还不如一面镜子呢，镜子不说话，但至少还能忠实地回应她的注视。你看见她们就跑，其实是让她们饱受羞辱你知道吗？勇敢点，朋友，我说勇敢点。要不然，像你这样的蠢货一多，整个地区的女人都会邋遢起来。记得！无论如何，都得呼应，都得瞳孔放大，都得手舞足蹈，像看到雄伟的尼亚加拉大瀑布那样失声惊呼。记得！”许佑生讲得唾沫星子四溅，宏梁丝毫也不躲避，而且恨不得拿出笔记本将这些话全部记下。痛快，痛快，他扬起闪光的脸回应道。不过，接着他又说：“可惜你的同学说的是高级女郎。按照另一种理论，只要是女人来到我们这儿，没一个不跑的。”

是的，您呐。许佑生抬起头走神，他再度想起北京，上北下南，北京在地图的顶端，我们一辈子爬不上去。在北京，摩天大楼一幢接一幢，直升机的影子擦过玻璃墙，写字楼的工作大厅个个都有几亩地大，白领、金领手拿蓝色文件夹走来走去，处理着与世界各国的事，而蓝领只允许坐货梯。现在，在我面前，放着脏得发亮的竹篮，舅舅往里放碗，明儿中午它们将再度盛上我们农村人爱吃的，意味着小康生活和美好日子的大块的鱼、大块的肉以及大块的肘子。与竹篮类似的是靠在墙角的发明于战国的铁犁、可能在原始社会就已出现的锄头以及藏在卧室门后散发着催人泪下的味道的尿桶。四周都是虫子在叫。

怎么有那么多虫子？你从来看不见它们，它们却总是在叫。宏梁这会儿倒好了茶，继续讲宏阳的前史，他娓娓道来的声音让许佑生心生厌倦。说不定这会儿她已走在前往北京的路上。她在我心里挖了个大坑，如今大风穿过这洞坑，我倍感空虚。我确信爱上你，金艳，一个声名狼藉的妓女，就在今天，我爱上你和你的命运。我现在就在这还留着你气息的村庄想念你，以及我们之间大逆不道的事，许佑生想。

四

“那天，他出来得很早，而其余人还在熟睡，就像浸透的椽条又往水底沉下了一些。人在睡眠时堪比死亡：肌肉松弛，体温下降，自觉意识消失，神态安详、美而镇静。人类大约有三分之一的时间是在睡眠中度过的。此时的人与白天所呈现的状态极为不同，在白天他鞍不离马，甲不离身，瞻前顾后，疑神疑鬼，生怕有所闪失，而一旦睡眠，他就将一切警惕轻易抛弃。佑生，据说六十年代发生在乐山林场的那起命案，护林员集体被割喉，其缘由就是因为进去舀水喝的凶手想到一个成语：任人宰割。在笔录里他供认，一二三四五，他们五个睡在那儿，就像是在叫他去杀了他们。

“人睡着的时候是叫不动的。而宏阳从晚上十一点起就在等待。很早他拉开门，在阒寂的村道走来走去。天边有熹微晨光时，他觉得差不多了，去敲某一家的窗户，说：‘施仁关在派出所。’

“‘我知道。’

“‘可张雷被允许待在卫生院。’

“他像是在通告一个事实而后边的话欲言又止。他强调道:‘可是张雷被允许待在卫生院。’他没有说:‘不去的话你还是不是人。’或者:‘他们搞施仁时，你不说话；以后他们搞你时，看谁为你说话。’他没有绑架任何人的意志。‘哦，’他们将移开的电风扇移回来，对准自己，同时抖直毯子继续睡，‘那还不是张雷被打坏了才去的。’他走了。我想他应该说:‘你以为施仁就没被打坏吗。’但他没说，只是一个人走了。我想在整整一晚上的等待里他已想到这一步。决心已经下定。那五个派出所的人一定记得上回所蒙受的羞辱：他们要抓走（逃缴四百元罚款的）宏阳没抓走反被一村老少围殴。好了，现在宏阳却由着一股非如此不可的激情自己送上门来了。我记得镇上有一人亦类似，他既没钱，也没背景，身上还背着事，却在哥们儿被抓后去了刑侦大队，给每个人打烟，包括在那里扫地的犯人。大家觉得是笑话，要说情，你得是副科级，或者至少你得认识这里的副科级吧，请大家到苏亭宾馆吃一顿，人手一包极品金圣——”（“朱爽，我哥们儿。”许佑生说。）“——嗯，他送了三日的饭，隔着铁栅拉着哥们儿的手，就像情人一样说话，直到他自己被一位归来的刑警认出来，当场予以逮捕。《瑞昌报》的记者何深宝写过报道，文章从标题到正文都对这种‘愚蠢的义气’大加讥讽，就差明说他是一种智商很低的动物了。可这就是好汉不是吗。宏阳只要朝范镇走出这一步，他作为上帝或义人的形象便成立了。从此，他就是你吁求和祷告的对象。他快走到赵坳时，艾湾才有一人醒悟过来:‘他妈的，这是一个历史性的时刻呀！以前总是叹息无人出头，总是叹息，今日不是有人出头了吗？’宏彬，这素来喜欢与闻集体事务的人，敲着虎音锣出来喊：‘起来，都给我死起来。’反躬自问，艾湾有过精诚团结、众志成城的时刻，但场合都局限在本村，我们还从未为出门在外的同胞出头露面一次（对他们所遭遇的不幸，我们往往只是表达强烈的关注与不安）。这是艾湾人历史上第一次出征。我们骑自行车、摩托车，搭乘龙马（农用运输）车，在宏阳将要走过老屋曾家时追上他。他并无欣喜，也未因此失望，只是继续走。我想这是不置可否。几名骑车的小孩在他身前绕来绕去，崇敬地看他。龙马停在他旁边，坐在副驾位子的宏彬说：‘宏阳，快坐进来。’他没说话。宏彬便跳下来，说：‘宏阳，你来坐，别光走路。’他才钻进去，端坐好，眼睛一动不动直视前方。从这天起，他成为我们的领袖，而脸上永远挂着那种模棱两可，似是而非的神情（他是要让人明白，除非是他亲口交代否则一切都不能算是合法然而他又是如此吝啬于表态）。那天，他让车停在范镇街西头，自己走在柏油路的中心。他的影子拖在后边，我们唯恐踩着它。那是一个让人自豪的日子，别提当时的我们有多自豪了。因为自豪，我们故意对那些出来瞧我们的镇上人目不斜视。镇上人可是第一次看见艾湾人（和本镇任何一种姓氏比较它都是小姓）杀气腾腾地来到镇上，禁不住沉浸在惊愕中。从此以后他们就习惯了我们的这种造访，并且学会不去惹我们。给派出所做饭的小孩绕到我们前边，回头看了眼便匆匆跑掉。‘来了呢，来了呢。’他大声喊着，匆匆锁好派出所的大门及后门。

“在宏阳之前，已有多位流氓这样走进镇上。在他们的开场演出中，总有一件或多件让人过目不忘的标志物：墨镜、大金链子、雄狮摩托、军裤、占据整个背部的文身、蒙古刀或者刀疤。还有一位总是用右手中指钩着剪子的指圈不停晃荡（那是由县城华东刀剪厂生产的出口免检产品）。他们因此得到不同的绰号。只有宏阳赤手空拳，不时将要滑落下去的背心甩到肩上，稳步朝前走。太阳照耀他隆起的胸肌，有如照耀两块大石板。他的脖子看起来比脑袋还粗。他不可动摇地朝东方、他未来要长期打交道的地方走去。在坡顶边上，矗立着一幢长方形两层砖混结构房屋，晨光照耀使它巍峨如神庙，影子罩住好大一片柏油路使之漆黑如深潭。派出所，几十里地人名誉的黑洞，在那等着他。”

“搞起来了？”许佑生问。

“没有。”

许佑生决定最后看一眼手机。如果没有来电和短信就关机。其实也不用看，因为来了的话人总是知道的，虽然他设置的是静音。

“那天上午派出所压根没开门，”宏梁接着说，“宏阳走上十二级水泥台阶。为什么像法庭、派出所这样的行政单位总是要将台阶修得那么高？佑生你有没有想过这个问题？为什么它不像农技站那样只修三四级？派出所这房子原是信用社的，台阶原只有八级，接收过来后改成十二级了。为什么？因为它要你在攀登的过程中，逐渐忘记自己紧要的事（我们乡下人总是以事情的紧要性为心理凭恃，放任自己气焰嚣张、恣意妄为而少于对自己的言行进行管束），转而思考自己和它的关系。冰冷而巍峨的建筑总是暗示着人们：注意，我是主宰，而非供你差遣的仆人，你考虑清楚。有些人仅仅因为畏惧这种阵势而放弃申告，因为害怕申告所耗费的成本要比不申告高，或者所带来的后果要比不申告严重。宏阳走上去后，敲门并不坚决。他示意这是先礼后兵。然而我们都知道是他内心出现了慌张。每个人事到临头都会出现一阵慌张，不是吗。他无法控制吞咽口水时所发出的声响，甚至要频繁拢起嘴唇悄悄吐气。他还朝那正门左侧挂着的白底黑字牌子以及墙面上凸起的沙粒失神地看，就像是在寻求它的支援。不过，随着围观的人越来越多——他们像是看戏一样自觉地围过来，对他翘首以盼（有的人还搬来凳子）——他就没什么退路了。派出所内部一再的沉默也助长了他的气势。他起先用拳头敲。手敲肿后，用脚。一脚脚地踹。因为门太厚，他并没踹出什么声响。当有人递过来一把锄头时，他接过来，举起来就朝大门打。后者这才像受惊的牲畜，猛然弹动了一下。传来铁闩受压和木质纤维断裂的闷响。”

“派出所就一直没反应么？”许佑生问。

“有。民警小狄推开二楼窗户，问：‘什么事？’宏阳指着他说：‘我来讨一个说法。’小狄说：‘什么？’宏阳说：‘我说我来讨个说法。’小狄说：‘你谁啊？’宏阳说：‘艾湾宏阳。’小狄说：‘你来得正好。’我们听见窗帘哗的一声拉上。一个人在匆匆地穿裤子，将脚踩进皮鞋，还跺了几下脚。他拉开抽屉取出警棍，在桌面上连敲几次，然后咣的一声关上门。小狄是派出所当时唯一的狠角色。”

“搞起来了？”许佑生问。

“没有。我们明明听见他穿过走廊和木楼梯，噔噔噔往楼下跑，却没见他打开大门走出来。”

“那算什么狠角色？”许佑生说。

“等我讲完你就知道了。过了会儿，楼上又打开一扇窗户，副教导员那颗毛发稀疏的脑袋伸出来。刚过三十他就满脸皱纹，这是勤于算计所留下的脸相。他说话言和意顺，口气充满商量，然而骨子里却自私自利，心肠也比较坏。他说：‘宏阳，你要讨什么说法，说来听听呢。’

“‘两人打架，为什么只关施仁？’

“‘哦，这事情啊，还不是张雷打不过你们施仁。伤有轻重之分，张雷就重一点。我们也是结合实际情况，让他先去的卫生院。我们又不懂止血，你说是吧。又不是说就此放了。’

“‘要关一起关，要放一起放。’

“‘你看道理我跟你也讲清了，我们总不能让他死在派出所对吧。血流成那样你也不是没听说过。工作总是要做的，怎么做，就只能这么做，你说是不？’

“‘不，要放就一起放，你快把施仁放了，张雷什么时候归案，我就什么时候把施仁送回来。我也可以给你保证。’

“‘宏阳老表，是宏阳对吧，我说了张雷马上就回来了。他下午回来，你下午又把施仁送回来，不是平白无故多出一事吗。这样，我保证张雷二十四小时内归案，超过一分钟你都拿我是问，你看怎样？’

“‘不行。’

“‘老表你是信不过我咯？’

“‘没有信得过信不过的。’也许是意识到这样绕着说话容易折损自家的气势，宏阳紧接着又说：‘你现在就干脆点，放还是不放？’副教导员望了很久，点点头，说：‘你稍等会儿，我去问问所长。’他小心拉上窗户，插上插销。我们看见那一直保留在他嘴角的笑，倏然而逝。他忍下了。他的事情做完了。他迎着所长求援的眼光走过去，说：‘这帮人啊——’话没说完，便开始摇头。所长重新坐进沙发，脸憋得紫红，发出腹背受敌者才有的长叹。你让我想想，他身体前倾，双手扶住颧骨，向按捺不住的小狄示意。他的仕途之船早已搁浅，现今的问题不是能不能升迁，而是会不会降职甚至是褫职。他是政委的私臣如今政委退休已有时日，目前还是以副所长身份主持派出所工作。当初，他坐吉普车自县城降临范镇时有如大员，劈面却迎来一堆来自商店、餐馆、修配厂的账单，以及欠员工的白条（派出所需解决联防队员、司机的全部工资及民警的部分工资，那民警的部分工资本应由地方财政发放，但后者要求此笔款项从前者上缴的罚没收入里返还，因此等于是由派出所自己解决）。开工还需准备烧油费、维修费、差旅费、招待费以及食堂买菜的费用。因此为着让‘机器运转’，他向小偷，赌徒，嫖客，妓女，黑车车主甚至是盗伐林木、盗运烟草的个体户课收罚款。而这些人没有一个称得上罪大恶极。几番规模性的行动下来（按镇上人说是焚林而畋，竭泽而渔），镇上便河清海晏，找不到下手的对象了。因此需要到偏远乡下夜巡，看有无漏网之鱼。这活儿辛苦，得罪人，同时还面临着人身安全危险。没有谁愿走在前头。唯小狄除外。小狄从省公安专科学校毕业后，分配至此，刚获得法律所赋予的执法权，领到手铐、警棍与留置室的钥匙。像新婚中人成瘾于房事，对惩办他人他也有着毫无节制的喜爱，按照那些老警察的说法是没见过世面的喜爱。‘一天不打人就手痒痒。’这不是别人说的，而是小狄自己说的。很多人不归他审理，但只要被他撞见，也免不了挨一顿揍，就像进来的都要经他验收。‘说，老实交代。’他总是这样对着人吼。有时对方明明已交代完毕，他却还是要过来抽几嘴巴。所长知道他是定时炸弹，迟早会将自己的前途炸得灰飞烟灭，奈何手头又无别人可用，因此只能抱着侥幸心理用他，用一天是一天。‘在家听我的，在外听小狄。’所长说。他在正常架构之外另设一个巡逻队，任命小狄为队长。他故意将副教导员也塞进夜巡队，归小狄指挥。所长恨透这鬣狗一样跟在后头等待他犯错的副教导员，总觉得自己迟早有一天会被这极有耐心的副职给取而代之。为了巩固小狄的权威，有时他也参加夜巡，他强调军中无戏言，在这里谁都得听小狄安排，‘包括我’。小狄是名出色的猎人，对隐蔽的违法勾当有着天才般的嗅觉，有时在一里之外他就能根据民居的灯火判断出是否有聚赌，以及赌多大多小。他总是去餐馆及商铺询问最近谁使钱比较大。有些人是这样，有了钱必然去赌。小狄还随身带着狗粮。他知道胆怯的赌徒会安排狗守在村口至少是在门口，他有办法让这些狗不总是嚷嚷。他纪律严明，绝不允许队员穿皮鞋，因为一则不便于夜行，二则踩在沙路上会发出嘎吱嘎吱的声响。若非捉人需要，他也不主张使用吉普车，因为车灯容易使行动暴露。他会在到达目的地前数里就命令停车。他总是认为空手而归会让烧油变得有罪恶感，人和骡子的体力用掉也就用掉，但是油不能乱烧，油一烧就是成本。他在考虑这些问题时，已经将自己视为受托管理派出所的人。大管家。实际的二把手。这是他的自我感觉。他总是身先士卒，助跑，一脚踹开门，然后和同事进去将赌徒拖走。他有如魔童降临镇上（毫无疑问，那准备给恶人的待遇，家长恐吓孩子的套语，‘别哭，××来了’，都留给了他，直到后来宏阳进来分了杯羹）。他听到一些复仇的传言，拍着胸脯说：‘不怕，随时随地，老子奉陪。’他等了很久，近乎失望，却不知那些人已绕道去县城，到公安局、检察院、信访办、纪委甚至书记市长那里告状，能搭到便车的还去九江、省里。这还是没门路的，有门路的早就告到官家亲戚那儿去了。他们说的都是：‘国家罚我的款可以，但不能打我呀。’那信访都是会建档的，哪里的事就归哪里的档，派出所厚厚一沓就在上级那里出了名（‘怎么又是——’）。因此书记市长不喜欢局长，局长也不喜欢所长。这局长倒不愿意为对方不是自己人就将对方的乌纱帽摘掉，但是——‘你不能老是让我为你到书记市长那里去做检讨对吧。’局长说。如是者三，所长竟然恐惧于上县。每从县城回来，便脸色铁青，望着小狄说也不是不说也不是。最终只能挽着对方肩膀安慰几句，期待对方能心领神会。可人就是那样，江山易改，禀性难移。话只要说重一点，小狄便撒娇，叫不太动。这叫不动的几日派出所便显露出坐吃山空的迹象。因此所长只能又用另一种苦口婆心来劝引。如今这事，是小狄一手提一个，将施仁和张雷提到派出所的，却不是小狄犯了什么错。斗殴抓人再正常不过。法律法规就是这么定的。说到底，所谓讨说法只是宏阳自己要来耍横。但这耍横像最后一根稻草压向双腿不堪重负、形势岌岌可危的所长。在他面前，粪窟之上只盖着一层宣纸，走过去就还是一所之长，走不过去就牺牲了也。他张开五指摩挲着脸，思索着局长下的最后通牒（‘该说的我都说了，你看着办吧。’），想不出解脱之道，因此只能反复对小狄说：‘你让我再想想吧。’

“‘都什么时候了，还想。’小狄说。

“‘我跟你说过多少次，你怎么就不听话。’

“‘还要怎么听话，难道让他们冲进来吗？’

“‘不是这回事。’

“‘那是怎么回事？’

“‘注意影响。’

“‘派出所都让人打进来了，影响还不大？’

“‘我怎么独独就跟你说不清楚。’

“‘你想想怎么说清楚吧，我实在坐不住了。’

“‘站住，’所长发起火来，‘就是你不冷静，惹出这么多事，搞得现在极为被动你知道吗。跟你说了，不要惹事，不要惹事，还要去惹，你惹得起吗。我一再跟你说冷静，你冷静什么了。’

“‘我怎么了？’

“‘你搞得影响多坏你知道吗。你弄出一摊子事，我擦屁股到现在还没擦干净。’

“‘那真是辛苦您了。’

“‘下次出事你自己负责，你自己跟人去认错，钱从你自己工资里扣，我跟你讲。’

“‘那敢情好。’小狄连唏数声，高声说怕是凉了众兄弟的心啊，阔步走向正厅内勤室。这原是信用社办理存贷款的地方，铁栅刷了银漆，现在被派出所改造为户政窗口。有时有人抓来就铐在这栅栏上。小狄走过去，揪住施仁的头朝栅栏连撞三次，方才打开手铐，将他从后门放了。烧火的小孩关切地看着他，结果被他一脚踢哭。‘你妈的瘪，是谁让你将大门锁上的？’小狄说。施仁绕到街上时，挥舞着留有勒痕的双手，像甘地、曼德拉或者卡斯特罗那样走向他的支持者。我们鼓噪着，簇拥着他和宏阳回家。街道的尘土以及新浇的松软的沥青里留下我们密集的脚印与痰渍。集市慢慢复苏，慢慢萧条，正如日出日落，舆论的喧哗鼎沸却持续多日。那天派出所最终没有开门。所长主持开会，重新宣读关于创建群众满意派出所的通知，并强调如何贯彻落实，说到底就是工作方式方法要注意。所长请大家做批评与自我批评。副教导员不时颔首，小狄中途离席。他骑着摩托从范镇街绝尘而去，回到四十里外的家中钓鱼。派出所大门上好些天都留着宏阳的鞋印与锄击的痕印。后来所长调往户政科，终于向局长拍桌子：‘你让我们从他们手里搞钱又要让他们满意你当他们是傻子吗？你每天坐办公室他们找你你就说——啊老乡别急问题我替你们来解决——他们当然对你满意可我们呢？你知道我们有多难吗？’话原是小狄骂他的，未来局长也会借来骂书记市长。

“从此没人再提及宏阳哎呀哎呀、呼痛告饶的丑事了。然而佑生，那精彩的事究竟没完。还有后章。一周后，在整个艾湾还沉浸在微微醉意中时，小狄骑蓝色嘉陵像一枚刀自滚滚尘烟中飞进来。这摩托是当时派出所最好的一台，猛然停住后，还漂亮地甩了下尾。‘叫艾宏阳死出来。’他喊道。然后双腿夹着坐垫左右摇晃，估量着油不够，便用脚拨着地面，蹭到宏植门前的油桶边。‘给加点。’他拨好单撑，定睛看着正拿毛巾擦手的施仁。后者半弓着身子，站在那里。小狄旋开油箱盖，重复道：‘我说给加点。’施仁便接过油箱盖，放在凳上，而后将皮管插进油桶，自己捉着另一头吮吸起来，吸出油后赶紧插进摩托车油箱。‘孩子们，快来扶住。’施仁说，一边抱着立在两张长凳上的油桶。有几名小孩过来扶住那倾斜着的油桶。小狄长着山里人那样黑亮的皮肤，牙齿却极为洁白。这由一日三次每次十五分钟刷牙刷出来的洁白，反映了他要将自己塑造为城里人、现代人的决心。小狄找来一把竹梢扫帚，将晒谷场上的鸡屎、菜叶及尖锐的小石子扫走，随后又将一篾箩的红薯干拽出去。什么事，宏阳走过来。小狄便仰起头来看。‘我以为是个什么东西。’小狄说。在省公安专科学校散打比赛时小狄是同级别第三，本有机会拿低一级别的第一，但据他说他不愿占那个便宜。他往往只下一拳人们便口吐鲜血，他们在告状时凄惨地说身体内原本结实的骨头就这样被他一脚踹断。‘喀嚓一声啊，领导，九十度骨折。’他们一边将血咳出来，一边伤心地哭泣。现在，小狄对着宏阳招招手。

“‘干什么？’宏阳问。

“‘打一架，还干什么，’小狄脱下制服，露出锻炼得极为结实的身体，‘我赢了，带走施仁；你赢了，我从此不过问艾湾任何事。’宏阳思考很久，说可以。‘没有讲究，生死由命，一方认输为止。’小狄接着说。宏阳点头，跟着脱掉上衣并拔下布鞋，他以为这也是规则的一部分。我们中有人说：‘叫你吃屎你也去吃？’宏阳凶恶地盯过去那人便闭嘴了。仿佛这只是他宏阳个人和小狄之间的事，是分属于两派、两国、两个阵营但仍属于英雄与英雄之间的事。

“‘怎么开始？’他问。

“‘你说开始就开始。’小狄说。

“‘开始。’宏阳说，狐疑着走向场地内。小狄来回交换支撑腿，围着他跳来跳去，间或站住低头，让双拳在收拢的胸前螺旋桨一般搅动。宏阳看着这经验之外的仪式，伸出左拳，顶在前方，同时将右拳提至肩前，再次说开始。以往他都是这样打架，仗着个子不矮，一只手顶着对方脑袋一只手不停打过去，有时是高举拳头砸过去，就像木匠扶着大钉砸进去。其拳如斧，打在肉身上时往往特别响。然而今天这拳头却屡次落空。小狄跳了几次，迅雷不及掩耳，侧肩低身过来就抄宏阳双腿。宏阳猛往后退，然而还是被捉走一只脚踝。小狄拉着它，往左跑，宏阳便跟着单腿往左跳。往右跑，宏阳又跟着往右跳。直到小狄玩厌了将它丢掉。来，继续，小狄向面色紫涨的宏阳招手。这科班俊杰一步一步前挪，前腿落下时便极为有力地站稳，而后腿轻巧跟随到位。在他面前，宏阳就像个苕瘪，虽全神贯注躲让，还是在腹部、耳根、喉结和下巴颏儿那里吃下数拳，最远的一记打到眼部。有时，那只有一米六五的小狄还会来上一记旋转后踢腿，脚后跟就从宏阳鼻尖处擦过。所幸宏阳身高体大，比别人更能抗击打，他就赖着自己的身体任对方打。在这点上他极为理智，只交锋一回合他就清楚自己毫无能力反击。而围观的我们，还想当然地以为只要他没倒地就一定还有机会干倒对方。他盯着对方的动作，快速分析其中含义，以为避让做出提前量。他开始清楚何为实，何为虚，何为虚中有实，何为实中有虚，何为化虚为实，又何为避实就虚，同时对人体结构也有恍然大悟之感（比如绝不能让人重击反关节）。他在对方蝴蝶般的舞步中转来转去。他在等着对方宣布结束，也在等待自己这样做。他想在举拳投降前最好还是能扛一会儿，这意味着他为施仁尽力了。事情本来就这样走走程序算了，却未料出了插曲。打到好一阵子时，两人汗如雨注，那小狄自恃优势明显，用手臂去擦汗。是的，匆匆用手臂去抹遮住右眼的汗水，同时左臂像死掉了那样耷拉着。他没说等一下，也没说暂停。在准备擦汗时他的双腿还在交替跳着，直到那汗水辣得他眼睛发痛，他才停下脚步专注地擦它。我们几乎是同时低声地提醒宏阳——踹啊踹啊你快踹他啊——这喊声夹杂着发现机密的极大兴奋，以及机不可失时不再来的焦灼。宏阳的大脑始终敞着，吸收、分析对方的一切信息，极为紧张、专注同时脆弱，凭空刺入的喊声使他猛打了一个寒噤。那死去的攻击对方的欲望重新归来。他抬起腿。上身仍在防卫而一条腿干巴巴地抬起来。就在这一瞬间他知道事情坏了。根本就没看他的小狄冲过来，准确地抱起——不是那条抬起的腿而恰恰是那条支撑腿——用肩一顶，将宏阳摔倒。一米七七的身躯像伐倒的巨树重重摔倒在地，发出一声闷响。我们都听见从宏阳咽喉内发出极为悲哀的呻吟。如果小狄昂首骑上去，像武松打虎那样，怕是几拳就要将他打死。但所幸的是，佑生，宏阳依靠小时打烂架打出的一些招法，在被抱摔的同时便本能地抓住对方的脑袋（也许还可以说是抠），将对方也带倒在地。他们夹缠在一起。小狄躺着压住宏阳，挺起下身，用双腿死死锁住宏阳的两只小腿（不时用一边脚后跟扳另一边的脚面以使控制更牢固），而宏阳则用手臂夹住小狄的头，不停摇晃自己的身体，试图翻身。僵持了一会儿，他们像是商量好，同时分开又在闪电那么快的时间内重新纠缠在一起：小狄蹲踞着，想从宏阳的一边大腿捞走宏阳的重心，而宏阳扑向小狄的背部，死死压住小狄。小狄的两只脚掌来回踩踏着地面，背部拱起有如开荒牛，而宏阳尽量将对方往下压，试图让对方膝盖着地。他们像根雕长时间缠在一起。汗珠大颗掉下。裤子里的内裤都湿透了。背部沾染大片灰尘。我们心里不止一次涌出猥琐的欲望，想抄起石头将他们的脑壳击碎，没有比这更容易的事了，也没有比这更苕的两个人了。燕窝周、田家铺与港北的看客都来了。‘算了吧。’下源村村委会主任说。而自一开始便惴惴不安的施仁也说：‘阳爷，我跟他去就是。’宏阳头紧贴着小狄臀部，像是要死了那样说：‘我说都给我滚。’时光一把一把漏掉。日既已西，地热渐散，霉菌般的黑暗正从深远处渗透过来。这对地主来说没什么，对客人而言却极为糟糕。一天就这么过去，而他还没把事情办完。因此，在两人终因某种荒谬而不得不分开后，小狄使了个假动作，便急切地发起总攻。使用的还是惯常的招法：弓着身体，用铁钳般的双手去抄袭对手立足的双腿。这一次他扑得过狠，过急，以至身体与地面形成的角度不到三十度，最后他几乎是鱼跃着去捞宏阳的双腿。宏阳惊慌地连连后退，快要摔倒了，被我们给搂住。小狄完全扑了个空。我们看见他像侦察兵那样爬行了一两步后，用额头撞击地面，又用拳头捶地面。他在对这次失利进行技术性反思，而忘记了自己与对方订立的契约。就在阴暗的光线下，宏阳大步走来，抬起一条腿，准备一脚踩烂他的脑袋。我们紧闭双眼，不敢去看。有的人还捂上耳朵。然而惨叫声并未如约而至，取而代之的是一声很不够意思的闷响。宏阳踹偏了。”

“踹偏了？”与其说许佑生是在发问，还不如说他是在用这种重复证明自己有在听讲。许佑生试着憋尿提肛，觉得裆下热乎乎的，他想起就在今天，阳光之下，她湿漉漉的阴道裹着他的阴茎。现在这器具上还残留着她白浆一般的分泌物（虽然已经冷却）。

“是的，踹偏了。那一蹬，来自地面的反作用力，反过来让宏阳极为痛苦。他咧着嘴，吹气，将那条腿提起来，就像害怕烫一样，不敢再让它沾地。然后，他仰起头（这时候他的一只眼睛已经肿得看不见），一字一顿地说：‘不输不赢，咱们不输不赢。’他脸上到处是泪，泪水和汗、血、灰尘混杂在一起，变成污泥。目前所处的这个结果无疑使他放松。他在享受这放松。而在另外一个结果里，他杀死一名公家人，正处在最为寒冷和最为恐惧的时刻。就在最后的零点零一秒，理智拦截住逞一时之快的冲动。巨大的脚掌擦着小狄的耳朵踹下去。据说那几天，晒谷场的地皮上还看得见这凶狠一脚所留下的痕印。小狄爬起来，拱拳说承让。不得不说小狄是条汉子。他捡走衣服，拔上鞋，跨上摩托像一枚刀飞出去。‘不吃了饭再走啊。’村委会主任说。‘不吃了。’他说。地面到处是血。远处还有人左一晃右一晃地骑来。已经完啦，结束啦，有人大喊而来者不管不顾。宏阳双腿颤巍巍的，茫然看着小狄离去，直至连黑影也看不见了，方才转身。”

五

看看时候差不多了，宏梁提起塑料袋，招呼外甥朝宏阳家走去。袋内藏着母亲佩戴多年的发簪（她口口声声说是银的）、一包群英会香烟及一张宏梁与哥哥的合影（宏梁作为孩童被抱在怀中；哥哥年轻时就老而阴沉，一副短命相）。老妇人说：“你带信去。”

“带什么信？”

“带这个。”

“带给谁？”

“宏阳。”

“什么？”

“封印时放进去，叫他问你哥，尸骨在哪里。”

“怎么回信呢？”

“自然会回的。”

宏梁走得极慢，每行一步都要将全身重量稳妥地交付于大地，鞋底总是发出咕的一声响。已不是享受这旅程而是咀嚼了，宏梁大人，许佑生被阻挡得难受，有时走向舅的右边，有时走向左，但不敢超越。天空有如装了吊索及轴承的顶棚正带着它沉甸甸的黑暗与湖水般的腥臭一级一级降下来，地上纸屑飞舞。宏梁边走边嗅，说:“明日落雨。”许佑生未及吭声，他又说:“就是要落，明日你看着就是，十几日哪日不好选明日。”

“谁做主的？”

“宏彬。”

孩子们飞旋而去，道士作为不夜城的使者已驾到。他懒洋洋地敲钹，本村的唢呐手吐着舌尖（就像是要吐掉粘在上头的糠秕），然后含住簧片不歇气儿地吹起来。一条声音的蛇在空间弯曲游动，优雅而热情，永不坠落。罕见的节日降临这死气沉沉的村庄，所有人开始发痒，而宏梁还在唯一的听众面前表演长辈的沉稳。他继续说:“除夕将至，何老板开着三台车里最破的那台来到艾湾。他嗫嚅着，苦不堪言，终于还是说：我好没用，没给弟争到光。人们感到预言被证实。当初何老板邀宏阳入股可是眉飞色舞。他拍着胸脯许诺，若说那利益，多而易得，俯拾即是。当时他们曾提醒宏阳多少要掌握点财会与合同的知识，宏阳却说不需要，掌握了反而被人玩得团团转。他拿出二十万元连张收条也没要。如今，何老板拉开皮包，取出仅有的五万元，然后敞开它，意思是再无分文。何老板头低着，做羞愧状，眼睛却抬起来，赤裸裸地观察宏阳。‘按比例你分到四万，我从自己分内匀出一万补你。’他说。然后为了阻止宏阳反驳，他开始讲述经营一座煤矿所能经受的所有灾祸：渗水、塌方、瓦斯爆炸、敲诈、勒索、索贿、被迫赞助、盗窃、举报以及运煤车连续翻车。它们统一转化为巨大的成本。运气不好啊有些事你简直都想象不到但还是赶在一起发生了他说。说到凄凉处，他用沾满煤灰的手擦着眼窝。就像这五万元也是东挪西凑才将将备齐的。然而谁都知道新矿是印钞机，每天需要多少就印多少。何老板在车内还预备了一份两万元一份一万元，为的是分两次应对宏阳的不满。在生意场，第一道说的数目都是不算数的，然而宏阳大手一挥，收了。何老板窃喜过头，辞了饭，抓紧跑了。那车遇见沟坎便蹦过去，震落好些零件。何老板就是一路蹦回去的。后来宏彬听说，匆匆赶来，举起四根手指说：‘何赚的是这个数。’

“‘四万？’宏阳问。

“‘四百万，起码，最少。’

“我们以为宏阳会找何老板算账，然而他说：‘你不能从何赚多少考虑，你要从我的角度想。我不出工不出力，待在屋里就稳赚五万，你告诉我哪里还有这样的好事情？’听起来他像是在找台阶，然而他就是这样的人：大家有的原则他没有，大家没有的他又有。”

不过是越来越有耐心罢了，如若不死他笃定是要将何家底弄空的，许佑生跟着舅舅来到屋前，弄得一干二净。门前的琉璃瓦下原有一盏吸顶灯，如今又牵来一盏灯泡，群蛾飞舞。楼房高达四层有如岗哨傲立村中，三、四两层并无用处在兴建前就已预见然而宏阳浪费得起，如今它还在上演鲜衣怒马、酒池肉林的盛景但过完今夜便会沦为无人问津的破庙。也许水枝会搬进来住。然而正是她搬进来会让它破落得更快。绿色对子已贴上。在去舅舅宏梁家洗碗前许佑生曾将它送过来。电瓶车还停在门前枣树下。当时宏彬一边展开一边念:“谅无后人,是不是讽刺宏阳没有后啊?”

“不知道。”

“还有横批,可歌可泣,是什么意思?”

“不知道,祝老师说这是汪精卫写给自己的挽联。”

宏彬显得非常愤慨。许佑生眼见着他要撕对子,鞋面上白布也没缝,便赶紧去舅舅宏梁家了。如今看来还是被张贴上去了。门前一地的鞭炮渣,小孩们挪动膝盖在炸开的红色白色炮纸里寻觅引线没点着的并不时争抢。许佑生与舅舅走进屋内。到处是气味,不用睁眼便能想见:

一盏烛火刚刚熄灭正冒出一缕呛鼻的黑烟;

地上铺着栗色麻袋它曾灌满陈糠;

卫生间的门关不严(虽如此每个人出来后还是试图将它关严)昨夜喷过消毒水;

有人哈欠连连并且在嘴巴张得最大时猛打了一个寒噤就像是排完尿全身哆嗦了那么一下;

好几人的裤裆有臊味,尿液每隔十几秒便从马口滴下一滴有如爱生锈的水龙头;

锅中在焯肘子;

炒好的花生端过来了香味又脆又硬;

酒精漂浮在死人与活人的血液里；

水枝与木香清洁尸体时使用了雕牌肥皂；

各种烤烟在燃烧；

漆匠在一遍遍刷棺材那棺材就像穿上新衣。

人们摩肩接踵进进出出，带着节日才有的被特许不眠的兴奋劲儿。当然他们在遇见死者亲属时，总是表现得神色凝重，*就这么走了啊，一个人就这么走了，说走就走*，但这哀伤里已没有一丁点惊愕与痛苦的成色。房内，那宏阳暴死的场所，传来洗牌声，就像暴雨噼里啪啦落在瓦上，很快雨停只剩零星雨点。几位妇女手脚麻利地抓牌出牌。“七万。”有人这样朗声念着自己打出去的牌子。

许佑生望向供桌上的遗像，这也是他带来的。“裤裆有屎没有？”接过遗像时，宏彬问水枝。后者挤脓一样挤出一滴泪，冷漠地摇头。“有的也不会有屎，他晚上吐那么多，”宏彬双手扶住香槟银画框俯看着又将它举起来，说，“伟大，宏阳你真伟大。”人们围过去带着他们对照相这门巫术的强烈兴趣，他们观看的表情完全符合许佑生心中期许的：眼神呆痴，嘴唇微张，手执半根烟一动不动唯留青烟缭绕，他们死死盯着那在照片里盯着他们的人，沉浸于痛苦的记忆，昨日，他们还被他驱遣、撵逐、控制和玩弄，如今他们得相互蹭着胳膊（“咳，一样没了。”“是啊。”），才能确认这大人物已死去而且是一了百了地死去（不像新屋赵家的十六爷死了三次还没死掉）。水枝摸出油纸袋，舔了几次指尖，取出皮筋箍好的散钱，给过许佑生后又扒开他的手核对。而后端来一盘饼干，紧扣着嘴唇就像是在用腹语说：“吃点吧。”许佑生连忙婉拒。她便一人走了。她明明走过宏阳的尸体又返身跪下，抱住他的腿就哭，泪水顷刻浇湿了地面。妇女们赶来，她便借着她们的胳膊，骨软筋酥地起身。没走上两步，便恢复成农村妇女惯有的能干步伐，招呼新来的客人。“来了啊，”她说，“先歇。”

许佑生在镇上开影楼。风格是官邸法式。落地窗帘。美式桦木长餐台。元首会议室。橡木大桌（令他感到造孽的是，因为这个会议室最像会议室，镇政府时常借用开会，时常还拉上一条横幅）。钢琴模型。吧台。壁炉。诸如此类。无法上班的他试图通过它赢得一个社会地位。装修完毕后房东提出涨租，他的父母最终认了，说白了这是给他一个能让他安心待在家的玩具，这总比放他在社会当流氓要强。“这个要几千元那个也要几千元。”他的母亲总是埋怨。这导致他无法添置轿车或摩托车。“你要是能挣钱，就用你挣的钱买去吧，要不就等我死。”她说。他们曾帮他买了九江职业技术学院去读，究竟还是肄业了。影楼和宾馆是镇上最时髦的事物，可惜顾客让人失望，时常在原木地板上踩出泥条有时仅仅为着恼火许佑生便将这些上门的顾客撵走。对这些乡巴佬，他永远解释不清何为真实，何为自然，何为谐调放松。他们总是妄图将自己獐头鼠目乌面鹄形三分像人七分像鬼的面目一把套进绅士、明星或童话的框框，顷刻变为绝世佳人。要么呢，就像束手待毙的人恐惧地看着镜头，瑟瑟发抖，怎么鼓励都没用。他们无法成为像样的模特，无法满足许佑生成为一名摄影师的梦想。“对，两腿交叉，手不要背在身后（不要像只挺着肚子的直立行走的青蛙嘛），就插在裤兜里，不要全插进去（你又不是乞丐为何总要去摸裤兜里有多少只镚子儿），留一根拇指在外边，对，留一根。就是这样。古德，古德，最好露出牙齿。天生就不会露齿（你妈瘪你这样你爷娘知道吗）？你试试，不要太僵硬，对，古德。还有背要挺直。看这里，这里，看着我打响指的地方。对。王，土，斯瑞，古德。再来一张，古德——”对每一个人，许佑生都要这样不耐烦地强调。只有对宏阳例外。宏阳往影楼里一走，那些所有的摆设，灯光啊，窗帘啊，石膏雕像啊，三脚架啊，盖布啊，伞啊，就像找到了主人，都静下来，准备入戏。

宏阳带着斯大林和丘吉尔才有的那股子气势，当仁不让地坐下去。在镜头里，许佑生看见他凶残而毫不避让或者说毫不收敛的眼神。他这一天穿得很普通，然而通过他的坐姿和脸上摆出的神态，你一眼就能看出他拥有着超出所有本地人的势力与地位。好呢，太好呢，许佑生匆匆对焦，调闪光灯。那玩意儿啪啪直响让宏阳禁不住扭头。许佑生害怕刚才的场面就此错失，好在他又转过头来直视着镜头。一切浑然天成，只需按下快门。这时，一名马仔闯进来。及至耳语完毕宏阳已走出门。许佑生跟着遗憾地站起身。

“你等我一下。”宏阳说。

在合作社楼上的康乐室，何亚东仰坐于椅上，双腿交叠，搭在麻将桌上，说：“我在这里等着你们去叫人。”他将烟灰掸在地上。过去三天，他带着县城人的骄慢，开着别克车在镇上横冲直撞，说他杀了人，在此避风头，几天后就回去。刀子插在麻将桌上。打一上午牌，他一直疑虑别人作弊，嘴上不干不净，最后将钱扔在地上，说：“捡去吧，不用找了。”宏阳上来时，他抠动扳机，就着枪口喷出的火苗点燃新一根烟，然后甩熄那支假枪。“是你扔的吗？”宏阳说。他侧过头，乜斜着眼，说：“是。”

“你爸是谁？”

“你应该问我是谁。”

“今天放你一马，”宏阳去捡钱，问，“该谁的？”

一个人上前接过钱。

“数数少了没有。”宏阳说。

“不存在。”何亚东接着说。

“什么不存在？”

“不存在放一马。”

何亚东放下腿，将烟头摁熄于绿色桌呢。然后走到宏阳面前，仰头看着他，同时去拔那把刀。这是张年轻、不谙世事、因张狂而让人生厌的脸。他说：“不应该吗，身为老板，给顾客捡钱不应该吗？”他打算说完就朝宏阳高举起刀子。然而宏阳一拳打断他的鼻梁，而且还就着他修得极好的鬓角擦拭沾在手上的血。刀子掉落在地。“你妈瘪。”这时候与其说何亚东是在咒骂毋宁说是在撒娇。他去捡刀子时神态委屈，就像只是捡回属于自己的财物。宏阳盯着，在他就要够到刀子时捉住那手臂，然后拉直它。宏阳像木匠欣赏木棍那样仔细地欣赏这拉直的手臂，说:“可惜了我和老何一生的交情。”然后伸出左脚，对准年轻人的肘关节就踩下去。喀嚓一声。关节朝反方向弯去。嘶喊声有如得了疯牛病的炮弹，在室内撞来撞去。妈妈妈妈妈妈妈妈妈妈妈妈妈妈我妈妈呀我的妈妈。何老板的公子抽搐着，试图翻爬起来，但只是白白蹭了一身灰。他只看一眼那耷拉着的胳膊，便被它吓坏了。

“把他拖到洪岭，扔路边上。”宏阳拍拍手，走出去。

他回到影楼，对许佑生说:“咱们继续。”然后一屁股坐向沙发，按照自己以为的姿势坐好。此时他掺有一些银丝的头发显得凌乱，因为这件不悦的事，唇线拉得更低。指尖则沾满尘土，而且还在往下滴着别人的鲜血。看起来就像刚搏斗完毕、嘴周残留着斑斑血迹、然而思维还沉浸在那搏斗中的猛虎。好呢好呢，许佑生按下快门，迫不及待地回看。

现在，这样一个大人物一动不动地躺坐在藤椅上。他脑门上由酒盅压着一张黄表纸。电风扇转过时，纸飘起，露出灰白的脸。嘴唇尤为灰白。这具尸体时常像淤泥往下滑，需要有人捉住他的腋窝往上提一提。咧咧咧，小孩们实在淘气，他们揭开黄表纸，对着他龇牙咧嘴，说他被点了穴，又说不对，应该是被喊了“不准动”。新来的客人则以致敬之名默然参观着他。

耳朵上夹着烟的宏彬，眼神急切，弓着个背，走来走去，检查葬礼的各项准备工作。瞧您，宏梁将手插进裤兜，不屑一顾地看着对方。直到对方走过来问:“碑刻好了吗？”

“明天你们到螺丝旋，碑一定在那里。”

“那就好。”

宏彬的眼神充满不信任那是由无数经验带来的刻骨认知。瞧您，自己办不好事，还总是不信我，宏梁继续游荡后边跟着他的外甥。

六

他们游荡很久，中间还目睹一场历史与现实交织的缠斗，终于游荡至二楼。宏梁坐上胭脂红色布艺沙发，摊开身体享受这权豪势要才能享受的舒坦，二郎腿高高架在外边。许佑生坐在软体圆墩上，注视着超大液晶屏里自己的影子。“这就是中国和西方的区别，”从沙发里传出声音，“西方将一切弄成有规律可循的公式而我们顺其自然，我们得到各式各样的葫芦，而他们得到规格统一的电器、枪支与船舰。它（液晶屏）就是西方人留给我们的一块黑石。”电视柜上的实木音箱方方正正，旋钮呈合适的弧形，它设定好拇指与食指的距离，让你捏上去时便不由自主地转开它：超重低音，不是对凡界的声音进行简单模仿，而是过滤、改造、深加工，比真实更美更震撼，正如电视那呈现出来比现实的纹理还要清晰的高清画面，使人得以进入天堂。墙角立着双门饮水机，水从不曾被饮用，下层保鲜柜藏着黑啤、咖啡与伏特加。四周之内，唯有一只保险柜格格不入，造屋时它便被糊在墙上，四条支腿也用水泥糊在地上。如今，绿漆剥落，柜体露出可以吹起的铁锈。

“它就是这件丢人现眼的事的起因。”宏梁说。

楼下，那道义上而不是法律上的寡妇仍在哭泣。她坐着的地上散落着黄表纸、烟蒂与不忿的唾沫，香炉倒伏，一只杯子摔碎，藤椅曾被移动因此尸体现在面墙而坐。大战刚去，一片狼藉。她抱着他的腿哼叫以至宏阳二字最后变得极为模糊——嗡嗡，我的嗡嗡唉——就像烂熟的签名最终变成一团懒洋洋稍作起伏的波浪线。宏梁竖起耳朵，判断出还有几个女人留在那儿。她们劝阻不了那下定决心的哭泣因此沉默着。而如果不是她们在，她断不会哭得如此没有节制。她就是哭给她们看的。

“你觉得她是为事情闹成这样哭吗？”宏梁说，“膝下荒凉，丈夫又新死，他尸骨尚未下葬呢自己便遭此攻击，不由得不生气，是这样吗？是。但不全是。也可能是她没办法应对这复杂的局面，便通过哭来遮蔽自己。就像雉鸡，只顾一头栽进雪地躲藏起来，也不管尾羽是不是露在外边。她对愚蠢有自知之明，知道要是论理的话，自己可是一句话也说不清。她没见过这么多钱。虽然这是她应得的。但这么多钱还是让她感到惊慌。她担心别人会质疑她获取这笔遗产的合法性，而后来果然有人说——我看就是水枝娘也没资格——虽然有人严厉驳斥这样的言论，但她还是为此胆战心惊。没有比看守一笔巨款更令她感到期待又害怕的事了。仿佛雨夜独坐孤庙，耳闻马蹄声疾，而你一下还不知它们是从哪个方向奔来，真正到了风声鹤唳、草木皆兵的地步。她只是前妻，保卫她的只有一张纸条，上边的字她可是一个不识。是木香凭借她的智慧或者说必死的决心平息了争端，但为着惊慌，水枝还是躲进哭泣的帐篷，死活不出来。我跟你说过她善哭，反复哭只为着强化自己受难的形象——”（木香用衣袖揩下尸体耳下的肥皂沫，唤道：“弟啊，听得到我说话不。”过了一会儿仿佛确信等不到回应，她转过身，以癌症病人那惯有的疲惫而冷静的口吻说：“你们谁想要钱，现在都可以来拿。我分文不要。别再为难水枝和宏彬。你们现在就在我这里拿够、拿足。今后谁要是打宏彬和水枝的主意，我就死到他屋里去。”说罢，她从衣裳里翻出四张存折，一把丢在地上。小周真弯腰要捡。木香便撕心裂肺地喊：“弟啊！弟啊！我来了。”然后以最大的气愤摇晃着身躯以使疼痛的它走得快些，最终在要一头撞上墙时被死死抱住。“木香姨娘是真的想撞死自己。”许佑生说。）“——是啊。瞧瞧他们那点出息，钱是你挣的也就罢了，又不是。木香几个其实很仁义，许诺凡宏字辈的兄弟一人分一万元，凭空得一万，你还要怎样？分这么多钱也是很现实的。宏阳这些年是挣得多，但也花了不少，他就没打算积钱。他以后是打算积的，但那是以后的事。现在他死了。他死了，手头就这么些。一人分一万怎么了。你还能怪宏阳生前没给你们每个人多留点么。说得残忍点，宏阳就没打算给你们留。宏彬拿得最多，十万，但原本他可以拿二十二万。宏彬跟随宏阳最多，出生入死十几年，没功劳也有苦劳，何况一切后事尚需他料理，更何况艾湾今后的利益也需要一个人鞠躬尽瘁去料理。这可是随时要坐牢的啊，除了宏彬有谁愿意去。

我一贯瞧不上你宏彬舅，人不聪明，但独独就他还有一点公心。

“木香和水枝也讲公道，着手找保险柜钥匙时，便叫宏彬到场。他们翻遍衣柜、抽屉、床底甚至马桶水箱，都没找到。宏彬不停考她们，以让她们猜出死者留下的谜语：他喜欢将贵重物品放哪；最后一次开它是何时；钥匙长什么样。诸如此类。她们回答起来莫衷一是。最终在再想想的催逼下水枝说出一件她也不知道有没有意义的事：五六年前，宏阳喝得酩酊大醉，自港北那边归来，路过阮家堰，对着孤独的房屋喊：‘水枝你出来。’水枝便出来；他又喊：‘你站那。’水枝便站在那里。他忽然哭起来——耍酒疯，她对他们说——并朗诵：‘不管怎么说，不管我对你水枝做过什么，都不管，要是我出事了你就住回去，好好收拾下四楼。’她一言不发，听到他又说死东西滚便回屋去了。在他们在一起不在一起的时光里这是他说得最多的——滚，死东西——他难以掩饰自己对她的厌恶。现在看来，宏阳对死早有预感。但当时可能是怕被抓进去，判无期或枪决。他厌恶水枝就像我们也厌恶自己的亲人，可一旦大祸临头，他又知道只有她还勉强算得上是自己可以托付的人。他们仨爬上通往三楼的旋梯，看见四楼只留下一个洞口，宏彬搬来木梯和水枝爬上去。水泥地面随便抹平，灰尘足有一寸厚，除开几根翘起的钢筋什么都没有。他们再四巡查，几乎将每个颗粒都看进眼里，然而还是一无所获。下来时，木香说水枝你脚下是什么东西，他们便看见她鞋底粘着小土块。扯下还有点黏性的皮筋，磕开土，便看见一把钥匙。他们用这把钥匙打开保险柜，发现十张信用社与农行的存折、一张纸条。看得出宏阳写得很吃力也很认真：存折写水枝名子（字）的给水枝，写木香名子（字）的给木香，秘（密）码是她门（们）农历生日，另两本给宏彬，秘（密）码是我农历生日。你门（们）有事记得找范正（镇）何东明，我死那（哪）都圆（完）尸埋罗（螺）丝旋。翻开存折才知宏阳盘算已久。他虽然没给自己积下几个钱，却还是给他们各存了一定的数。凡存折里有取款记录的后来都原样补存，以后又另存不少。他们欷歔着掉下泪来，分好存折。宏彬只愿得一笔八万元的，另一本十四万说分给同族兄弟。木香说她出。他们互相推让，最终决定给另二十一位宏字辈兄弟每人一万，宏彬出十二万木香出九万，水枝免出。这本是件好事，设想在今天就将钱发出来，整个村庄将过得多开心，可是宏彬向来能将好事办成坏事。他可以叫施仁、施义、施恩、施德随便哪一个去范镇把钱取回来，他们都靠得住，但他只是许诺葬礼后分。要么你就别许诺。这等于是将自己的钱算作别人的钱，然后自己欠着。而且，这是一个群体，中间有谁耍横，都可以动用群体的名义。那群体中的人要么附和，要么沉默，他们才不会替你打抱不平。你拖得越久，他们越觉得里边藏着什么见不得人的事。钱就是这样，到手了人就变得可爱，让人惦记着他就会想七想八。宏彬总觉得别人办事不牢靠，其实他自己最不牢靠。”

说到此时，宏梁起身，说你等下然后在房间寻来寻去，没找到纸笔，因此最终是用口红在许佑生面前画出示意图的。透明茶几吱吱作响。

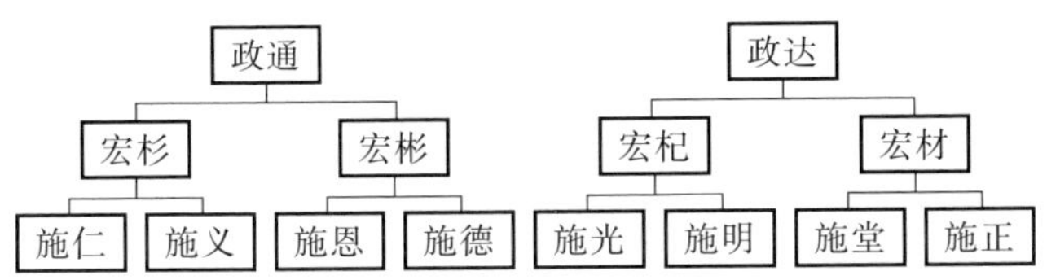

“会不会看出一种平衡感？”宏梁说，“旗鼓相当，势均力敌，各有千秋，不分轩轾。你可能觉得今天的事情，不过是因为一个女人在牌桌上放赖。这都要怪施明的妻子小周。小周在诡谋狡算、撒泼放刁方面堪称极品。但要说，她一人能有多大能量，能将场面弄得如此失控？她的作用，不过是点燃政通与政达这两支人三代的积怨而已。他们两支以前从不曾起肢体冲突，彼此言语也客气，但私底下互相以对方为卑劣人种，轻蔑、厌恶了八十年。他们在家里实行的是丑陋的教育。他们一代代追忆民国时期德安县蒲亭镇那一间旅社。他们所议论与想象的客房，物理条件一模一样：处在顶楼，外墙高而险峻，唯一的窗扇关严，窗纸不曾捅破，窗台未发现任何人与动物留下的痕迹，门从内闩好，晨起时看仍是从内闩好的，房内也无任何窟窿，可谓密不透风。然后他们一代代向子女这样分析：‘因此，除开自家兄弟，我想象不出还有谁能弄走这笔钱。’政达这支认为是政通偷窃了，政通这支认为是政达贼喊捉贼。事发前，政通与政达还是世上最好的兄弟，他们冒着春雪出门，背着同样多的货币。行前，父亲叮嘱他们：这可是你们兴家立业的基石，是你们分别成为一脉祖宗的原始资本。他们住进客房，次日晨，政通的包裹仍枕在头下，而政达怀中的不翼而飞。两人一起焦急地寻找，几乎将所有可能性都想到，然而看起来都不成立。当政达终于将猜疑的目光（那些受到损失的人总是特许自己拥有审讯的权力）移向自家兄弟时，他们内心原本结实如钢铁的信任同时弯起来。政通以他的倨傲不做任何解释，政达则指桑骂槐，那信任便不可逆地折断。在分别拥有妻儿后，他们像是终于找到可以倾诉的人：‘他太不要脸了！竟然怀疑到自家哥哥头上。’或者：‘竟然盗窃一母所生的兄弟。’或者：‘一定是政达用这笔钱去还赌博欠下的重利债（如果不还，他将被追杀；而如果直接用它还，他将被父亲按在水缸淹死）。’或者：‘现在政通他们吃肉，吃的就是我们那一份，他要对我们的饿死负责。’随着他们先后入土，这件事失去最后的知情者，谜底跟随肉身腐烂、消失。两支人剩下的只能是信誓旦旦地向自己宣布，自己襟怀坦白，行事光明。而无疑，政达的后裔要更为激愤。虽然岁月早已抹平两支人财富的差距，但只要一过得不痛快，政达的后裔便认为这一切都是当年政通爹爹一手造成的：龙生龙凤生凤老鼠生儿打地洞，如今他们的后代一样下作无耻。他们一个将对方定义为一窝小偷，一个认为对方老老少少都是疯狗，得了狂犬病张嘴就咬人。为着表达轻蔑，他们将房屋越建越远。原本是邻居，如今一个在东一个在西。

“每个家族都会树立一个世仇，这好像是人类社会的规律。每位主妇，都会给家中新添的成员（婴童或媳妇）编排一些事，提醒他们当心那已在事件中展现出坏的品质的人——”（“对。”许佑生说。很早妈妈就提醒我要当心何东明，而你们还将他奉为神明。)“——但在艾湾，谁也没有他们编排得这么深，同时这么隐秘。他们讲的时候信口雌黄，添油加醋，却还总是自信证据确凿。目的又仅仅只是为着提醒后裔：一个正直的人应该对品性不好的人敬而远之。他们不曾像恐怖分子那样以壮烈的方式捍卫家族名誉，他们认为自己的名誉是早已捍卫住的。他们清高之至。他们内心疏远，然而在打牌缺人或者村庄有事时也能凑在一起，说话比那些关系好的人还要礼貌。是小周这女人太坏，为了掩盖自己的下作行径，而将他们历代的恩怨拖拽了进来。两支人仓促争吵，一时昏了头脑，说出对彼此的真实看法，使他们同时感到震惊。这些年他们还以为都是自己宽宏大量，不计较对方，未曾想对方对自己的评价是如此之低。他们显然高估了人性。带着被恩将仇报的愤怒，他们乒乒乓乓干起来。起初我以为这场殴斗只是表演性质的（随时等着别人劝停），但后来我发现，他们的怨恨远超我的想象，他们举起凳子就是想砸死对方，根本不曾留力。他们躲避时大口喘气，也是真的要逃生。他们恨不能抠出对方的眼珠子。我感到恍惚，好像看见被迫葬在一块儿的政通政达也翻滚出坟墓，毫不要脸，捡起地上的石块就朝对方扔去。”

你当时大声说：如果说过去只有一人应该感到羞耻，那么现在，你们两边都应该感到羞耻。许佑生看着舅舅，后者正在弄 DVD 与功放。“妈的，线全接错了，有好机子不会用。”宏梁说。你被两个缠斗在一起的后辈同时撞倒，一屁股坐在地上，平光眼镜跌落于鼻尖之上，一脸茫然。小周仍在蹿跳，喊着:“血口喷人，你们血口喷人。是你们自己，还说别人，你们欺人太甚。”从牌品上她实在是不能指责别人任何，因此仅靠空洞而大声的喊叫支撑。她以为她的男人施明及她男人的兄弟施光、施堂、施正，是在为终究说来还是她丢人的事出手。而其实他们是在为自己这支人的委屈战斗。按照舅舅的说法，他们是在重新争执八十年前那只包裹的去向。等下她就会明白过来。像任何因为无理而步步退缩的人一样，在找到反击对方的理由后，她会无限放大自己的正义感。她成为声讨政通这支人的生力军。“我说呢，我说你们怎么就这副德行。”她揪住施仁妻子小陈的头发，掂量掂量，说声“起”，三两步跑向另一头，将小陈一头撞到门上。“自己一家是惯偷，还诬赖别人偷东西。”小周拍着手，说。

战火初燃时，她顾及的不是战争，而是扑在桌上将那张牌洗进去。曾经，在小陈她们过来要看那张牌时，她紧紧攥在手里，并将双手交叉抱在胸前。“交出来。”小陈她们说。小周在打牌时，总是把玩将打出去的闲张，有时就着这手扒拉桌面，明面看是为着看别人或自己打过什么牌，暗地里偷偷换走牌。一般说人都只顾自己的牌面，小周弄多了，才让人感觉蹊跷。更何况算钱时她已送来一张五十元的假币。小陈只觉不妥，具体什么不妥一时想不起来，脑子只顾跟着小周算番数，明摆着的番数，小周算出不同，说得也有道理，小陈跟着绕进去。洗牌时，小陈捏捏门前的钱，心里一抖（自己也是开超市的，一张光滑成这样的钱没看出来），因此心里犯难，挑明不好，待会儿算给别人也不好，瞅准机会算回给小周，对方扒拉她的钱，说：这不是有零的吗？

“我打过三张七万，五娘打过一张。别动。”终于，小陈捉住小周的手。

“明明是我自己摸到的。”小周说。

“你什么时候摸到的？五娘你记不记得，你打过一张，我打过三张。”小陈说。

“我记得。你还说，怎么这么手背，打出三张七万了。”五娘说。

“你给我们看看。也许是我们错怪你了。”小陈接着说。

“打牌不能看别人的牌。”小周说。

“这样换牌就没意思了。一次也就罢了，总是。人穷志不短，你说是不。”小陈说。

“我什么时候换桌上的牌了？”小周说。

“你看看，她自己说的，我可没说你换桌上的牌，是你自己说的。”小陈说。

“无理取闹，我没见过你这样无理取闹的人。”小周说。

“我是不是无理取闹，你亮下牌不就知道了。”小陈说。

三位妇女围过来，小周紧紧攥住牌。三人也只是作势围围，有个道义上的简单宣判便可以了，可是小周面红耳赤，大口喘气，闷头闷脑地要闯出去，时而还悲愤地说：“我什么时候换牌了？”她们显然没估计到一个道德败坏的人也会对声誉如此重视。“死哪里去了？”最终，小周喊道。随着那焦灼的声音落地，施明扔掉正在敲打的长钉（因为过长，它们在钉入椽条后露出一大截，那多余部分被敲弯贴在椽条上。现在，起出来的它们需要被重新敲直。敲的时候不能太用力，以防已经生锈的它们被敲断），走过来。“她说我们活该穷一辈子。”小周指着小陈，对丈夫说。

“什么？”施明说。

“我什么时候说过？”小陈说。

“你说过，人可以穷，品格不能败坏，”小周转向剩余两位牌友，说，“她是不是说过？”

她们一时语塞。

“她说，我们这样的人渣活该穷到死。”她接着说。

“放你娘的狗屁。”施明将羊角锤扔出去，墙上一块白漆掉下，出现小坑。

“你让她将手中的牌亮出来看看，”小陈说，“你让她亮亮看。”

“我说，放你娘的狗屁。”施明说。

仿佛是同时在空气里感觉到异常，施仁、施义、施恩、施德、施光、施堂、施正倾巢出动，从各个方向赶来。四猛八大锤，艾湾的中坚力量，仿佛是时刻准备着的储备军，八十年后齐聚于这宏阳暴毙之地。“你他妈的有什么资格叫我们摆事实讲道理？你祖上偷走我们世代的基业，现在一分又分走几十万，”施明对施恩说，“你他妈有什么资格跟我说话。”

“你他妈说什么呢？”施恩反过来推了施明一把。

沉默八十年，温文尔雅彬彬有礼八十年，憋着不说八十年，积压出的乖戾，使他们根本不允许自己听对方说话。他们错失唯一理清纠纷前因后果的机会。八十年来文火慢炖的教育，暗藏杀机的谆谆教诲，终于催生出一场逮谁烧谁的大火。他们两支人所干的丑事全被宣扬出来。他们互相积累对方如此多的证据，以致很多事旁人听到有醍醐灌顶之感。他们凶狠地辱骂对方，好让对方以更大的分贝来骂自己。宏彬舅从田家铺骑一辆没上锁的别人的单车赶回来（在那里他和村民委员会正谈土葬的事呢），带着主持公道的焦灼神情。

“你们给我住手。”他喊道。

“住手？”施明说，“你贪污那么多凭什么叫人住手？”

“我贪污什么了？”

“你贪污阳爷分给我们的钱。”

“那是人家留给我的，留给我的，懂吗，白纸黑字。人家留给我，关你什么事情？”这六字一出，他便感觉自己掉进争执的漩涡，心中不停涌起屈愤：早知道连一万元都不分给你们了，早知道，好心办了坏事。他大声争辩，却是发现人家的反驳来得更猛烈。在某些瞬间，他曾想自己是一族之首脑，要拿出点首脑的样子，却是被人死死拖进被质问的漩涡。像舅舅说的，他欠缺处理事变的才干。他的话形同一纸放屁的公文。最终在儿子遭重击时他才算准确找到自己的定位：我是孩子他的父亲。他果断加入肉搏战。战争的旋风在屋内蹿来蹿去。他们运用各种能移动的工具，就差将尸体也举起来。水枝束手无策，唯有仰头大哭。门外是此起彼伏的议论声。事情并未因施堂的幡然悔悟而终止。施堂追来追去，而施义将尸体当作掩体。施堂数次越过尸体头顶打过去，最终在准备将孝杖从尸体耳边捅过去时，猛然僵直，差点扑在尸体怀里。他没头没脑地磕头，恳求死人的饶恕。根据他后来的说法，宏阳的嘴角曾因厌烦而猛然抽搐，快如闪电。“当我重新看过去时，他又是一副死人模样。”他说。施堂试图将弟弟施正拖出战争，然而后者毫不理睬。战争的结束依赖于木香姨娘。她从赤脚医生汉友那里找止痛片回来，跪倒于漩涡中心。“我给你们跪下了，”她匍匐在地，磕头，“各位爹、娘，我木香给你们跪下了。”那场外人一直畏惧于他们的不知轻重，这会儿一拥而入。他们两支人被架住，但仍在以牺牲身体平衡的方式往外踹腿，人们只能将他们架得更远。

木香站起来，以一个晚期癌症病人、一个死者姐姐、一个年纪较大的人的身份说：

“你们有话好好说。”

“那我就好好说了，”施明说，“木香姑，我认为你是有资格分钱的，但是宏彬爷凭什么？”

“我看就是水枝娘也没资格。拿出来平分。”他的媳妇补充道。

“宏彬、水枝和我的份数是宏阳定的，没得说。”木香说。

“那就让阳爷自己出来抬棺材好了。”施明说。

“宏字辈的每人都会有一万，这是我和水枝、宏彬定的。我认为这很合理。我还需要你们抬棺材。”木香走向尸体，身后是政达这支人恼恨的议论。她俯身揩下尸体耳下的肥皂沫，低声唤他，就像他还活着。

许佑生觉得无聊便走动起来，慢慢地他发现自己的脚步恰是一个灵巧的开关，可以控制楼下女人的声带呢。当他游荡至楼梯口，那哭声便飘扬起来；走回到舅舅那里时，它又消隐下去。最终当他们踏响楼梯走下来时，水枝从指缝偷看到，哭声旋即嘹亮。木香坐在尸体旁，抓着尸体的一只手，闭目养神。几位妇女靠墙发呆，手抓着餐巾纸。烛火不时爆裂。地面一片凄凉。

“嫂，莫哭哦。”宏梁说。

“你是读书人，你知道这个理的。”水枝说。

“我当然知道，没有人有资格跟你抢的，没别的继承人了。”

“我不是这个意思。”

“莫哭哦，身体要紧。”

七

宏彬这会儿还是回来了（“他准会回的，艾湾只有他得了这种叫责任感的病，他不放心。”宏梁曾对外甥这样说），正带着受过委屈的沉默观看墙壁上的手绘挂毯。一株迎客松苍翠舒展，远处一轮红日，雾气如江海自山间奔涌而来。宏阳你去了仙乡啊，他自言自语，将烟递到唇边，而我还在这里替你收拾烂摊子。木香醒了过来，眼含老牛那样让人心痛的柔波，一边趿拉着鞋，一边向宏彬伸手。“要不是看他们去年投资被骗（早跟着宏阳不就没事吗，非得自作主张），要不是看这个。”他说。

“宏彬弟，你别计较。”木香说。

“我有什么好计较的，”他说，“跟这样的人有什么好计较的。八仙由自己人当，这规矩是祖上定的。他们不来我也没办法。祖上也说，不求人。施光、施堂不来，我让施义和施良顶。这世界就是不缺人。我看他们好意思来领一万元不。”

水枝见他回来主事，便拿起扫帚打扫。在这张又黑又老的脸上已看不见泪痕。她做什么都像是在遮掩自己，有时是通过哭泣，有时通过劳动。后来她问："几时封印呢？"宏彬看看自己那有一二十年历史的上海牌手表，说："等，差不多了就封。道士现在作俏，要一口一口吃，吃好喝好有精气神了才开始。"然后他去东侧房看棺材，原以为漆匠早走了，却未料他还在刷着。也不是刷，就是围着棺材不停转圈儿，欣赏自己已经付出的劳动。"算了哦，算事。"宏彬说。漆匠便抬起谦卑的眼。他一手提着刷子，一手提油漆桶，仰着头，听任宏彬将一盒烟塞入他的裤兜。这感觉有如受贿，既屈辱又略有愉悦。棺材置于两张长条凳上。宏彬、宏梁、许佑生和漆匠，一人提住一边板凳头，通过那拉开的阔大的玻璃门，将棺材抬出来。

"还以为有多重。"许佑生说。

"能多重？"宏梁说，"还显小，棺材板只有几寸厚，委屈宏阳了。"

"也是没办法的事，这么急。"宏彬说。

"不该这么急的。"宏梁说。

"那怎么办？十几天都是丑日子，还要等臭了？"宏彬说。

怎么可能，哪个皇历告诉你一连十几天都不好的，宏梁走过去，和外甥许佑生将死者座椅移正，以使其坐北朝南，能重新面对自己修建的大门。而后搬来供桌，重置遗像、猪头、公鸡、鲤鱼、发粑、糕点、水果、酒壶、酒盅、碗筷、纸钱，底下放烧纸的瓦盆。尸体的脑袋歪得更深，宏梁不时过去将它扶正。"还有一点点弹性，这脑壳上的肉。"宏梁说。宏彬用手指探探死者鼻下，说："死绝了，这会儿就不要再在脑门上盖黄表纸了。”

这时，村东头传来鞭炮声，它动静大得有如开天辟地。

“会是谁呢，这么晚，”宏彬说，“是从你们范镇过来的。”

“不知道。”许佑生说。

“听响声很值钱，谁会这么讲礼？”宏梁说。

“不知道。”许佑生说。

“也许是那些小朋友，我还以为他们不来。”宏彬说。

他们坐在门槛上等，一根接一根地抽烟。琉璃瓦下的灯照出一个硕大的圆圈，往外是渐深的黑夜。许久不见来者。也许是村里谁放得玩。他们瞌睡起来。直到将近半小时后，窸窣的响动才惊醒他们。一名穿着一件稍显大的衬衣的男子，跪着从黑暗里走出来。他总是紧盯着地面，走上三步，跪下，磕头，然后站起，重新走上三步，跪下。后边跟着他的女人，担着两箩筐礼品（计有可乐、芬达、雪碧、果粒橙、椰子汁、红牛、冰红茶、冰绿茶、凉茶、纯净水、矿泉水、啤酒、干红、花雕米酒、封缸酒、古井贡酒、纯牛奶、高钙奶、特仑苏、早茶饼、夹心饼、苏打饼、煎饼、雪饼、巧克力、士力架、蛋黄派、蓝莓派、法式面包、拉丝面包、牛肉粒、猪肉松、熟鱼片、鱿鱼丝、葡萄干、山楂卷、蜜枣、红枣、核桃、葵花子、香瓜子、奶油花生、香酥花生、开心果、松子、杏仁、松花蛋、豆腐干、鸡翅、火腿肠、凤爪、麦片、果珍、黑芝麻糊、奶茶、奶粉、豆浆、方便面、红糖、冰糖、白砂糖、王守义十三香、镇江白醋、金龙鱼油、酱油、大米、绿豆、木耳、香菇、粉丝、榨菜、腐乳、蜜橘罐头、菠萝罐头、黄桃罐头、八宝粥、蜂蜜及玉溪一条），扁担上挂着一件金盾中山装（人们都知道，宏阳在秋冬季节喜欢穿它）。宏彬匆忙跪伏到台阶下的麻袋上。来客点响一万响鞭炮，那玩意儿足足扫射十几分钟。来者穿过蓝色烟雾走过来，扶起宏彬。

“来了啊。”宏彬说。

“啊。”他说。

“这么讲礼。”

“啊，啊。”

进门后，他跑过去，抱起尸体的一条腿就拱，喉腔发出幼狼那样含糊却远比清晰人声来得真诚的呜咽。鼻涕很快染湿了死者的鞋面。宏彬和宏梁过去扶他时，禁不住热泪盈眶：还好有这个妥子正是这妥子让我们想起自己所面对的并不是一具待处理的尸体而是一个值得追忆的有血有肉的人啊我们和宏阳曾长年待在一起我们出生入死有过光辉岁月如今宏阳你永远地走了。那女人搁下担子，翻出胸花，按照其父母此前反复演习给她看的，将它别在死者的胸襟。黑色飘带绣着四个字：再生父母。除开脑子不好使进而导致口齿不利，女人该有的她都有，去年产子，孩子在外婆照管下长势良好，已学会叫爸爸妈妈，而这是孩子的爸爸妈妈一生所不能完成的使命。

这个叫福忠的不会说话的斜颈男人没有年龄和故乡，不知哪一天被抛弃到范镇街，然后就一直待在这儿。镇上每逢创卫，就请拉猪车将他拉到几十公里外，有时还蒙上他的眼睛，然而于事无补，他总是能一步步走回来，蜷缩到他离开前寄居的地方。起先他以牛棚、草垛、桥洞为眠宿之地，后来依靠工地围墙，用塑料篷布、水泥砖与三合板围出一间棚子，算是有了“自建房”。他总是警惕地抱着一件不知道孳生了多少虱子、臭虫与细菌的棉袄，生怕他人夺走。白天他坐在农民进镇的要道旁，伸手索要食粮，而世上不乏怜悯之人，特别是在农村，他们有时将还没拆封的食物交给他而不仅仅只是施舍残羹冷炙。然而任何事情都有限度。时间既久，人们就认为，这样漫无目的地救助下去，只是延续对方的痛苦，也许死对他才是人道。于是福忠去餐馆后边的泔水桶里捡捞果腹之物。就这样几次快要饿死了，他终于活到宏阳作为霸王进镇的这一天，从此否极泰来。意气风发的宏阳看见这样一个人后，觉得自己作为新晋的统治者应该有所表示，便对着他扔下一百元。有人说，之所以扔一百，是因为宏阳找不到零钱。以后便成规矩。宏阳每次路过（有时明明走过去了，还会特意折返），都会向福忠丢下一百元。这个孬子连怎么用它都不知道呢，人们看着福忠数画片那样痴愣地数着一张张票子，在过去福忠总是将人们布施的零钱撕掉，或者用以揩屁股，一次一百一个月三千比银行职工挣的还多。他们很想去拿（或者说骗）这笔钱，终究不敢动手，就是一伙人联合着去也不敢，因为宏阳太过乖戾，招惹不起。他们很关心这笔钱的最终下落。

“福忠，钱呢？”

正是好事之徒几乎是每过几个小时便有一次的询问，使福忠慢慢知道它的重要性。在漫长而痛苦的思索中他一无所获，迁徙到商铺附近行乞后，却只用不到一个下午就知道值得用生命去保护它。他静观人与人交易那法术般的过程（一张带人像的纸递去，一件需要的东西递回），明白人活着的意义就是尽量占有这些纸。越多越好。所有的粮食，所有吃的，都寄存在这张纸上。这张纸是一间仓库。更大的奇迹诞生于宏阳差不多要扔下第五十张时，他摇头拒绝。他还穿着那件脏污的棉袄，然而身上已看不见漆黑的泥条。他在冰冷的长河里反复清洗自己。在人们的想象中，为着完成他的洗心革面，整条河流都在变黑。他兴奋地打手势，告诉宏阳：我还出现在这里就是为着等你，好告诉你我的打算。这种亲热的汇报有如面对阔别已久的恩师：人的用处就在于他可以卖自己的力气、技术以及由它们变出来的东西。现在我知道怎么搞钱了。宏阳不是拍打他的肩膀，而是用整个臂弯挽住它，给他递过去一支香烟。然后，宏阳从此像是忘了他。

福忠填补鞋匠离去的空白，成为一名小个体户，后来又兼项打气补胎。龌龊与臭气回到他身上，恰恰意味着他在辛勤工作。他快速增长的智力，似乎仍不足以应对即使是范镇这么小的社会，常理意义上，他仍然是那个傻子（妥子），但在社会最核心的事务——即如何赚钱——上，他又表现得比谁都聪明和敏捷。祝老师向他传授生意常识（所谓以财易物曰买，以物易财曰卖，以物相易曰兑，物价曰值，物值曰价，先付款曰存，后付款曰赊，负财曰债，以物易财而财溢于物值谓之赢），为他写下赚钱十六字要诀（技术过硬、服务热情、来客端凳、走客鞠躬），一一比画讲解，却未料后来他生意做得比祝老师自己要好。他不会说话，却不羞于开口，街道时常响起他欢快的叫声。有时人们（特别是女人）仅仅为着要看他赤裸裸的笑脸而故意来做生意。当人们打赏过来时，他迎接的指尖会不停颤抖，眼睛里闪现的也是极其忠诚的光芒，让你感觉自己对他有了天大的恩德。他喜欢数钱，因为每数一次，它都会魔术般地增加。他很少去消费，并不是他怀有什么节俭的品德，而是他充分地喜欢不花钱。或者说，一百个不愿意花钱。那些能说会道的骗子，拿着银圆、秘鲁币、随刮彩票、中奖易拉罐、假种子、香猪包销合同，一次次来到小镇，给那些在上访时自称老实本分的本地人好好上了一堂课，只有福忠捉住骗子们，让他们每人补了一次鞋。镇南侧东山村，某户人家一直不能嫁走自己的妥女，暗中找媒人撮合，让福忠娶了她。有件事岳父岳母暗示多次，福忠仍不能明白，最终是直说，明说，福忠才清楚是什么意思。他毫不犹豫，将所有挣的钱从地洞搂出来，交给已经看呆了的他们保管。数目太大。他们做主为他买下平房，后来索性也搬来一起住。他们有一个儿子，在远方的部队当副连干部。孩子出生后，他们一家走出自怨自艾、自我悲伤的泥潭，每天心花怒放，到街上展示这小娃儿，有如置身希望的田野。那天庭饱满、地阁方圆、聪明伶俐、白净可爱的后代就像他的舅舅，以后说不定会当主席、局长或教授，一定体面于人世。福忠给镇政府秘书也挣到稿费，其致富事迹在报道里被归功于政府的

“共享阳光”工程。登载有他照片的《浔阳晚报》贴满福忠店铺内外。

如今他像条河流，在宏阳的尸体前哭着。有时他会出神地望着尸体，表示无法相信这就是昨日当着他的面健步如飞的恩公。他拉扯每个过来搀扶他的人，啊啊地喊着，意思是你怎么就走得这么坚决，你也不等等我，恩公，你为何不等等我。直到道士宣布接管这里，他才被迫离开尸体。他一边抱着笑嘻嘻的媳妇抽泣，一边回头望着尸体。后者为他良好的表现而亲了他一口。

道士自信能处理人鬼两界的事，地上地下皆有求于他。他带着那种公家人才有的矜持，庄重地走向尸体。刚才，他应许去宏桨家吃饭。他和宏桨、宏柒、宏染三兄弟反复咀嚼的不是饭菜（仿佛是要对已置办的肴馔略尽义务，他们才偶尔举箸）而是音乐。他们探讨着节奏、唱段、音调这些他们灵魂热爱而村夫野妇因无知而轻慢的东西。兄弟仨终于又等到这一次的机会。他们不像父亲——老艺人政逊——那样，能够随时随地自如地演奏，他们从母亲那里继承下某种羞耻感，认为只有到了非常必要的时候，才能出来显露这一门让人想起轻浮的戏子等不务正业人员的技艺。“要不是您来，我们都忘记家中还有这些东西。”他们忸怩的情感让道士起鸡皮疙瘩。当道士最终答应由他们来配乐时，他们嘴上在装模作样地推辞，眼中却一齐露了欣喜的光。那光就像火柴，嚓的一声划着了。“来，先生，请饮这一杯。”他们敬酒道。为着使演奏和谐圆满，他们还请示道士制定暗号。道士便拟定暗号。道士知道这次丧事结束后，兄弟仨就开始等待下一次，开始守候他和乌鸦的再次光临。现在，兄弟仨心中都在期待着自己能当唢呐手，然而面子上却互相谦让。“依照我说，这次老大下次老二。”道士说。虽然他知道上次也是老大。现在，道士擎着灵牌将它放上供桌：

公元一九六八年七月初八日生
艾府宏楊大人之神位孝男施德奉祀
公元二〇一二年七月初九日卒

他点燃三根香，甩熄火苗后捏着它们念念有词，每念过一段便朝尸体作揖鞠躬。在他身后出现越来越多的人。他们有样学样，对着尸体鞠躬作揖。三兄弟吹打起来。礼罢道士说：“请孝男们来。”这意味着继施德后，那些施字辈亦将逐一向亡人行礼。道士自认为已很简省，在这道程序里他没有让宏字辈出阵。他蘸蘸碗中水，向空中抛洒，宏彬过来对他耳语：“这一趟算了。”

“算了哇？”

“咱们简省点，”宏彬转头望向水枝，“嫂，你说呢？”

“我听你的。”水枝说。

“那也可以。”道士说。

“钱我们照付。”

“我还不是随你们，”道士说，“关门，封印。”

宏梁带着许佑生走进死者的卧房，为避免被差遣去做事，而悄悄将门虚掩上。道士的积极性已被挫伤，然而为着自身这门职业的信誉，他还是努力执行往下的程序。他伸出一只手，像在空中捉住一只飞舞的蚊子那样，捉了那么一下。三兄弟于是哐叽、嘚嘚、哐叽、嘚嘚、哐叽、嘚嘚、哐哐嘚哐嘚、哐哐嘚哐嘚、哐嘚、哐嘚、哐哐嘚哐嘚地演奏起来。不一会儿，道士又那么捉了一下。于是乐师按住锣面，那滚烫发抖的声响便戛然而止。“我要是道士就走，”宏梁说，“你宏彬舅办事能力真差，他估计道士是个服务行业，他说请就请，说不请就不请。虽然我也认为道士是个服务行业，但人家打算好好服务时，你就不要打击人家。”

依祖先之规，八仙由五服之内同一辈人头胎的儿子担任。不像其他姓氏要烦劳乡邻。这回确定的是：施仁、施恩、施光（由施义顶）、施堂（由施良顶）、施忠、施善、施刚、施灿。他们获准可以不穿孝服。孝男由施德充任。只见施德身穿长孝布，腰系粗麻绳，手持苴杖，在八份礼物前逐一跪下：“要您费力气了。”于是八仙们取起毛巾，将它缠系在臂膊。宏彬首长一样走向这排人，一一整理他们的衣领，庄重地点头，他们也挺直身躯，用眼神坚定地回应。待宏彬甩下手臂，开始，Action！他们便无声地跑动起来。按安排是先揭开棺盖，再在棺材内铺上一层经篾筛过滤含有石灰与灶灰的混合灰，再铺上白布、撒上寓意为十分富有的纸钱，再将尸体抬入棺内，再放置灰包及死者生前钟爱器物，再以寿被覆盖，再封棺。然而因为事先不曾对不同任务进行人员上的指定安排，导致大家抢作一团。一件不必要马上做的事，有三四个人同时去做，做到途中，又意识到前一件当做的事谁也没顾着，于是所有人一齐撒手。那灰包猛然坠地，使室内顷刻间变得像面粉厂一样，所有的器物蒙上一层白色的粉末。这中间不知道怎么，有只被红绳子绑住腿的大公鸡，极为惶恐地从厨房一气飞到这儿。

“敢问谁能将局面弄得如此混乱，你重新来一万次也弄不到这样乱。”宏梁说。

“乱成这样，过程还悄无声息。真像贼，意识到主人就要回家了。”许佑生接口道。

“说得是。我真想走过去对他们说，又没哪个催你们。”宏梁说。

终于，八仙还是完成自己的使命。他们中四个用被单抬着尸体，在到达揭开盖的棺材前时，奋力地揪起被单一角（对，就是咬紧牙关双手急剧颤抖地揪着），将尸体抬高。“要死，枕头呢？枕头还没放。”宏彬边说，边跑向卧房。他一掌推开虚掩的房门，看见宏梁甥舅二人正从座椅上退下来。“你们在这里干什么？”他责备道。他们面红耳赤。不过宏彬只是愣了一小会儿，便抓起枕头冲出去。他抢在八仙就要丧气前，将它扔进棺内。宏阳溜进棺材后，大家慢慢将被单从他身下扯出来。宏彬给宏阳的双脚系好棉线，然后朝棺材里放殉葬品。后来是扔，最后是倒。宏梁将塑料袋也放进去，说：“宏阳哥，此去一路辛苦。千万带信我哥宏杏，问他在哪儿。”

哼哼，我的哼哼唉。忽然就听见水枝喊起来。她张牙舞爪疯狂扑来，好似被山洪或野狗追了。“拦住她。”宏彬果断下令。因此八仙排成人墙，任她撞击，她不能撞进去，就坐在地上抱他们的腿啃咬。哼哼，我那绝情的哼哼唉。咬完她开始拍打大地。宏彬最后扔了两块灰包，便让八仙盖上棺材盖，并用大木锤子四处敲打，估摸着榫头全部深入榫眼，才罢手。然后他招手让众人撤退。那水枝便爬上来拍打棺木。那边的木香很久才算站起身。一俟站稳，她便摇摇晃晃地走来。她的步伐有一种因衰弱而小心翼翼的优雅。她将半边脸贴在油漆未干的棺盖上（过会儿会有人给她脸下垫一块手帕），温柔地喊：“弟唉，弟唉，你呀，听得见我说话不。”在她们表足哀思时，妇女们一起拥过来劝她们——要得啊这样就要得，不要伤着自己的身体——而她们还要为不忍心就这样与亲人作别而挣扎。正在用白酒给自己洗手的人们，沉默而又持久地看着漆黑的棺材：

一个自己认识
并熟悉得不能再熟悉的人
消失于这间房
就像是他自己走进棺材
还打招呼说我这就走了啊

这种被人辞别，或者说被人遗弃的寂寞，慢慢笼罩在每个人心里。每个人心里都起了一种庄严感，感觉这世上少了一人，因而世上也就变得宽大，凉冷了。道士用手捏捏忘记被放进棺材的寿被，嗤了一声，然后敲钹，重新接管这里。他唱：“孝子请我来开场，请问开短或开长，开短三两下就完事，开长一夜到天光，你要不短也不长，显得大家都好忙，你要问我如何好，当然还是开个长。”他让宏彬、施德一干人跟着他绕棺，每走几步便令他们头贴着前人的屁股跪下，听他满宫满调、婉转悠长地唱上十几分钟。他当然是要弄到天亮。

中途歇息时，大家不停抚摸膝盖。它们如今僵硬得伸不开，稍微动作便让人龇牙咧嘴。他们神情疲倦，双眼无神，带着深刻的痴呆坐在那儿。他们被无尽重复的“平身、跪下、平身、跪下”折磨傻了。“你们谁去把它钉上吧。”宏彬说。人们一动不动。他们以自己的沉默对每一个别人宣布：别看我，我都这么累了。哑巴福忠像是监督者，一个个看过去，直至确信没人愿承担这个使命才走上前，对宏彬扬头，哦哦。宏彬看着他捡走钉子，寻来被施明丢弃的羊角锤，觉得不合用，又去找来稍大一点的锤子。

“按理是应该在钉的地方先钻孔的，然而很多事毕竟来不及，还好棺材也薄，按理说也该给宏阳弄一副值钱的寿材的。”宏彬说着说着就打起鼾来。

在工作前，福忠闭眼轻抚棺木，寻找某个可以攻入的漏洞。他捏着奇长的老钉子知道后者已然经不起硬碰硬。他弓起中指的关节敲打棺面，并谛听着。有的是升调（仿佛在恐吓和嘲弄），有的是降调（仿佛在陈述和回答）。他知道恰是后者难以对付，就像我们在人生中遇见的那些始终微笑看起来低调但其实异常结实的人。他用指尖压住某处，捉住钉子放在那儿。在操起锤子前他沉思很久。灯光照耀，阴影盖住半边房，他的行动看起来有一种史诗般不可褫夺的庄严感。他脑袋歪向右边，同时是左撇子，因此看不见自己左手的动作。但他的感觉好极了。他让锤子不停在钉帽上轻点，就像台球手不停让杆头在母球后伸缩，直到心里出现那种叫可以了的感觉他才出手稍微重了一些。他抚摸钉子判断它的走向，确信不曾走歪半点，才继续敲打。眼见吃进去一半它看来也屹立不动了，他转过身让眼睛看它，然后转回去连下三锤。当，当，当。它顷刻消失，不曾有半点留在外头。但为着不放心（或者说是创造的余兴），他还是找来起子，以它抵住钉帽，用锤子敲起子，使钉帽彻底陷进去。钉子将本已吻合的棺盖与棺材连接得更紧密。为着报答那难以报答的恩德，他还自作主张，钉了六枚铰链。直到确信针插不进，水泼不进，任何虫子、蚂蚁都爬不进去，任何声音也钻不进去，他才住手，长鸣一声。在他的工作结束后，道士在铰链接合处反复涂刷糨糊，绕棺一周贴上盖了自己印章的封条。

八

笃笃，笃笃，笃笃，笃笃，笃笃，福忠虽然早已将锤子丢入杂物柜，并砰的一声关上柜门，但这令人心烦意乱的声响还是在宏梁的脑海回绕即使他和外甥已经回到自己家。按照某种节奏跪下去站起来再跪下去站起来的宏彬等人，在这一夜经历之悲惨，让人想到过往世纪里被远售他乡的非洲黑奴。他们的灵魂与思想被剥夺一空，像牲畜一样任人摆布。道士一点儿也不觉得累，走在队伍前头时，他不停交换支撑腿，跳起来。他一边跳一边念经文，念到一定时辰了放声高唱，这样大家就知道到了阶段性休息的时候了。宏棨、宏柒、宏染兄弟仨穿着皱旧的西服，一直在挥汗如雨地演奏。

宏梁躺在自己家的行军床（在城里往往用来安顿贫贱的学生、病人与鳏夫）上假寐，腿上放着奥维德的《爱经》。书里夹着粉红色的信封。只要抽出书信，就一定还能闻见那像初来时一样新鲜的香味。信纸也许用檀香熏过，或者用的是含有香料的墨水。或者撒了香水。来信者对生活有着精致的追求。在第一封信里她说：我还没将我俩的事告诉妈妈，因为真的不知该以什么样的方式向她诉说，我想尽可能完美，让她接受。于是我拼命寻找好的时机与方法。但总是在事到临头时放弃。这需要勇气，请给我一点时间。第二封是：你从未得到，不要说自己失去。

宏梁能一字不漏背出信的内容，他将这视作自己博闻强记的表现。

他说："还是睡不着，你呢？"

"我也是。"他的外甥在回答的同时，开机。这个陷入情网的年轻人容许手机有一定的反应时间，一分钟或两分钟，好将情人的短信传送过来。然而啥都没有。为什么每次都以为只要关机了再开机，对方的信息就会发过来呢？许佑生，你要欺骗自己到何时？还有为什么会认为对方会记错号码呢？当时你可是按照她说的拨过去的啊，她也是在听见铃响后才挂掉电话的，许佑生抬起头看着舅舅。后者正开始他新一段的讲述——

"新来的所长在走进派出所前，用鞋来回搓踱着烟头直至它变成泥条。那是昔年流氓爱穿的高帮皮鞋。现在已经不作兴。以他这个年龄穿有些滑稽。然而几天后人们便不这样想了。几天后，有人开着敞篷军用吉普，将他的行李拉来，同时跟来的还有关于他的传说。他是流庄人，曾经有七八年没人知道他在哪服役，当什么兵，其双亲三缄其口，直到后来有人去围观一场死刑的执行，才知道他其实一直就待在距家乡不远的一座城市。他挥舞旗子，命令蒙面的官兵朝背对着他们跪伏的死刑犯射击。然后带着穿白褂的法医上前检查。死囚被翻转过来时尚在抽搐，因此他抬起高帮皮鞋对准死囚的裆部一阵猛踢，直到后者死得邦硬。后来传闻他因击毙逃犯立功。当追捕主体由警察变成武警时，逃亡者的风险就会增加，因为当场击毙有可能已获批准。听说的消息是，他之所以立功，是因上司要掩盖逃犯是在举手投降的状态下被射杀这一事实。为了彰显这一枪的合法性，他们在报功材料里虚构出逃犯很多拒捕的细节，称其行为已经影响到附近居民尤其是在校学生的安全。因为不喜欢坐办公室，在转业到公安后，他总是主动申请到山区、边界工作。这所长是春节后到范镇的。那时与其说春天已开始，还不如说冬天正集中它全部的火力，准备对这世界发动致命性的一击。天空一直阴暗，地面则结着霜，鸟儿都不愿飞，几小时几小时地停在枝头或电线上。这时候，派出所的狄文东等老民警都已经被调走了。新所长开了几日动员会，方才打开派出所大门。他也不知出于何意，在望见电线上那粪坨似的鸟儿的同时，便拔出枪射击。要过好一阵子，命里该死的鸟儿才扑动翅膀，试图飞到空中但一头栽落下来。这是很久以来范镇居民第一次看见有人打枪。声音没有想象中的那么响，似乎只比热锅中黄豆爆裂响那么一点点。而此时，宏阳还因循着往日的习惯，坐在龙马车的副驾位子，大模大样地进入镇上。过去作为镇上生态一部分的不法行为，比如扒窃、行骗、斗殴、强吃强喝、敲诈勒索，正在悄然消失。商贩们藏起非法经营的鞭炮、湖北烟与生猪肉。宏阳走进由艾湾女婿雨水开的一间杂货店，和他的‘吴用’、‘刘伯温’或者说‘张子房’宏彬下起棋来。很久以来，他的工作就是坐在这儿，等那些去找商户麻烦的人来找自己。他向自己保护的商户授意，如果有人来找麻烦，就请对方来找他宏阳。很多人在公家那里申请十年也没领到牌照，宏阳说我让你开了，他便开了。而那些虽已在公家那领到牌照的，只要宏阳说我不让你开了，他也就不敢开了。现在，宏阳还在以为自己控制着局势，仍然在维护着市场上的秩序呢。到初昏时分，他便乘车回艾湾。翌日又像农民准时过来视察自己在镇上的作物。派出所在布告栏贴出冰箱门那么大的通告。很快这样的通告贴遍本地。并且有两台宣传车，沿着道路缓慢地开，播放这份威严的通告的具体内容，比如严厉打击、从重从快、投案自首。喇叭内的中年女声比任何男声都清晰、冷漠和洪亮。有一批人走进派出所，交代自己无足轻重的‘罪行’；另一批人则打点行李，趁夜溜走，往后还以是从派出所门口‘公然走掉的’自诩。镇上河清海晏。此时，就是脑子不容易转动的宏彬也明白了：派出所要以拔掉宏阳这杆旗为标志性事件，掀起本次行动的高潮。宏阳对此却没有察觉和防备，每天面无表情地进镇，然后在到点后丝毫也不着急地离开，和往常一样——”（“是面子上下不来。”许佑生说。）“——正是。他对宏彬说：‘跑？告诉我怎么跑？’跑会让宏阳苦心建立起的主宰者角色顷刻倾圮，会使他和一般的阿混失去区别，成为人们同情、取笑和放肆议论的对象。而这似乎也能解释派出所为什么并不急于抓捕宏阳。宏阳溜掉或会更加衬托出派出所在新领导带领下的战斗力，所谓不战而屈人之兵。跟车去镇上的人慢慢少起来，最后宏阳说你们谁也别跟。而镇上其实已经没有多少他的‘业务’。因为是强撑着，不知道对方的行动到底什么时候实施，以及具体以什么方式实施，宏阳在进镇时慢慢变得虚弱，甚至要主动去和那些过去嫌弃的人打招呼。那些人呢，双手交叉抱在胸前，一整天地扑在木栏上，带着准不会错的忧伤看着他：一山容不得二虎，邪不压正，硬碰硬，最锋利的矛对最坚固的盾，好戏就要上演啦。

“事发日，愁云惨淡，大地无光，白昼犹胜迟暮，宏阳一人驾车进镇。在下那路途迂曲的三里半长的铁岭埂时，它走走停停，湿滑的路面多处留下急刹车的痕迹。纵使是在平地上，宏阳也开得歪歪斜斜。这个上午，宏阳一直在专注于如何更有效地驾驭这台车。这不是他第一次独立驾驶，但整体说来这样的经历不多——”（“后来他开上桑塔纳和别克，还都开报废了。”许佑生说。）“——说实话，我更愿意看见他一直开那台龙马。正如我更愿意看到是扛着锄头的人进人大、政府，而不是一个西装革履的人。宏阳天性顽劣，有未经雕琢的气质，后来被社会泥流裹挟进去，也就不如以前那样可爱了。他曾经让大前门这样廉价的香烟牌子在镇上复兴，多少小弟跟着吃，后来他自己却改吃软中华，因为觉得体面。世上还缺少你这样一个体面的人吗？且说回来，那日，直到六支土铳抵住车身——就好像是因为它们顶住，行驶的车辆才得以停下似的——宏阳还在拨弄操纵杆，以确定何为远光灯，何为近光灯。他有模有样地拉

起手刹，说：‘我犯了什么错？’

“‘你犯什么错，到派出所就知道了。’他们说。

“宏阳多次预习过这场面，然而事到临头还是紧张。他咽着痰，以比电影里的英雄好汉还潇洒的姿态‘坦然’地伸出双手，然而他们并未准备手铐。他们背起收缴来的土铳，让他走在前头。他便挺起胸膛，瞧着天走起来，不时地，还挥开手臂，说：‘我自己又不是不会走。’而他们并没有催促的意思。他们也没架起他的胳膊。他就是要对着那些站在街边、门廊前及窗后的人们表演一下。而这些看客呢，果真是聚精会神又津津有味地看着。每当有人的生命、声誉或尊严遭到损坏——比如死亡、致残、谎言被戳穿、确诊性病、被抓奸、被扭送、被捕——时，他们就会挤成一团，拥过来看。一边看一边啧啧生叹，算是为本次观赏上了税。有几次宏阳想大声喊叫。佑生，有一日我想，那些烈士（死难者），之所以要在赴死时高喊口号，书上说是从容就义，而就我理解，可能是想靠呐喊来摆脱洗颈就戮的耻辱。没有比在众目睽睽下像头牲畜那样被拖着去宰杀，更让人感觉羞耻的事了。‘你叫什么名字？’宏阳逐一问过去，在押解者微笑不语后，他接着说，‘你们一一给我等着。’他就这样‘大无畏’‘满不在乎’地走上派出所台阶，然后在进派出所门后，被民警赵中男一脚踹倒在地。

“围观的人聚拢在派出所门前，一度将大门挤开。赵中男过来推上门，说：‘看什么看，有什么好看的。’不过在门再度被推开一道缝后，他分明也已看见，却不再制止。次日他们给宏阳挂上牌子，将他押送至中学进行法制教育（同学们，什么是反面典型、活的例子，这就是）。而要不是尚无信心判定宏阳罪大恶极，他们笃定也是要报请政法委，举行一场公判大会的。在他们授意下，一些单位和个人敲锣打鼓，沿路燃放鞭炮，将锦旗送到派出所。镇上一时热闹如过节。人们夹道而立，看着宏阳被拖进囚车，送去劳教。这是场胜负悬殊的较量。早在新所长一脚踏住扑倒在地的宏阳时，人们就这样认为。所长接过由属下拨好号码的话筒，带着全世界都听他差遣的自负耐心等着。在此之前，镇上还没看见过这样一个接近于神的人，他举手投足间无不体现出封疆大吏才有的气派与魄力。他对着话筒没好气地说：‘张功侵吗？’接着又是：‘你不用跟我说你好。我叫袁启海，袁伟民的袁，启发的启，大海的海。范镇派出所所长。副科级。今天我以一个岁数比你大的人的名义正式通告你，立即停止干涉我们派出所的工作。今天我们抓艾宏阳，明天还可能抓你别的什么亲戚，只要有人犯法，我们就抓。我谨此通告你，你若是再往下打招呼，我就坐到你领导办公室去，和你领导打招呼。我就说这么多，你好自为之。’这名叫袁启海的所长挂掉电话时，据说很多人身体内同时涌出一股滚烫的激流。他们摇摇摆摆，不能自已，几乎要号啕大哭。那些不会表达的就知道抹泪，而会的呢，则带头鼓掌，因此镇上一时掌声如雷。事后他们当然能理智地想到，宏阳并非罪不可赦，张功侵说起来也应该是故乡人骄傲自豪的一部分，但在当时他们几乎是抢着跳入这道义的狂欢，生怕迟到半步。我总觉得，袁启海给人印象鲁莽，心下却十分精明，深谙套路。宏阳被定性为高衙内这样的纨绔子弟，而说起来他和张功偍有多大关系呢，张功偍不过是他叔太公孙女婿的外甥，宏阳本人也只是一介农夫，吃的是农业粮。因为这个强奸式的定性换来群众的支持，派出所将宏阳整整打了一天，并在证据不足的情况下，以扰乱生产、生活和工作秩序的名义将宏阳报送劳教一年。在这一天内，宏阳能做的只是与派出所的人一起争夺自己的膝盖。已经没什么可守卫的了。当他意识到这两块膝盖对人家有着非凡的意义，可以让人家懊恼和愤怒时，他便看护得更起劲了。佑生你知道，古时有杀威棒一说，入牢先吃三十杀威棒，是给你的额外之刑，本意不是要让你两三个月动弹不得，而只是想让你在呻吟叫苦之余，好好回想下人家应有的威武严酷。如今立威之规变为下跪。人们不常去审讯室，因此不太懂得这规矩，总是先看看房间的构造，搓手，用眼睛请示他们，像闲置已久的厨师或工匠急于等待分配工作。他们到这时还以为自己是个人呢，全身心都在敬畏地等待（也许还会有杯茶他们想），直到一个声音猛然出现：跪下！两者之间的关系顷刻生变，治理与治理对象确立。稍后他们会来监督你的完成情况：跪正点！腰挺直！这就是他们审讯的头一道程序，只有完成这道程序，他们才会接下去问：姓名、年龄、性别、民族、籍贯、住址、家庭成员、是否有前科。他们是将宏阳拖去审讯室的，空荡的走廊里回响着杂乱的脚步声，看客蜂拥跑向后院，在起雾的玻璃窗前挤来挤去。从窗玻璃往里看，除开能看见一点黑影的变化，什么也看不到。

声音也听不仔细，含含糊糊的。但人们还是依据一点点信息复原出这场刑罚的全部细节。正因为是凭推理与想象得到的这真实，他们心下觉得更恐怖。跪下！民警命令道。在压宏阳的肩膀、踹宏阳的腘窝不能使宏阳弯下自己的膝盖后，这些公家人心急火燎地去找工具。我让你不跪！一根带钉子的长棍在划出一圈巨大的弧线后，击中宏阳双膝，因此能看见宏阳的身影猛然伸直，也许他还跳了起来。跪不跪？有人开始抽他耳光，不是左右开弓而是一直照着一边脸扇，一直扇一直扇，就像要在那扇出火苗来一样。可以想见鼻血正源源不断地流出来，并一颗颗在地面清晰地溅开。再这样下去，宏阳就要被揍成一个孬子，就要被，人们越看越苦，揍死了。哑子福忠抓着一包烟焦急地走来走去。后门打开时，烧火的小孩提着水桶出来，福忠谄笑着过去打烟。对方只是作势伸伸腿，福忠便一溜烟跑到院门外。小孩向水井打了一桶水进去。要做饭了，这事情差不多了，人们开始散去，窗前却传出仍留在那观看的人的惊呼声。窗玻璃上新添了一大团白雾，在雾气还没消散干净时，又一团白雾喷上来。窗户像经历地震那样微微颤抖。是宏阳摇动生锈的钢筋条，拼命地喘气呢。这会儿，袁启海正朝他精赤的脊背浇了一整桶冰水，并用绛红色的腰带抽打起来。‘老子不要求你跪，今天你就趴着受审。’袁氏说。不久宏阳滑溜到地面。他不知道这是不是算认输，也可以不算，但他终归还是配合起来。他们说什么，他就说你们说什么就是什么吧。倒不是对他们的问题不在乎，而是抵抗一天，真的感到累了。因为受冷，他咳嗽起来。袁氏便让小孩去熬一碗姜水。一旦你服输了，他们就会变得像春天般温暖。这是历代好汉都要经受的考验。跪下方知大地温柔。投降或接受招安，才知你死我活的敌人其实也像父亲一样富有人情味。可是，心中那孤傲的东西毕竟被阉了，你说是不。

“宏阳被拖进囚车时，鞋尖不停磕碰着地面。车门拉开后，他们让他小站了一会儿。在他脸上有一种即将远行的茫然。所长跟着进车，交代好几次要好好做人，才下了车。囚车呜呜狂叫，像马戏团的小货车歪歪斜斜开出镇上。有好些天，人们不能习惯没有宏阳的日子，然而一年后当他返回时，人们又几乎不认得他。这中间，我们曾去位于牛角垄的劳教所探视，他用一种我们感到陌生的口气说：‘有些事你总是改变不了，因此只能去适应它。’他头发已经理平，身形瘦了却更显结实，神情里有股睡眠充足的平静。他指着警务公开栏里的一张照片（此人可能受过化疗，眉毛与头发掉光了，脸色浮肿，脸皮接近于透明），说：‘我用了很久才找到和他打交道的办法。’每天，佑生，我跟你说，那叫呼延的副所长总是就着煤炉烤几颗花生，暖壶小酒，盘算如何将权力用活用好，用出新意来，以打发他那已然到来的孤寂茫然的老年生活。他有着老式民警的作风，扣风纪扣，扎腰带，将警帽系带勒紧于下颏。他的多数同事则要到厅长前来视察——而那可能一辈子也碰不到——时，才会从橱柜顶上翻出蒙满灰尘的帽子来。他是如此认真，胸前却挂着一只鹅黄色的玩具喇叭。在给孙子买玩具并试着吹响它时，他想起军营生活。是的，没错，就是它，他想。从此这不知道什么时候就会响起的声音沙哑的喇叭，成为劳教学员灵魂里最恐惧、最愤怒同时最无可奈何的东西。有时他们整个下午守在宿舍前，看着擎着它的呼延在小道上走来走去，等待他吹响，可他就是不吹。而在他们预感到不可能再有这声音并为此松下一口气——比如一辆轿车接他回城去休假，车门砰地关上，轿车也驶出劳教所的铁门——时，他又吹响它。像是踩到火，他们跳得极高，呼叫着跑向操场，哪怕身上只穿一条短裤，哪怕还在拉大便。他们害怕成为号声停息后才到达的人，那意味着一整天饥肠辘辘地站在食堂外。有时仅仅依靠这几个倒霉的人，剩余人才懂得什么叫作还过得去。'很好，'呼延总是赞许地看着排好队的他们，'很好很好。'记忆差不多要让他热泪盈眶。往昔他曾是军队内的一名营长，手下有五百兵。他一边点头一边说，一班一班，很好，二班，也很好。然后忽然翻脸不认人，喊：

"'登（立定的连音）！'

"他们猛然挺直身体。

"'稍息。'

"他们稍息。

"'登！'

"他们立定。

"'报数。'

"他们甩头，将自己的数字甩向右边，一个个地甩下去。接着呢，是‘原地踏步，一二一,一二一……登！’‘向右转，跑步走……登！’‘向左转，第一排，正步走……登！第二排……登！第三排……登！第四排……登！’‘向后转，向前向右三步走……登！’诸如此类。他们一整天的活动就是从操场一角跋涉向另一角，或围绕某个轴心不停转圈，或在一块方形区域内走来走去。我想起芥川（你知道吗）说的那句话，在相隔八尺的两个台子上放上二十来斤重的铁球，让囚犯不断地来回搬来搬去，再没有比这更让人痛苦的刑罚了。有一日，操练是在雨中进行，雨水持续击打观礼台的透明顶盖，也打在他们毛孔紧缩的皮肤上。它加重了仇恨。他们紧盯着穿着雨衣与靴子的呼延，践踏出泥浆以让它们悲壮地飞溅出去。有时他们互相示意，意思是一起上。然后随时等着别人上，自己再上，或者根据实际情况判断，不上。这就是这伙学员的自私之处。这样的人不值得上帝多看一眼。最终，在他们的鼓励或者说是唆使下，宏阳向呼延提出抗议。宏阳的声音甚至比不得雨声大，他们一听见，却在瞬间极为默契地站住不动。

“‘别走。’宏阳是这样说的。

“‘齐步走。’老头儿怀疑是自己发出的指令不够清晰。

“‘别走。’宏阳重复道。

“他们一个个高昂着头，任雨水冲刷脸庞。老头儿显得焦躁不安。他从远处走来，命令某个人：向右转、稍息、立定。那人每样动作做一点儿，又不全做，你可以理解老头儿喊稍息时他是在立定，喊立定时他又是在稍息。‘别做。’宏阳说。因此那人便完全停止执行呼延的命令。老头儿气得浑身发抖。是啊，气得很厉害。就像饿得太惨，双手在极其夸张地颤抖。这可能是他第一次遭受抵抗吧，他显得有些慌乱。然而很快又恢复过来。你妈屄又黑，他们听到他骂娘，又臭，没有洗，看着他低着头走进队伍当中。为着增强轻蔑效果，他还不惜让自己的举止显得吊儿郎当。他将那根浅绿色的教鞭戳向一个人的肩窝，说：‘你刚刚说什么？’

“‘不是我。’那人回答道。被老头儿狠狠抽了一鞭。如此几番，宏阳说，是我。‘很好，’老头儿走过来，用教鞭点着宏阳的额头，说，‘很好。’然后他下令除开宏阳之外，所有人解散。众人便带着旁观者的同情，走几步回一下头，三三两两地散了。他们是按照劳教所的规定，无奈地返回宿舍。啊哈，他们自己是这么理解的。只有一个绰号叫飞眼的蕲春人过来抱住宏阳，嘴对耳朵，说了一些。‘什么？’此时宏阳正处在被集体背叛的气愤中。

“‘我说，兄弟，你得顺从。’在老头儿过来一鞭抽向飞眼脊背时，飞眼强调道。后来他还回头对着宏阳频繁点头，像是提醒他，自己刚托付的是一件极为紧要的东西。然而，这样的建议听起来就像是幸灾乐祸。宏阳痛苦地闭上眼，握紧拳头，准备承受好一番殴打。然而老头儿并没有对他实施鞭笞，而只是走到遥远的观礼台，坐在马扎上，对他发出简单的命令：‘齐步走，立定，站好。’原本是集体承受的折磨，现在宏阳一个人承受了。雨越下越大，地面的积水越来越多，宏阳每走一步，解放鞋都要渗进水来。宏阳正是因为这个染上毕生难愈的灰趾甲。在这一天的下班铃声鸣响后，劳教所其他的民警端着饭菜过来围观。因为他们的到来，老头儿站起来，充满激情地指挥宏阳完成一连串有难度的队列动作。其中一位提着一串钥匙，最长的一把是禁闭室的。好好听话，否则就把你关进去哟，他特意走来，关切地看着宏阳。在那没有窗户、像口暗井、墙壁被抓得血迹斑斑的孤独房子里，时常传出撕心裂肺的喊声，那喊声足以惊醒所有的学员，让他们恐惧地坐到天光。在一代代不形文字、口口相传的故事里，禁闭室是死了人的，而且死得相当惨。好生听话哦，狱卒抓着钥匙走时，饶有深意地看了眼宏阳。与他并肩同行的是一名长有颊须的同事，此人因喜欢握住人的卵子玩弄，得名‘绝户手’，也有叫他‘四大名捕之铁手’的。他也饶有深意地看了眼宏阳。

“坐在观礼台上的老头儿只做一件事，就是下达口令让宏阳去执行（他的口头禅之一是只有错误的执行没有错误的口令），譬如正步走，走十步，立定，向后转，继续正步走，如此往复。这样走来走去，走上数小时，宏阳倒是盼望他下来将自己痛痛快快地打一顿，打死都行，因为那总会有一个清晰可见的限度。不像现在，宏阳完全不知道自己走来走去、走来走去、走来走去，到底要走到什么时候。他无法预知老头儿心里宣布结束的时间，这样的时间截点可能一开始就存在，也可能并不存在。没有制度规定与有效的经验可供参考。有一会儿，老头儿站起来，走到水泥台边沿，举起右手，宏阳眼巴巴甚至是充满感激地望着，可他又将那只手悄悄收回，走回到马扎那里。就像无聊的农妇向围拢过来的鸡举起抓满谷子的手，然而一粒也没撒下便走了。嘿嘿嘿，嘿嘿嘿，老头儿笑着点好烟，说，继续。”

“真够变态的。”许佑生说。

“是啊，变态到极点。宏阳甚至不敢心怀希望，因为希望一旦有了而又不能及时实现的话，就准会给人带去更深的痛苦。然而没有希望，又根本抬不起那有如绑了两副浸湿的沙袋的沉重的双腿。当天黑完了，黑到伸手不见五指了，宏阳认为这场游戏怎么着也要结束时，他看见对方踩上木梯，爬到电箱那儿，将高杆灯给鼓捣亮了。‘你妈老瘪啊，’宏阳猛然大哭，‘我操你妈的老瘪啊。’

“‘你骂谁呢？’呼延副所长走过来。

“‘骂我自己。’

“‘你再骂一遍。’

“‘操你妈。’

“‘操谁的？’

“‘我妈。’

“‘那你校正一下。’

“‘操我妈，操我妈老瘪。’

“‘继续。’

“‘操我艾宏阳的妈的老瘪。’

“‘没有，我是让你继续正步走。’

“佑生，如果宏阳是死囚，老头儿便不敢怎样。宏阳就是用削尖的木桩捅穿他直肠，他也不敢怎样，因为对宏阳来说怎么都是一死。一死是死，一万个死也是死。老头儿正是看准他们的心理——劳教学员只关一到三年（宏阳是一年），这是可以忍受的时长，就像是可以支付出去的款项——才大施淫威的。他经常走到学员身边，推心置腹地说：‘如果你都不感到一点点痛苦，那我们还谈什么教育改造呢，是吧？’他有一种鬣狗的精神，不停攻击你、骚扰你、惹你，摆出一副要吃掉你的样子。你一旦感到厌恶、心烦意乱并进而愤怒，他的目的就达到了。他就想看到你在怒火中毁掉自己，毁掉生活、理想、追求以及打算好的事，将自己的一切赔进去。或多或少，我们一生都要面对这样无聊的人，佑生，你得学会与之相处。宏阳指着那张照片对我们说：‘这就是我在这里学到的东西。’在宏阳即将崩溃时，他看见灯光下重新下起的有如银鱼密集飞跃的雨点，不知怎么想起飞眼。飞眼的建议是那般荒唐，然而在提出建议时口气又是那么真诚。宏阳决定一试。在呼延沿着湿滑的台阶一级一级将自己小心挪下来——毫无疑问他是要下来郑重布置他脑子里新想出来的复杂任务——时，疲惫的宏阳集中他现在能集中到的最后一点力气，走过去，扑通就跪在他面前，并且抱紧对方的腘窝。‘爹！’他撕心裂肺地喊。这一喊几乎完全放开了他的心灵，几乎是将他自己全部献出去了。后者连连后退，而他拖动膝盖步步紧逼。‘爹，我错了，爹！’他声泪俱下，如丧考妣，哭得上气不接下气。滚烫的泪水冲洗着呼延尚且干燥的警裤。‘我的爹呀！’在对方抽走腿后，他还悲伤地拿脑袋猛磕着地上的泥浆。他将全部的情感都付诸这一次的忏悔与求告了。而呼延是抽了几次，才从宏阳那里抽回自己的腿的。就像一名异性恋主义者受到同性恋的勾引，他心怀恐惧地想，这下子自己可是与不体面的事情有了洗不清的联系了。

"'回去，'他迫不及待地下令道，'滚回去。'"

九

“后来呢？”

“后来宏阳出来了。”

十

“宏阳有如一名异乡人归来。他穿着（还不如说是拖着）泛着油光的牛仔裤、一双像石灰窑工人穿过的皮鞋、只有一只袜子的袜子，背上随便搭一件插兜开裂的黑色风衣。头戴一顶西部牛仔遮阳帽。身上散发出一股我们常在养一堆猫的人身上闻到的味道。他坐在邮电所外刷了绿漆的空心管栏杆上，每隔几分钟朝地上扔下一颗烟头。二十七日，我们大清老早地去牛角垄接他，劳教所说头一天已释放，因此我们知道，自去年今日算起至今年今日不是一年，而是一年零一天。我们懒洋洋地找了一两日，没找到，直到一周后他自己出现在范镇街。与想象中的久别重逢不一样，他露出的笑节制，有限，掩饰不住其中的凄惶。失踪的这些日，他一定没干啥好事。要不然不会这样不安。宏阳一整天都坐在这儿，谁都请不走。敏感的人意识到，他是在这里等人，这人就在镇上或者就要来到镇上，或者不如直说，他要等的这个人就是袁启海。他在为自己能否重新立足本镇赌博。他必定已经下注，现在就是等着对方出牌。他要么赢回来一些，要么输个精光，从此消失于本镇。

“袁启海接到妻子的电话后，离镇，去了几十里外的县城。到现在还没回。拿起话筒时，袁启海压不住火，认定自己的女人好吃懒做，不思进取，只会浪费时间与粮食。挂掉电话时，他对她仍感憎嫌，但在精神和行动上已和她站在一起。根据她的描述，未知的魔爪已经触及这个家庭最脆弱的那部分——也就是他们唯一的女儿——身上。它没有征兆却是预谋已久地到来。它消失得那么快捷，那么彻底，但留下的意思又是那么明显，那就是它一定还会再来。袁启海从保险柜取出枪，心急火燎地去县城。在那里他除开不得要领地发一通脾气，什么事也没干成。经过权衡，他决定将妻孥暂时带回范镇。

“吉普车急打方向盘，停在派出所门口时，坐在栏杆上的宏阳禁不住跳下来。轮胎将小石子碾进地皮，发出清脆的声响。嘭，他们先后甩上车门朝台阶走去。仅仅是出于对新地方的些微好奇，袁启海的女人，那向不愿下乡的女人本能地回头，看了眼街道，然后依照惯性走上去。一秒钟或两秒钟后，她止步，缓缓转过身来。恐怖的想象重新涌进她心里：（啪，）胰岛素笔的针头插进隆起的腹部或者猛拍订书机将变童过长的包皮装订起来；一张A4纸它锋利的边缘有如剃须刀刀片猛然割向鼓胀的眼球；尖利而龌龊的指甲吱吱叫着刮向墨绿色的黑板；婴童（其臂嫩如鲜藕脖颈抹了爽身粉）在收养着很多流浪藏獒的屠杀场蹒跚学步；电钻旋转着肢解布娃娃；一块红砖跟着奔跑的小鸡移动为着将毛茸茸的它拍成一张标本；凶手在拉着长线准备缝合小孩的嘴唇。她用力掐着丈夫的手臂，然后指向正伸长脖子朝这边张望的宏阳，就是他，化成灰我也认得。‘回了啊？’宏阳走过去，朝所长摘下帽子，露出剃平的头发。袁启海静静地看着，像是已付账的顾客对着货物核实广告上所说的内容，忽而一巴掌抽向那正讪笑的脸。宏阳体魄何其好，却还是趔趄着歪向一边。在袁启海接着踹过来一脚时，他索性倒地。袁启海踢走那掉在地上的帽子，使它飞到路中间正奔行的轮胎之下，然后单膝跪向宏阳的腰腹，按住宏阳总是想仰起来的头。‘我只是——’宏阳每要分辩，嘴角便会挨上一拳。我印象特深的是——”（您印象特深呵呵，许佑生想，您当时几岁。）“——当袁启海揭开枪套的子母扣时，理发店的录音机正播放到一首辽远、空无、没有痛苦也没有欢乐却表现出所有人类情感的歌。一个不知年齿的女人在唱。在经过很长时间浅唱低吟的铺垫后，在想象中穿着少数民族服装的这名汉族歌手，展开歌喉，将轻灵的呼喊像放飞什么东西一样，一路放飞到云层。眼见着它要消失，又大江大海地奔回到地上人们的眼前。于是我们的灵魂跟随着歌声一次次地升空，一次次地下凡。我们如此超然。屠杀却又近在眼前。人群无声地奔来，占满公路。车辆起先还能从路边的水沟歪歪斜斜开过去，后来便完全无法通行。一些派出所的人张开手拦住那些看客，都回去，没什么看的；另一些则弯腰徒劳地劝他，袁启海。后者正一颗一颗地朝弹匣按子弹，一共按进去五颗。他和施瓦辛格先生一样冷静。从这刻意展现出的冷静看，他想控制住的不是自己杀人的念头而是一枪毙掉对方的急迫欲望，好让行刑进行得像一场精密的手术。他将弹匣拍进枪身，扳动击锤，随即双手配合拉动枪栓。别这样，他的下属围着他焦急地绕来绕去，别这样，袁所。‘走开。’他阴沉沉地说。随后他朝天试上一枪。蓝烟从枪口喷出来，因为后坐力，枪支陡然后仰。在云层深处传来一声震颤的回响。观看的人群于是分几个方向逃窜开，逃到自以为相对安全的位置。在电线上待着的鸟儿都飞跑了。磁带在录音机里猛然卷带，喇叭发出连串怪异无奈的呼喊然后猛然喑哑。袁启海双膝压住宏阳胸膛，掏出手帕擦拭那长一百九十五毫米的手枪以及宏阳正在出汗的额头。此时财政所所长走来，他以公家人同时是一名长辈的身份说：‘别这样，想想咱家孩子。’

“‘我知道，’袁启海回道，‘我正是为孩子着想。’

“‘我只是——’宏阳又开始说。袁启海死死掐住他的咽喉。宏阳的脸憋得通红，太阳穴边青筋暴突，眼球快要迸出来，而双手则不停拍打着地面。起初他不知该如何解释此事，后来迫不及待想解释时，要么是枪声，要么是喧闹声，掩盖住它，要么像刚才，刚要说出来便被掐住喉咙。要到宏阳差不多憋死了，袁启海才松手。他弯起一根指头轻轻划拨宏阳的额头——这让我想起在吊水前，医生也会用一根指头去划拨婴童的额头——然后将冰冷的枪口顶在他认准的某个部位。正大口喘气着的宏阳身体瞬间绷直，因为绷得过直以至臀部高高地离开地面。宏阳翻起眼白来。嘴角也吐起泡来。人们说就是从这个时候开始他长起了白发。要过那么一会儿，他的身体才重新软起来。他的呼吸变得均匀，眼睛也平静不少。他不时摇头，想摆脱那恼人的枪支，不是说他想躲避死刑，而是说他嫌它挡住自己谛视寂静的天空。他低估了袁启海保卫家园的决心。为了让袁氏知道自己不是好惹的，他很有分寸地干了一件事。他乐观地以为凭这做得很有分寸的事，自己只会招来一顿殴打。他显然低估了这名退伍军人对女儿的爱——”（“武警。”许佑生说。）“——是的，退役武警。在眼睛一闭，流出好大一泡泪水后，宏阳变得温顺起来，开始配合起袁启海枪杀自己来。正像临终者配合活人给自己穿上寿衣、病人配合医生给自己穿上手术服。人们一步步后退，包括那些劝说劝累了的人。袁启海将食指探进护圈，挨上扳机，调整呼吸，慢慢抠动。后来我知道这个动作叫作预压。有意预压，无意击发，据说这样子弹才会射得端正。在扳机眼看就要抠到击发位置时，袁启海轻轻松开指肚，拢起嘴唇，吐出一口长气。细密的汗珠从他的额头渗出来。‘我只是想——’当宏阳再次要说什么时，袁启海重新将枪支顶上去。从扳机护圈里伸出的指尖不受控制地颤抖。他袁启海在挣扎。一个他死活要抠动扳机，另一个他则坚决反对；一个他愤怒地说，你可是一个女孩的父亲啊，因为这可怕的遭遇，孩子妈的眼睛都哭肿了，哭得像一个桃子一样，你知道吗？另一个他虽被这劈头盖脸的指责弄得无以自容，却还是死死抱住第一个他的腰，说：别冲动，你别冲动，别中了对方的奸计。在这缓慢的进程在这半毫米半毫米的艰难进退中，他那原本黧黑的脸变得黄而透明。每当他咬紧腮帮，吸进一大口空气时，骷髅的形状便从他的脸皮之下显现出来。袁启海一次次将枪戳向宏阳的额头，一次次地撤下。到这时，佑生，我才知道，杀一个人哪有那么容易。袁启海最后一次做出努力时，微微闭目，口中念念有词。就像跳水运动员在跳板上展开双臂时，最后一次默记全套动作要领。就在这时，就在他不停念着击发、击发、击发的口语时，一辆疾驰来的自行车滑向路边，骑行者跳过来抬起袁启海的胳膊，同时将袁启海手中的枪缴下。是何东明阻止了屠杀。或者说，是袁启海等到何东明过来阻止了自己实施屠杀。‘你脑子在想什么呢，老袁。’何东明呵斥道。能看见袁氏跪在那儿微微抽搐。我想他的心灵在大哭。他差点将自己送进牢里了。

“‘算了。’何东明将枪塞进袁启海的枪套，扣好子母扣。

“‘我要不是看何主任，我要不是看东明的面子。’袁启海不停踢打着宏阳的腰身，说。后者四仰八叉地躺着，尿液如河流解放出来，使地上像是有了一团较大的阴影。‘算了。’何东明继续说。未来人们将认为这是一场盲目自信的悲剧。一所之长，没有很好地分析形势、制定策略，而是被愤怒与冲动弄得骑虎难下，最终像毛孩子一样，被自己的胆怯击败。宏阳赢了。当然，在当时，宏阳展现的是失败者的姿态。他从地上爬起来，三跪九叩，不停哭泣着，说：‘我只是个不懂事的乡下人。’

“‘什么？’袁启海说。

“‘我只是想和你缓和关系，我还要在范镇街混。’

“‘因此你就去找我们家蕊蕊？’

"'你要原谅乡下人不懂事,'宏阳说,'我知道找你送礼送不上。'

"'是谁教给你这样的?'

"'县里人说的:你买点东西去哄人家小孩。'

"'我是说谁教给你送礼的?'

"'县里人都这样。'

"'我跟你说,'袁启海揪起他的衣领,说,'蕊蕊今后有任何事,我都拿你是问,懂吗?'

"'懂。'宏阳高声应诺。后悔的眼泪又汩汩流下。袁启海从中确曾看出善意与委屈,掏出五百元,打在他头上,扬长而去。宏阳捡起钱,还有飞眼送的已轧瘪的遮阳帽,哭哭啼啼地回家。到家后他还在反复哭着。'好心办了坏事,我本意只是想巴结袁所长一下。'他对宏彬是这么说的,对水枝如此,对姘头亦如此。后来,在范镇街,只要是看见袁所长摸出烟,他就老远冲过去,抢在对方点火前先将摇晃的火苗送到。人们没见过这么赤裸裸的献媚。有时当袁启海抚摸他的头,他非但不觉得别扭,还脸露喜色,巴不得让所有人都瞅见。有时袁启海作势要踢打他,他便老早佯装被命中,小丑一样腾起双腿,哎哟哎哟地叫唤起来。当然,人们(包括袁氏)都清楚,这谄媚趋附并非出自本心。它只是一枚有意添加的砝码。宏阳占有了袁启海内心的恐惧,他占有的是一个从不害怕别人的人的恐惧你知道吗佑生,他捏住了对方的命根子,因此得找回去一些,以使天平还能保持在一个大家都过得去的水平。我想,当宏阳过来巴结时,心中最不舒服的就是袁氏，就像是不得不把苍蝇吃下去。然而他只能由着对方这样毛骨悚然地向自己舔来。既然没法一枪打死他啊，既然。”

“袁为什么一直不找机会弄死宏阳舅舅？”许佑生说。

“你宏阳舅心里也担忧，所谓自古兵贼不两立，因此在那些年就给木香与水枝备好存折。我相信袁启海每天也在盘算怎么一劳永逸地除掉宏阳。对他来说，题目难在，如果不能将宏阳以及宏阳的朋友一票干死，他女儿就危险了。对我们来说，那些朋友不过是不成器的一帮小朋友，对袁启海而言，却个个是亡命之徒。不得不说，在宏阳在时，这帮人驴蒙虎皮，狗仗人势，确曾展现出某种阴鸷、毒辣、凶残、无耻的品质。据说在全省开展打击有组织犯罪专项行动时，袁氏动过脑筋。也正是那次走的口风，让宏阳跟水枝交代后事。但袁氏最终还是忍了下来。很难想象，袁氏会为着内心的害怕，而将女儿迁徙到远方，或者自己主动申请，调动到别处。他心中毕竟还骄傲。就这样，他带着焦虑与抑郁继续在范镇上班。每天他接受来自宏阳的早请示晚汇报，以维持自己还在操控一切的假象。当妻子打电话告诉他，宏阳给她的父母送去一笔数额较大的金钱时，他眼睛痛苦地一闭，知道自己永远地被对方拖下水了。这种毛茸茸的、让人作呕的、小心翼翼的、危险的关系维持多年，因为双方后来一直共享着好处，并且再未起冲突（哪怕是微小的冲突），逐渐变得轻松起来。他们在称兄道弟时也开始有一些真意。最终，宏阳赠出一份大礼，或者更准确地说，赠出一份看不见但极实惠的大人情，让袁氏放下心里的最后一丝仇怨。宏阳让袁氏荣升司法局主持工作的第一副局长，民警赵中男荣升范镇派出所主持工作的副所长（后又升为教导员）。别离时，宏阳与袁氏连饮三顿。他们勾肩搭背，一起哭着去后院呕吐，彻底冰释前嫌。但是据说当司法局的宝马车来接袁氏，有人问要不要跟宏阳打声招呼时，袁又嫌恶地掸手，像是要赶走一只恼人的苍蝇那样要赶走这提议。也许官场人都是如此。

“在差点被袁氏枪毙后的第三天，佑生，宏阳拉着一车木材经过范镇。去跟袁氏打烟时，袁氏嫌恶地看了看牌子（大重九），单手将它捏断，然后摆出那副公家人的傲气，反背着手走进派出所。”

“他不管？”许佑生问。

“是，不管。这就是事情精妙的地方。这车非法运送的木材是试纸。如果派出所管了，宏阳便说自己去林业公安自首，按照管辖原则，这是归属于林业公安管辖的事。如果不管，说明袁氏可能要开始对他睁一只眼闭一只眼。结论是不管。宏阳心中有谱，开始慢慢往下试探、收买，终于是将自己在镇上的势力完全恢复并有所扩张。”

这时，许佑生再也掩饰不住困意，乜斜着眼看看舅舅，头栽下去。你应该再问一句：失踪的这几日宏阳舅舅到底干吗去了？宏粱看着外甥，后者手里抓着手机，每当它有一点掉下去的意思，睡梦中的他便将它抓紧。戴着泥灰色帽子的保安也如此，手上抓着一串钥匙，不时被自己的鼾声吵扰，猛然抽搐一下，稍稍挺直脑袋，然后又任由它栽下去。时光不可阻挡地黑下去。收音机里播放着京剧，一名旦角在用鸟的声音唱，一个字唱十几秒。蕊蕊双手抓着铁门的竖条栏杆，单腿踩地使出她认为是最大的力气，以使悬空的身体随着铁门移动。她一次次玩这游戏。这条巷子不到一里长，实验小学处在它的中段。宏阳迎着三三两两回家的小学生从巷南口进来。到达后，他回头望，仅能通行一台卡车的巷道已空无一人。他看了眼门卫室内的保安，伸手制止正要关门的小卖部。

“蕊蕊，蕊蕊。”我一生都难以想象宏阳巴结小孩是个什么样子，他长得可是比屠夫还要丑陋、暴戾和狰狞。他假装他们之间认识已久，以一种姨公的口吻和她打招呼。

“你是谁呀？”小孩子问。

“长得这么乖，你妈妈一定喜欢你。”

“妈妈喜欢我。”

“你爸爸也一定很喜欢你。”

“爸爸喜欢我。”

“来，蕊蕊，过来。”他说。

“你是谁呀？”

“我呀，我是你爸爸的朋友。”

“爸爸的朋友是什么呀？”

“是叔叔。”

“你是哪个叔叔呀？”

“我是叔叔。”

小孩子双足踩在门底上，整个人后仰，双手抓住竖条栏杆用力晃，试图使铁门倒退回去。这会儿她妈妈正在四五里外的生资店打牌。她们催她，她说急什么。从下午五点一刻到六点她们一共会催三次。有时她打电话给妹妹，后者因为住得离求知巷近，负有接送外甥女这个义务。她总是对妹妹说："几脚路，这点忙也不帮？"有时妹妹也在打牌，便说自己这边有人按摩，人走不开。总要到六点，总要到放学过去半小时，袁启海的女人才心急火燎抓起桌上的钱，一边往包里塞一边跑出来，看见人力三轮车便跳进去。快，快，她一路要骂好几次红灯。这些情况宏阳都摸清了。他在县里讨过一笔欠款，便在生资店对面坐下来。

宏阳试图拉住小女孩的手，被躲避开。他身上有股陈腐的味道（是那种捕鼠人或者睡在糠里的人的味道）。她在铁门上吊着，说："妈妈说，不能随便跟别人走，也不要和陌生人说话。"宏阳哑然。我估计这会儿他很想扯住某个人，和对方分享自己对现在小孩的评价（"可精明啦。"）。他走向小卖部。柜台里花花绿绿，琳琅满目，全是瞄准小孩下钩的包装袋食品。不一会儿他就将买下的一堆展示在她面前。她看了眼，吸动鼻子，说："妈妈说，不能吃别人买的东西。"

"要是吃了呢？"

"就会烂肚子，打针。"

她双手仍抓着栏杆，但眼睛还是斜着看了它们一眼。

"它们不好吃。"她说。

"那什么好吃呢？"

"怎么说呢，我也不知道。"

"你过来，想吃什么，叔叔给你买。"

"我不过去。"

她一只手拉着栏杆，就像那是最后的防线，整个人则已倒向小卖部这边。嘿嘿，她笑着，嘿嘿。"你说我们家蕊蕊多乖，"宏阳对店主说，"给我来一个大点的塑料袋。"不大一会儿，那女孩已全然忘掉祖训，跑过来。她翻着塑料袋里的东西，说这个不要，这个也不要。"那我们是不是退了呢？"宏阳蹲下来捏她的脸蛋。

"不退。"

"好，那你自己来挑好不好？"他将她举起来。她便这里指一下那里指一下。试想，小孩子除开在梦里，哪里见过这阵仗。他们自出生之日起，便对食物有着饥兽般的贪欲，可是父母总以勤俭节约和讲卫生为由，将他们日思夜想梦寐以求的东西挡在门外。他们心中都有一件或几件近乎构成信仰的食品，永远不可企及。他们过着僧侣般清规戒律的生活，听着父母每日强调——哪些可以吃，哪些不能吃，哪些应当吃，哪些不宜吃，哪些又贵又难吃——他们烦死了。他们可是什么都想吃，梦想过想吃什么就吃什么、想吃多少就吃多少、想什么时候吃就什么时候吃的神仙日子。他们中的他们想在巧克力厂上班，她们则想嫁给那有着魔术师风采的卖棉花糖的老头儿。现在，孤凄的现实中来了一位叔叔。她提什么他就满足什么，眼不眨心不跳，怎不叫人欢喜。她不停试探，最终发现他（果然）没有任何犹豫与不快。所有的大人都应该如此仁慈啊，她想，都应该如此大方。“还要这个。”她斗胆提出来。巨大的变形金刚模型，甲胄在身，金光灿烂，挂在小卖部最上方，透明胳膊里灌满彩色糖丸。此前从无人染指。他几乎是与此同时地答应，并要求老板将两个不同的都取下来。而她几乎要跳起来。

“还要什么？”宏阳说。就好像从这句话听出结束的意思，她匆忙指着货架上的一切。已没什么更好的东西了。可她还是不停指点，不停计议，试图说出那些东西的厉害之处，直到她自己发现，在这里，确实是没有什么更好的东西了。

最终，她守着一大堆东西，在店门口等候自己的妈妈。他将五百元塞进她的口袋，嘱咐她以后用它买点吃的，用完了呢，他还会再送过来。然后他走了，在几十米外的拐角处停下，站着。他背对着这边，知道袁启海的女人已经过来接她。她问哪来的这么多东西。她一边问是谁买的一边挑挑拣拣将一些她认为不妥的朝外扔，那一年级的女孩子便充满怨恨地哭了。也许六七年后，她就会离家出走。可现在她还是迫于淫威，向母亲指点着那几十米外的“恩人”：就是他，他说是叔叔。在指尖指向的尽头，宏阳正面对着一堵红砖墙，干一件他在劳教所只有等众人睡熟才会干的事情。因为右手不停抽动，肘部不停顶起他所披的风衣。自渎。就快了。

十一

“你醒了？”

“我这是在哪儿？”

“在我家啊，孩子。”

“我睡得太死了。”

“我还以为你们镇上人不喜欢早睡。在乡下，八九点，顶多，四周就漆黑一片，人们过夜唯有依靠睡眠，因此都养成早睡早起的习惯。今天我倒是不怎么想睡。”

你当然不想，我是留宿在此的镇上来客，你作兴，许佑生将手机放在小几上（液晶屏朝下），仿佛已做到完全不在乎。可十余分钟后，他终于还是忍受不住，取过手机来看。当然是以看时间的名义。然而他分明是看了时间的，面对舅舅的询问却又答不上来，您哪，终于找到一位合适的不会拂袖而去同时还知道礼貌回应的听众朋友，您会一路讲到清晨。

“佑生，我接着讲吧。”

“好呢。”

"'以后，会有一个人，对着一个年龄比他小的人讲我们的事。'这是这件事里令我印象最深的两句话之一。能想象那个女人是一边擦拭活动扳手一边对情郎这样说的，她得不时找点话，以确信他并没有沉浸在愤怒中。他的沉默让人心慌。她倒不害怕有一天必将到来的严酷惩罚，就是怕他这个死样子。擦好扳手后，她扔掉纸巾，用一种让人心疼的眼神看他，抚摸他微微摆动的头颅。都这样了，就别再想了，她叹息道。如果他真要说点什么，她可能还会站起来，和他大声抢白。这就是她。说到底她就是这样，一个蛮不讲理的人。他们的人生在几分钟内彻底毁掉（几分钟前，他们还在可以活命的游戏规则内行事；而几分钟后，她便在擦死人的血，她杀了他打算放生的人），就像一辆车蹦蹦跳跳，开着开着，像头猪纵身一跃，飞向山谷中。'他们是那样轻松自在，泡着热茶，呵呵，用我们的故事打发他们漫长的夜晚。而现在，对象，我们不能再回头了，你知道吗？'她说。

"'我知道。'

"'害怕吗？'

"'不害怕。'

"如今想起这话我不寒而栗。当我说出她的话，感觉她（早死了）又望了一眼天上的我们。她和他说完时，就望了一眼上空，我仿佛看见她空洞、陌生同时像动物那样平静的眼睛。手里擎着那把扳手。以后，就是这会儿；一个人，就是我；一个年龄比我小的人就是你。佑生你去帮我把电热水壶的水倒在茶碗里，我们趁热喝。

“他是从大雪中来的。远远地，有节奏地，咯吱咯吱，从田家铺走来。他先是到达范镇，接着走到张家坝（九源乡乡政府所在地，当时还是乡），再走到田家铺（下源村村委会所在地），最后问到艾湾。很多人都这样，将行政级别当成路线，一路向下，省，市，县，镇，乡，村，村民小组，不知走多少冤枉路。就像詹天佑设计的‘人’字形铁轨，两翼间直线距离不长，非得去岔道口完成折返。他尽量沿着想象中的路边行走，仿佛这样就不会引人注意，可只要人们打算去注意，就一定能一眼看见那旷野中醒目的他来。只是人们早已倦怠，窝在屋内不愿出门。即便是豹子，在冬日，它也能一步一步，安然从村口走过。有时，他会停下来张望来路。仿佛一路是走错了一样。到达艾湾后，他弯下身子问在门口倒柴灰的宏桨。宏桨抬过一次头，却不曾细看对方。‘宏阳家，喏，只有一指远。’宏桨说。算起来，为寻找宏阳，这个人已经跑了二十一天。这二十一天，饥饿、寒冷、恐惧、无聊与疲惫交相绞杀着他，支撑他一路走来的，是对宏阳这**唯一的兄弟和亲人**的思念和信任。在他的想象中，所有传说里对伟大友谊的描写，那让人百感交集、热泪盈眶的场面，都将无法比拟他与宏阳的这次重逢。抵达宏阳宅第时，他甚至不舍得走完那最后几步。也许宏阳会大呼小叫，倒趿着鞋跑过来，将他抱了又抱，亲了又亲。他怕太快使用了这一幸福，他怕将它一下用干了。是宏阳出来，正好碰见他。宏阳瞧了他好几次。那完全不认识他同时带有强烈敌意的眼神，像一记闷棍，打在他身上——”（当我推开合作社的门，许佑生想起自己曾兴冲冲去找宏阳，将别人委托于我的东西交给宏阳你时，你拍打着它，感知出大概的厚度，便抖抖那张《人民法院报》，用自己不多的文化继续看下去。如果你认为我是你的人，可以随口表扬一句；如果不是，也可以稍微致谢。但你什么也没做。虽然将这几万元转交给你并不是多么费力的事，也没什么了不起的，但我还是承担了风险你知道吗。我在为你承担风险。一旦政府追查，我就难脱干系。“放在这里了啊。”我提醒道。你仍旧在看那张报纸，似乎对我还待在这里感到烦躁。我很后悔自己是带着满腔的期望，是兴冲冲地跑着来找你的，通往二楼的铁皮梯段被我蹬得哐当作响。我慢慢转身，红着脸走了。我他妈还当自己是你的人。可现在我知道，我在你心目中，连一个哑子、一个妥子都不如。你宁可将自己的手摸向福忠的后脑勺，和人家福忠亲热。）“——这还不如杀了他呢。‘你找谁？’宏阳问。来者没有答应，转过身，拖着沉重的脚步（是呀，简直是无法度量的沉重）准备离开这他刚刚到达的地方。你是——，所幸，宏阳很快就记起什么，他愁眉锁眼，举起一根食指不停摇晃着，你是——。来者为难地笑着，等着宏阳一寸一寸、一厘一厘地将自己猜出来。后来他怪罪自己，这样没日没夜地逃亡（‘一共跑死两条警犬。’他说），无法沐浴更衣，跑几个月，人都跑走形了，别说是宏阳，就是他亲娘也认不出他来。但是失落仍然是存在的。虽说宏阳在反应过来他是谁后，又是惊呼又是拥抱，但那温情毕竟已经迟到，一迟到，于人于己，看起来都像是假的。来者就是在这意外的遭遇里看见宏阳不值得托付的一面。他收起满腔情感，多留了一个心眼。因此，直到宏阳以行动证明自己多少是一名义人之后，他才将自己一段时间以来骇人的经历说出来。而且当时还喝多了酒，人有点约束不了自己。那时冰雪尚未消融，宏阳驾驶别克车，连夜从范镇归来，将叫飞眼的兄弟喊出来，送往十几年无人光顾的废弃水电站。水电站建于山腰，山前，草莽遮蔽着原本可通行卡车的路面，上水电站需要爬行近二十米的踏道。可谓攻难守易。宏阳给他一部新手机说只要拨过去（不要接）你就直接从后墙的豁口爬出去，穿越森林自山间的鸟道翻越过去，永远不要归来。

"'一伙外地警察到了本地。'宏阳说。

"'也可能不是来抓我的。'在享福多日后，飞眼再也不想再走向野外。

"'我听说是安徽来的。'宏阳说。就是这句话让飞眼头也不回地奔向水电站。吃了一周的火腿肠与皮蛋后，飞眼被拄着拐杖上山的宏阳找回，安排在我哥房间歇息。这样的好处是，倘警方突袭围住宏阳家（虽然听说那些安徽警察已撤离），飞眼便可利用时间差从我家后门逃往后山。就在这里，宏阳好酒好肉管待。吃了好些日。有一日，酒吃得太多，飞眼忽然抓住宏阳的手，说：'我犯了好大的事。'然后便将那不停进袭梦境让他寝食不安的事和盘托出。而现在，就我想，宏阳其实第一眼就认出他。假装不认识，是要给对方一个下马威——"（可不是吗？许佑生。）“——‘飞眼，’宏阳尖叫起来，‘天哪天哪，是哪阵风将你吹来的？’飞眼此时底气尽失。他颇知道羞耻地说：‘有件事不知当说不当说，要是你不答应，就当我没说。’

“‘借钱？’

“‘不是。’

“‘那是什么？’

“‘我来投奔你呀。’

“‘投奔？’

“‘就是来投奔你呀，兄弟。’

“‘好，收留你了。’”

十二

“就在那盏枝形吊灯下，有时走过我会惊叹于它的缄默（或者说是无能为力），发生过两次至今想来仍让人惊心动魄的谈话。吊灯、房子还有我——我们是偏远乡下如此普通的事物啊——有如时间河流里的木桩，见证这件史志必有记载的事发生：一名重犯泄了自己的密，然后被捕。第一次谈话的主角是飞眼，对象是宏阳，我旁听。在飞眼讲述前，宏阳看看我，又看看飞眼，就像这是属于他们这个年龄层的事，是属于大人的事。后者却痛快地默许。看得出，这时任何人、任何事出现在他眼前，都不会不妥，他已盲信得不行。他回顾过与宏阳的生死情谊，便陈述起自己后来单独的经历来。他当然知道它的恐怖，却以为我们能消化掉这恐怖，和他站在一起，欷歔于那一步步被糟蹋得不成样子的命运。他不知道我们早已听得心惊肉跳，毛骨悚然。他喝得太多了，总是一边说一边将杯中酒干掉，然后自己又倒上。怕是喝了两三斤。他就这样醉醺醺地对着我们倾诉。我都怀疑罪犯是不是都有这种欲望：找个人，一股脑地说出来。就像自己背负着这段隐秘的经历太久，已经不堪重负。讲述开始时，他还照应我们的情绪，按我们的反应来编排语言，紧接着，就像是水烧开烧滚了，他怀着可怕的激情，将事情最可怕的那部分也毫无保留地说出来。他模仿着事件中人的举止腔调。有时还站起来，像演说家自以为到了高潮，双手挥舞起来。他全然忘记了自己是一名公安部督办的逃犯。当时的房间实在太暖了，而室外很远都是漆黑一片。”

十三

狼狗被打了一拳，又被推了一把后，身体向后倒去。传来后脑壳撞在床架上的闷响。狼狗垂着双臂，身体朝下滑。在这过程中，他抬起眼帘勉强看了一眼，又合上它。你走过去，托起他歪斜的脑袋。我以为你是要探他还有没有呼吸，不料你对着他一边的颧骨又凶狠地打上一拳。他的小弟发出“坏事了”的低呼，从床上与室外跑过来。你掏出早已磨尖的牙刷柄——你是从录像片里学来的——抵在为首者的颈上，说：“想死的都过来。”

吕警官来后，他们扯着他的袖口，七言八语地说：“忒不讲理了，人都要死了，至少是生死不明，还要赶过去补一拳，真是凶得要死啊。”为配合他们，狼狗以近乎邀赏的姿态，大声地呻吟。“你不是死了吗？我操你妈。”你当着警官的面，要过去踹他。所幸吕警官一贯喜欢息事宁人，到底还是放过了你。虽然现在想起来，这事情还不算小。

“怎么一回事？”吕警官将你拉到门外，问道。

“我揍他了。”你说。

“我知道你揍他了，我问你为什么揍他。”

“他想让你们击毙我。”

你是从我鼻青脸肿地回来知道狼狗用心的。因为站在枪口前，对警官说你根本不会划水，后来我被狼狗他们叫到仓库角落，和另一个得罪他们的人打“拳击赛”。他们则在一旁下注。直到我们中的一个被打出血来，这项“赛事”才会结束。这位叫宏梁的小兄弟你可能不知道，那阵子发大水，劳教所就被困在水中央。那雨一直在下。差不多不是下，而是哗啦啦地往下倒。那天，我们都在倾圮的围墙那里救险。宏阳你弯腰站在垒好的防洪堤上边，和另一人接我们扔上去的沙袋。天色本就阴暗，加上赶上快要断黑了，便很难看清谁是谁了。这时来了一伙人（那时大家伙儿都在跑来跑去谁管谁啊），冲上堤，看也不看，就将你推到几米之下的洪水里。然后就听见他们喊：“艾宏阳逃跑啦，艾宏阳逃跑啦。”

这喊叫声藏着三处不合理：

一、不是喊“跑了”，而是喊“逃跑”；

二、指名道姓：艾宏阳；

三、一伙人一起喊。

这说明他们精心准备过这句话。然而当时谁会顾及这些，警官掏出枪就跃上防洪堤，四处找你。后来你说，兄弟啊，非常时期子弹不认人，它才不管我是逃跑还是求救呢。情形确实如此。我想你就是逃掉了也呛死了。我光一听扑腾的声响，就知道你不会水。只能说狼狗这件事谋划得真好，不是他后来找我算账，我们都不会知道搞事的就是他。(他们这样同谋起誓，说:“若不先杀艾宏阳就不吃不喝。”这样同心起誓的有二十多人。)你就不要谢我了，你还要谢我，我们的命不就是相互给予的吗？后来，你单独将狼狗叫去，揍了三次。他威风扫地，然而一次也不敢上告。最后一次你是为我揍的。我知道。因为你要比我先出来。你掐着他的脖子说：我的兄弟就是你的兄弟你知道吗，我的兄弟有事就是你有事你懂吗。

狼狗说：是的，是的。

你说：你起过弄死我的心，我若起了同样的心，就会把你家孩子煮了吃你知道吗，还会卤好给你送劳教所来懂吗？

后来狼狗还真没再惹我。

你出去时，我说，出去就要趾高气扬地出去，不要输给这个社会，让那些个人瞧不起。我那一套衣裳，虽然有些陈旧，但总比你来时穿的要好，而且只要干洗一下，就跟新的一样。小兄弟你看，现在宏阳他穿衣服就有自己的样子了。人们只要再提及他，就会说，哈，就是他，就是那个人，宏阳。在人们脑子里闪耀的就一定是宏阳现在穿的这身令人难忘的衣服。

从劳教所出来后，我在社会上混了一段时间，又进去了。这次是改造。人生随便一过，就把看守所、劳教所和监狱混了个遍。一开始我还是电池厂推销员，还在报社当过发行员、校对、见习记者，跑热线。看起来有希望转正时，嫖娼被抓。他们说:“你缴不缴罚款，不缴的话，给你办拘留。”我综合考虑了下，选择拘留。后来我就再也找不到工作了。

十四

最后一次，我已忘记是因为哪件事进去的。可能是新账老账一起算，合并执行。被捕之日，我带着强烈预感走进一家服装店（我记得它的牌子叫童育林），精心挑选，直到被警察声势浩大地围住。我是用小臂托着崭新的西服、西裤、衬衣走进公安局的。整个审讯过程我都在惦记着它们，直到他们找来薄膜袋子，毕恭毕敬地将它们装进去。

"还有一双皮鞋。"说着，我脱下那双自从试穿后就没脱下来的尖头皮鞋。他们用报纸包好它。然后摇晃着一只玻璃瓶问："这个也要保存吗？"

"是的。"我说。

他们旋开瓶盖，将里面的鹅卵石倒出来一颗颗地数，又沿着桌面拨进去。如果装的是狗屎他们也得替我保存。法律说，公民的私有财产神圣不可侵犯。在监狱待了一段时间后（起初我一天天地数，好给自己打气，这样就少一天啦。不到一个月我就感觉恰恰是计数加深了痛苦。于是我对时间听之任之。也就是说，如果他们想多关我一阵子，或者说他们疏忽了，不小心多关了我一阵子，我也绝不会在意），我被带到狱政管理科。他们问我有没有保管收据。我想了很久，说这是什么东西。他们摇摇头，取出薄膜袋子、玻璃瓶与手机，要我在一个本子上签字。我便记起自己在这边还寄存了一套新装。我知道在监狱外不会有人来迎接我，我需要一个人风风光光地回到社会。西服上的合格证尚未撕掉。我比画着。买的时候有点小，现在极为合身。只能说，劳动生活锻炼人。

他们发给我五百元。“这是发给我的工资吗？”我说。

“不，这是政府给你的路费。”他们说。

释放前，狱方恰好安排统一理发。我说我就要出去，头毛好不容易长出来，剃掉可惜。师傅没有接话。我又说，我还有个女人，她在泪眼汪汪地等我出去呢（其实有个狗屁）。他就用推子，对着耳后随便推几下，然后扯下我脖子上的围布。出狱时，铁门静悄悄地拉开，非常有仪式感，就像帷幕朝两边徐徐拉开。外边的空气、声音以及树上一千片叶子闪耀的一千道光一下涌到眼前。我看见一名穿着绛红色灯芯绒裤、留着平头的小孩嘟着嘴，骑着脚踏车，认真地围着一棵古槐树转圈。一名头发花白的中年男人坐在百货柜后抖腿，幅度之大，让人想起操持着弦弓不停嘣嘣弹棉花的匠人。泪水从我脸上一次次流下来。这就是自由啊，我拼命哭起来。

可是，仅只是将监狱与公交车站间的路走完，我便感到这样的自由让人无以为继。半小时前，我还在号子里赌咒发誓，就是被剁掉一条腿，也不要回到这鬼地方了。可现在，就这么一会儿工夫，我又觉得号子里的生活看起来还不错，因为在那里人们不用总是去考虑一个令自己心焦如焚的问题：接下来，我该做些什么。在那里，人们的生活被安排得妥妥当当。从早起到睡着。宏阳，在路上，我一直在思考：自由是什么。我对它的定义应该与书本无异，就是一个人不受限制与约束，自主地支配自己的意志与活动。而我缺乏的就是这种支配自己的能力，或者说是自己使用自己的能力。出狱使这个问题暴露无遗。我不知道自己要去干吗，应该干吗。或许我应该去拜访下谁。有三两个同学，他们倒是不反对自己和我来往，但他们的家人令人扫兴。我的父母生活在老家。我和他们断绝来往已有十年。也许他们当中已有人辞世了。我一想到他们，就想到他们为了我而互相埋怨的样子。要到第三辆公交车经过，我才坐上去。我不知道它要开往哪里。

仅仅因为好奇世上还有这种地名，我在徒甘站下车。站牌边有一座比坟堆稍大的山丘，和一条可能通往徒甘乡的小道。太阳还在，而雨从西南边朝这里飘来。我想到生与死之间那不长的路程，仿佛用完这五百元我人生的使命也就可以结束了（在狱中，我听说一种自杀的办法，即想办法自缢，造成窒息状态。这样自慰的快感比一般情况下更强烈，同时，死亡率也极高）。我试图拦下一辆小客车，我都冲到马路上了，可还是让它左躲右闪，从我身边跑掉。我只能蜷缩在建在丘顶的瞭望站的一小块屋檐下，看着雨绵延不绝地飘向自己。它看起来还要下很久。那一刻我孤独极了。

我还是回到归县。

我曾发誓，不要回去，永远也不回去。可最后还是被它召回。这就像我们成千上万次地跟自己说，不要去陋巷找那肮脏的声音沙哑的老妓女了，可最后还是去了。旅程越靠近它，我便越痛恨自己的下贱。我在归县当过小偷。每天，太阳初升之时，一辆辆从各地开来的客车，哼叫着冲进停车场的烂泥里。我和师兄们（我们彼此是这样叫的）围上去。要么拿份可能还是去年的报纸，要么手挽着外衣，在他们往下挤的时候往上挤，就像是要去找什么人。这些来县里的旅客总是鼓着羚羊、斑马那种草食动物才有的无辜、恐惧而茫然的眼球，任凭我们在他们身上摸来摸去。我看过电视里的安全检查。说实话，我们拍打的幅度要比安检大得多。我们不太敢向县里的人下手。因为他们总是能在短时间内找到人，将我们扭送到派出所，或者当场进行围殴。在这停车场，我只遇过一次挑战。有一个人，一直看着我的手指伸进他的裤兜。在察觉到他已察觉后，我将那分开的手指合拢打了一个响指。他捉住我的手腕，义正词严地斥骂。我有点害怕，但在师兄们打过去一根烟后便不怕了。因为他接了。而且还就着我们的火点着了。那天，我默默跟踪他一上午，去了很多地方。他当然意识到我在跟踪，曾猛然转身，怒视着我。而我报以真诚的微笑。最终他拐进巷道跑了。现在想，我也不是要恐吓他，只是想找点儿事做。

在客车来之前，我总是待在停车场最暖和的一块地方，背靠着墙上贴着的促销海报。我长时间地看着倚在理发店后边简易棚子上的一面废弃的大镜子，认识自己，观察自己，研究自己，并且思考自己。我觉得昨天的自己和今天的自己并无区别，明天的自己料也如此。不是说长相，我的长相每天都在变，而是说性格，说对一件并不好的事的深度依赖。我经常凄惶地想，我竟然在这样一个让人羞耻的职业里混迹这么多年。我对这样一个充满惰性的自己，嫌弃、愤怒和痛恨至极。我在心里朝自己举起鞭子，说：走，立刻走，现在走！可不知道为什么，我就是赖在这儿不走，哪儿也不去。有几次，我走是走了，绕着停车场转了一圈，又回来了。

这一回也是这样。我一边说不要再回归县，一边又劝说自己：有个去处总比没有好，不是吗。就像在政府打字或看门，多少是份工作啊。而只要是工作就可以称之为家乡。

在旅途上，我想起曾经的师兄们，是怎样因为一致的利益或者说骨子深处的懦弱凑到一起的。怯懦使我们显得理性。我们之所以在诸种犯罪行为里选择偷窃，就是考虑到即使失手翻船，那添加到我们头上的刑期也在可承受范围之内。我们懂得克制自己的欲望。每天只按照拟定的并不多的目标行窃财物，绝不涸泽而渔，为一时的利益而断送未来的生计。收工后我们不去打牌、聊天、喝酒，也不无谓地消费。我们打开电视让它晾着，整个小时整个小时地泡脚。我们睡得早起得也早。彼此缺乏深交。

就是这样一伙我发誓再不接触的同伙，如今不见了。我在停车场、汽车站、火车站、农贸市场等一切我们战斗过的地方，以及曾经租赁的城郊房子里，都没找到他们。一点痕迹都没有。我深感茫然，这种茫然让我想起小时候去拜访一位异乡的亲戚，在终点我们只见到一处残垣。我们将要送给亲戚的食物，那几十枚染红的鸡蛋，慢慢吃了，感觉被一种空洞伤害了。

我找了个人下手，手指僵硬得不行。对方转过身来时，汗水浸湿我的衬衣。我勉强拍拍他肩膀，说，看好你的钱包。他快速摸向藏匿它的地方，并看着那些匆匆而去的背影，若有所思。他对我致以诚挚的感谢。因为这件事，我想到反扒是个好活儿。但我不能走到派出所去说，我来给你们反扒。他们也不会说，好，你来给我们反扒。但我想到确实有一些前辈后来去干了反扒。反扒和扒窃本质上都一样，都是找个事儿。他们反扒起来，积极又凶狠。

最终，我游荡到人民医院门口。那以神准闻名的瞎子曲先生还在。“指条路吧。”我说。他的手在迷雾般的空气中指来指去，最终定在西边。

“是福是祸？”

“你别管。”

“走多远？”

“走多远你自己会知道的。”

我递给他五十元，他摸向右下角的盲文。他找钱时，我从他身上弄过来一百元。

我坐上开往西方的客车。因为有个人实在太困了，同时口袋里的钱也暴露得过于明显，我将这视为一种邀请，将它取走，并在一个叫新兴的地方下车。奔行的客车总是让人想到复杂的数学题，比如：车上原有（3m−n）人，中途有一半人下车，又上车若干人，此时车上共有乘客（8m−5n）人，请问中途上车的共有多少人？

十五

下午的阳光清澈，耀眼，有着适宜的温度，照射在新兴四条巷子里。巷子里到处是狗屎、砖头、烂菜根、垃圾堆和浸湿的沙土。巷头有一间蓝灰色砖头垒成的公厕，臭味远扬。透过巷子上空密布的电线，能望见远处高耸的两根大烟囱。巨浪般的黄烟滚滚而出。

自打买了一副墨镜后，我就一直戴着它，倚靠着墙看这世界。我为什么要买它呢。我当时的想法是，现在去吃饭还早，得活动活动自己，因此去眼镜摊前溜达。然后因为耐不住摊主的热情推荐，一个个地试下去，最终出于愧疚，买下一副。他说三十元再不能少了，我说十元。他说二十，我说五元。他再要说什么，我就不会再愧疚了，因此他说成交。无论怎么说，我都是买了一样自己不需要的东西。

一位姑娘，即使是透过墨镜望去，也白得惊人，正从十字路口那边走过来。不是病人那种让人不悦的苍白，而是皓雪凝脂吹弹得破可以掐出水的白，鲜嫩的白，纯洁得像山顶积雪一样的白。我止不住心慌起来。我产生和她性交的想法。就是想一下这种可能性——她也有可能和我性交——我的心脏便狂跳不已。她不时抬起手臂，将指间夹着的白色烟卷送往齿间，深吸一口，然后吐出一阵烟雾。一件蓝色斑马纹长T恤罩住她的臀部，有半溜肩膀从领口处露出来，看得见胸罩黑色的肩带。我几乎是无意识地跟着她走进湖洞大酒店（还不如说是个寨子）。

我决定留在这里过夜。而原本的计划是吃过饭搭车离开此地，最好能在市里买到一张往西的火车票。我看着她的身影消失于酒店的中门，明显是朝后院走去。

“有身份证吗？”老板问。

“没有。”

“那好吧，”他随便填上名字和号码，“就住一夜？”

“再住的话，我会跟你们说的。”

“钱，”在看见我有一沓票子后，他说，“赏光的话，去后边茶室耍耍？”他暗示那里会有很man的娱乐。我不置可否。他穿着硬纸壳一样的西服，头发梳得油光闪亮（现在想起他头发里粘着的白色小球球我就觉得恶心，也许那就是传说中的虮子。我的祖母常说穷人用篦子刮下头发里的虮子，掸到火笼里噼里啪啦地烧死）。而且他的鼻毛伸出来都有好几寸长。在房间淋浴之后，我出门干洗了头发，找到随便一瓶香水，对着脖子喷了几喷，然后去了茶室。她果然在那里。天花板很低，青色的烟雾一动不动地悬浮于人们的头顶。他们在这里搓麻将、斗地主。

我看见一名因炸鱼失去一只手掌的村干部，用健全的手抓着牌。每当轮到他出牌时，就用断腕将牌削出去。最热闹的一桌在炸金花。老板在这里提成。提成部分就是由她和另外一位也穿着长T恤的女孩收取，她们轮流当荷官。

“小兔子，”人们这样叫唤她，在她起身发牌时摸向她屁股。那T恤的后摆被他们反复摸着，就像厨房里悬挂着的每个厨师路过时都会擦一下手的毛巾，“小兔子乖乖。”

她极其敷衍地笑着。有时止不住厌烦，凶恶起来（比如有人用中指偷偷轻点她裤子里的阴唇）。而这仿佛就是他们所要的。骂我吧，骂我吧，他们争抢着围向她，求你骂骂我吧。像是顺从的奴仆终于看见扬起的鞭子，无处安放的卑贱一下有了着落。我在她对面坐下来。她的目光跟着我的身体落下来。无论是衣着打扮还是行为举止，我都显得是那样的与众不同。我能感觉到她心里关闭的朱漆大门正吱吱作响地打开。我总是低着脑袋，慢慢揭开牌的一角，然后将牌扔掉。我一次也没跟注。而他们总是高举着牌朝下甩，有时还跺着脚甩。结论出来时，要么大喊大叫，要么像被敲了一棍，闷在那儿，不敢相信眼前的一切。这是赌博里最残忍的一种，几秒钟内刺刀见红，彼此没有任何温情可言，也不会有理智，有的只是贪婪与冲动。每个人都像疯了。只有我一次次扔掉牌。我的目的是通过每局投五元的底注，尽可能地赖在这儿。我不时瞅向她，有时撞见她看起来已瞅过我一阵子的目光。她就像我一样，对对方怀有好感。一度，我们的目光还在空中焊接在一起，维持了起码有四五秒。我知道我得到她的概率很大。

她将被接替时，我敲敲桌子，拿起钱走出来，坐在水井边抽烟。不久，她也出来了。我往旁边坐坐，给她腾出一个位置，然而她就是站着。她的声音听起来是如此沙哑，可这又有什么关系呢。总是在对话要结束、我们看起来也不得不分开时，我尝试挑起新的话题。而她一时也没有告别的意思。一度，她还单腿蹲着，崇拜地看着夸夸其谈的我。“你们，”我继续说，提醒自己不要急于改变目前的关系，不要操之过急，“你们这里——”让我意料不到的是，她突然发起火来。她说：“说了一整天的你们你们，你多了不起啊？”然后转身就走。我吃惊地站起来，看着她消失于通往大堂的中门。要是有人看见，这该是多尴尬的一件事啊。我感觉无法想象：从“看见她”、“快要得到她”到“失去她”，就是这么一会儿。就是这么一会儿工夫啊。十几分钟后，我悲哀地走向大堂，看见她站在一堆人当中，算是弄清楚她为什么生气了。她不是这里的人，甚至可以说，原本是生活在比这里高级得多的地方（对此我应该很清楚的，我用拳头击打自己的额头），现在却要在这穷乡僻壤接受差遣。她，还有五六个姑娘，排成一排，挺直身躯，伸长脖子，歪着脑袋，一个个地报数。领班打出手势，她们便一起鞠躬，喊：

“欢迎光临。”

“大声点。”领班说。

“欢迎光临。”她们一起大声地喊。

她们操练完毕，一二一，一二一，虽不情愿然而还是高高地抬起膝盖，走向餐桌。“新一轮的服务高峰期”即将到来，她们要在此之前用完餐。领班，那嘴唇上长着一层绒毛的姑娘，后来我知道是老板的女儿，举着筷子，要跟她们说点什么。这些臣民们便支起耳朵听。可她只是朝空中不停点着筷子，什么也不说。也许是想说什么，一下又忘记了。在这过程中，她将一块干燥的牛肉慢慢嚼成肉泥。她们得等她想起点什么来。接下来，她们将换上旗袍，在逐渐坐满人的餐桌中间穿梭。每个人都可以使唤她们，包括用手指搓着脚丫子的老汉（他们还喜欢嗅一嗅）。她们一次次将顾客引进餐厅，在对方入座前移好椅子，倒茶，拿出点菜单和笔等待对方慢条斯理地翻动菜谱。端菜和倒酒的活儿也归她们干。她们被迫总是微笑着。唉，她们哪个不是志向高远，却一个个沦落到这里，像农民出卖体力一样，将自己不算是太好看的姿色论斤出卖，挥汗如雨地出卖，反复出卖。她们刚开始工作便忍不住打哈欠。我之所以说她们的姿色不算太好看，是因为她们的身体上都长了一两样拖后腿的东西。有的是稀疏的头发，有的是粗壮的大腿，有的是坠沉的屁股，有的是痣太大，而我爱上的这位是平胸。然而我却并不觉得这有什么不妥。甚至我还将这过于平整乃至没有的胸部视为她整个美里不可或缺的一部分，不能再经任何的添加与修改。就像被斩断一只手臂的维纳斯雕像。她的缺陷还包括短的鼻子、稍显扁平的牙齿、涣散的眼神、耳后几根苍老的白发以及突然爆发出的粗鲁笑声。我得说，对她的这一切，我都热爱。这种热爱不是迁就，不是宽容或施舍，而是一种情感上的寄宿。

很难想象，没有它们，我将如何思想和面对她。这位叫宏梁的小弟，你提醒得对，正是这些显示着某种悲惨命运的长相和举止上的缺陷，使我心中的哀伤、怜悯以及试图保护对方的欲望，等等——这些过去从未在我身上展现如今却汹涌而至的情感——找到了栖身之所。

我想走过去，大声对她说：我爱的正是你这些。

“请停止这么做。”她疲倦地走上二楼时，我挡住她的去路，红着眼睛说。

“你说什么？”

“我说，我恳求你不要再做这事了。”

“你管得着吗？”她再次来拨我的胳膊。

“你明天还会很累的，还有后天，”在她走过去后，我对着她的背影吼道，“每天。”

“那怎么办？”

“离开这儿。”

晚上我们就睡在一起了。起初，她揿灭电灯。她害怕光线暴露她的上身。可我就像野兽一样吮吸着那两颗孤零零的乳头。我说我喜欢她的一切，特别是那像水中卵石一样光滑的身体。后来简直是她占有我，骑在我身上，抽打着我的脸，说：“快，叫我骚货。”

“什么？”

“我命令你叫我骚货。”

“骚货。”

“一直叫。”

“骚货，骚货，大骚货。”

她不久来了高潮，扑在我身上痛哭。我抱着她颤抖的身体，感觉就像一名父亲或者兄长。“我就是想哭，不哭不开心。”她说。因此我想到她在这里被很多人弄过。一想起那些人翻起黑色的包皮将丑陋的龟头塞进她馒头般圣洁的性器，我便心如刀绞。

次日上午，我一个人来到等车的地方。过了四十分钟，在我判定她不会来时，她匆匆跑过来。我们上车，走了。

十六

在我们旅游的地方，一处山顶的祭天台上，她张开双手，大口呼吸从漆黑的树林里排出的湿氧，闭着眼睛，大喊："我是勾捏。"

"什么？"

"我说我是勾捏。"

在号子里我能想见的重获自由的场景就是这样。充满仪式感。她为最终能挣脱出工作的苦役而振奋，正隆重地享受这解放的时光。我能感觉出其中的伪装与故意，心中为此难受。快感，在她对老板骄傲地说出那句话——不给最好，那押金我不要了，留给你们自个儿花吧——并傲然地走出酒店时，达到高峰，并几乎在这同时便结束了。现在不过是捕捉些余味。上山的路不见一名游客。她躺下，张开双腿。我们就着斑驳的树影做起来。并在微微的厌倦之中沉沉睡去（说起来这些天我们不知道做了多少爱）。睡觉可以使不想面对的现实推迟到来，然而醒来时，所要面对的注定也会比之前更糟糕：随着暮色渐浓，人和自然那种和谐的关系也要走向终止。黑夜将接管这里。到处是来自山野与土地的撵逐声。而此时的自己疲乏至极，因为受冷还打着喷嚏。嘴也特别臭。心中对一切都充满厌恶。只要是望一望漫长来路，只要是望一望，我便陷入绝望。

我是骗子，我看着她时心里这样想。当我对她说“我给你自由”时，想的是“你给我身体”，然而在她给我身体之后，我却并没有给她一个愉快、美好同时充实的新生活。我以自己的无能为力轻易让她看见自由那极其无趣的另一面。我想她正深陷懊悔之中。在今天早些时候，她还是一名有工作、受一种恒定的规律（这个规律大到能确保宇宙有序地运转）保护的人，而在傍晚，她就跟我一样，变成一名彻底无足轻重的流浪者。

她穿上衣服，双手将袖口捉在一起，弓着背（以使自己暖和点），不打招呼就走在前头。起码有三四里路，我们就这样走着，地上只有鞋踩过沙砾的声音。我将耳朵支得高高的，生怕没听见她说话。而直到快走下山，她才面无表情地说：“烧了。”

“什么？”

“把这座山烧了。”

“这怎么行？”

“你烧不烧？”

我不再说话，用捡来的帽子拢齐松针与落叶，折下几根暗黑的细枝，点起来。它们冒出很大的烟。我一边咳嗽一边流泪，费了很大劲才算是将火苗养大。我以为她还要参观一会儿，她却带着我一起没命地跑。你真烧啊你这傻子你还真烧，她上气不接下气地说。我们跑得异常口渴，就像咽喉那儿搁了一把粗盐。等我们跑到山下的柏油路，浓烟已从那陡峭山腰的稠密松林中冒出来，山间充满人类的呼哨声与跑步声。她放肆地笑起来，然后在一坐进路过的小客车后便拉下脸（我想到下班的售票员将面前的小铁窗猛然拉下来）。她一遍遍拍打着前边座位的靠枕，极为无聊。

按我的本意是跟随这台车去县城，然而她却在中途不打招呼就下来，我只能跟着跳下来。我们随便吃过饭，找间旅社住下。从晚上九点起，我们就被迫待在这陌生的房间里发呆。卫生间天花板上的积水，每隔四五秒照着地板滴一下，我们的心脏虽早做好准备，却还是跟着紧缩一下。我们只能再次做爱。我们不是真要做爱，而只是想用这种形式来打发漫长的时间。中途她推开我，我为此大为生气。其实我也不想继续做下去，只因为是她开的口，我便觉得伤了自尊。她没有理我，盘腿坐到桌子上。窗户是开的，外边有一盏昏黄的路灯，风吹起她随便穿着的白色衬衣。她一根接一根地抽烟，烟灰掸在她手里端着的蓄着一点残茶的杯子里。

“我并不感到后悔。”她眯着眼说。

“我们会好起来的。”我说。

“你叫什么？”

“我叫飞眼。”

“我叫勾捏，我爱你。”

“我也是。”

清晨，我醒来。门是虚掩的，鸟儿叫得很欢，嘎嘎嘎嘎，就像鸭子那样地叫，床上留着她睡觉的痕迹以及几件衣服。她和她的包不见了。我走到窗前，看见地面只有几张着了露水的篾篁，水在沟中流，哗哗地响。我为背叛来得这么早而恼怒。可是几分钟后，我又看见她提着给我买的一塑料袋油条、包子和豆浆，用肩膀顶开门。

“你去哪里了，你急死我了。”

我快步走过去，对着她喊。到这会儿我算是知道，我可不愿丢掉她，哪怕是一会儿。她站着，一只手提着滴水的塑料袋，一只手过来抚摸我的头发。

“你让我担心坏了。”我说。

“担心什么？”

我没好意思说被人强奸或者轮奸了，先奸后杀，弃尸于某处涵洞，我不知道自己的想象力何以一时发达至此。“你一个人——”我说。她好像很享受这个，吧嗒吧嗒地吻我的额头。

按照她的决定，我们搭大客车去了省城。绕过登邑大市场（它用更大的字写着“原徽客隆大市场”），穿过一段水泥路、柏油路、泥路，我们走进一间足有一块足球场那么大的院子。墙边蒿草有半人高。到处是车辆进出的痕迹，一箱箱的货物随意堆放着，有些盖着藏青色的篷布。勾捏拨通手机，说：“我来了。”从二楼的一间房子里冲出一位矮胖姑娘，咚咚咚，跳着下了楼梯。她们又搂又抱，互相审视对方，试图找出一些变化的痕迹。啊，我实在是找不出比这还丑的姑娘：脸像被腌制过，鼻翼结满要剥落的死皮，几乎没有脖子，同时有着一对像幼象那样敦实的下肢。我不知道勾捏怎么看得下去。然而她们互相观看着，还对着亲了好几口。

工人们懒洋洋地干着活儿，没几分钟便找到一个理由歇息。只是到十点半，他们便摘下手套，聚在一起聊天。不一会儿他们觉得快要吃午饭了，打起牌来。丑陋的姑娘带着我们在二楼的围廊里转悠，铁皮楼板上撒落着很多黄沙。她说：她有一个哥哥，现在在检察院上班，曾经，在他也住在这里时，他一直喜欢但从未向其表白过的女孩，在她母亲的带领下突然出现。尽管他知道是走投无路将她们送到这里来的（落魄使她们家中的电视柜只能摆出一台贴着彩色透明纸的黑白电视机以及一台盖着布的二尺宽老式收音机），但他仍将她的到来视为屈尊驾临。他一直跟在身后，听她母亲为生活困难做出种种辩护。实际上也没人质疑过她们。她们的衣着仍保留着尊严，她穿着一件素白的裙子，她母亲则穿着一件红色灯芯绒睡衣（是的，只有这一件还像点样子），脚蹬一双平底黑色皮鞋。她们到来的意思是多么明显啊，可是彼此都无法将话说明。直到那老女人，那烫着关牧村一样发型的母亲，看见围廊转角处堆积的一堆黄沙。她拿起铲子就铲，同时粗暴地命令女儿，还愣着干吗呢，还不去拿只簸箕。他捉住铲子，却还是挡不住那位母亲热火朝天地干起来。“我实在看不过去。”老女人说。他看着心中的女神满面通红地走下楼，去院中间捡来一只沾满石灰的簸箕。他嘟哝一句，听见这位母亲说：“做得完的，怎么做不完？”因为这事，他和他暗恋的人再也没有联系。

说者无意——丑陋的姑娘并不是为了敲打我什么，而只是简单地想用它来取悦她的死党勾捏——可听者有心。我觉得寄宿在此地特别别扭。有时候我长时间站着，直到这丑陋的女孩发出明确的邀请："坐啊。"我授权自己坐下来，对着漆黑一团的电视发呆。她们简直是回到了童年，在房间里钻来钻去，有时扭打在床上，有时是地上。我记得有一次，勾捏在躲避时，不慎碰倒和她一般高的巨大瓷瓶。我、勾捏以及那丑姑娘的眼睛都直了。所幸它并没有摔碎，就是一点裂纹也没有。我摸过它的质地，至少值十几万元。那姑娘后来说，她只是害怕听见东西咵的一声碎裂的声响。我相信确实如此。

我到大市场转了一圈。人们的身上到处是钱。有一伙老板，就将七八捆钱放在旁边的烟箱上，凑在一起打牌。我迟迟不敢下手，倒不是因为难偷，而是我害怕失手所带来的万劫不复的结果：我将彻底失去勾捏。你们想一想，是不是这样？警察带走我，我就永远地失去勾捏了。后来，当我不得不瞒着勾捏重操旧业，以弄到足够的钱好流浪下去时，总是感觉悲壮。因为有这个负担（我不再是那个光秃秃的自由的人而是一个拥有一个女人的人了），我变得笨手笨脚。果断与机智从我身上消失，取而代之的是犹豫。有时我跟随一个人走了差不多有十几分钟，却仍无法将他几乎是插在外边的钱包——我们管它叫皮子——弄走。有时在出来前，我会向勾捏说："如果在约定的时间我没回来，你就不要等我。"

她说:“不是有手机吗?”

我不再解释。

看起来我们在这朋友的院子里想待多久都可以。那些既是工人也是仆人的人亲热地和我们打招呼，我也学会将脚搁在茶几上。然后，在一个时刻，工人们大呼小叫，拿起工具奔向各自的岗位，假装杭育杭育地干起来。而她，那像是腌过的姑娘，面色慌张地推起勾捏的背，说:“走，你们快走。”我们当时正在刷牙呢，就这样硬生生地被推出来。我们仓皇跑向大门时，一台奥迪从对面的方向开进来。副驾驶位置坐着一位器满意得、目空一切的中年男人。他瞟了眼我们。正是这有如审视异物的眼神，使我和勾捏辛酸莫名。我们明白这些天来自己其实不过是偷偷摸摸地借住于他家。是寄人篱下。不是别的。

这位同学给了勾捏五千元。她们曾一起辍学，并在途中找到算卦先生，想起一个凶神恶煞的名字混江湖。他翻出一本手抄的书，说：你呢，就叫勾捏；你呢，叫则列。

十七

我们朝着西边走。“走多远你自己会知道的。”这是曲先生指的路。我付给他五十元，他找给我四十元，我又从他身上盗取一百元，他给我算命一次合计支付我九十元。但我相信他不会乱算，因为结论是在付账前给出的。我随便感觉着，差不多就行了，和勾捏在一个叫六安的小镇下车，租下一间房子。

每天，我都带着一种想当然的激情出门（“好，你来给我干这个。”我认为只要推开一间办公室的门，那坐在旋转椅上的人就会站起来对我说），然后在初昏将至时带着扒窃来的一些钱与食物（我会说它是买来的）悲哀地归来。有时，我害怕早归，便坐在草坡上发呆。漆黑的柏油路从眼前延伸至天际，一台车亡命似的奔驰，逐渐变小，直径巨大的混凝土烟囱立在路边，慢腾腾地吐出最后一口白烟。“游手好闲乃诸恶之源”，我不知道是哪位穿制服的跟我这样说，他当时意味深长，一道烟吐得很远。临走时还拍拍我肩膀。其实不用他说我也知道。我不是不想改变，而是体内总有一股懒惰而深刻的力量将我拉下去。我的父亲管我的这种习性叫“瘫尸”。

勾捏总是抱怨头痛。整日地不得不去睡觉，然后就是看电视，怎么可能不头痛。没过多久，时间作为一种刻度，从我们身上消失。起初消失的是几月几号，接着是星期几（有时勾捏依靠电视节目的播放规律判断是星期几），最终我们只知道天亮了又黑了。我们像躺在舴艋上，任其在无边的海洋漂荡。有时整一天不说话。有时饭也不太愿吃，成天就想着发明一种营养高度浓缩的丸药，吃了经年不饿。有好几次，当我躺在草坪上，差不多要为自己只有吃喝拉撒这么点使命而哭泣。我被淘汰回动物了，我是这么想的。不过细想下去，又觉得其实不存在淘汰不淘汰，人本身就是动物。动物操心的是食物与交配，我们人类何尝不是。难道我们就有别的追求吗。这么想着，我忽然振奋起来，想找笔将脑海里迸发的思想火花郑重地抄下来：我们每个生灵，无论猪、老鼠或人，都是几千万年下来顽强生育所留下的唯一结果（这一脆弱的链条随时会因为灾疫、战争、制度甚至是阴道内一点霉菌的损害而断裂），都背负着极其古老的家谱与历史，并且还要朝下顽强地繁衍。那么我们——包括祖先以及我们自己——这样做，究竟是为了什么？或者说，我们究竟是在等待什么？

我一整天地望着苍穹。想到先朝一定也有人这样不解地望着。有那么一会儿工夫，我觉得在天空深处隐含着一种躁动，也许会从那里飘来一位以云彩为车辇的白衣圣者，他曾经是我们中的一个，现在要召唤我们去一个新的、不死的、享福的地方。

很快我意识到这只是一种无意义的想象。

我和勾捏开始用互相践踏来打发时间。有时仅仅为着体现一种职业精神，我才能在这互相伤害的游戏中保持住凶恶的架势。有时我沉沉睡去，将自己交给对方处理。终于到了一天，勾捏走来走去，扔下她看见的每样东西，将房间弄得比垃圾场还要凌乱。"够了，受够了，我他妈受够了。"她冲着那些东西喊叫。我尴尬地抬起头，看着她走进卧房。我尽力了，我想。另外我还想，这次她也许真的要走了。如果走了，那也是没办法的事呀，我反复对自己说。然而她从房内走出来，说的却是："我们总得找点儿事做。"

我害臊极了。

接着，她又说："你知道吗？"

"知道。"我说。

"知道什么？"

"我们得找点儿事做。"

"你到底去找了吗？"

"这不，一直在找。"

"你找哪里去了？这么久，事情呢？"

我重新低下头，听到她说："我们的钱快用光了。"

"我知道。"

"你什么都知道，可是钱要用光了你知道吗？"

"我在想办法。"

"我们得搞钱。"

“是啊，搞钱。”我摊开手，我想这个动作的意思是“怎么搞，你告诉我”。

“你得动脑子啊。不管怎么搞，总之得搞，我们不能烂死在这儿。”

“这儿也蛮好。”

“你说它还好？”

“总会有办法的。”

“办法在哪里，你倒是告诉我啊？”

我坐直身体，紧盯着她，冷静地说：“你要听细水长流的，还是一票大的？”

“怎么说？”

“细水长流就是我每天出去偷点，干大的就是抢劫。”

我想她应该震惊一下。所谓人鬼殊途，道不同不相为谋。她确实在发怔。她在消化这个事实，虽然她一直怀疑我是小偷。她在确认这些天来和她同吃同睡的是一名道上的人。她重新开口时，声音低下去：“我说呢。”

“我就是干这个的。”我说。开诚布公多少使人感到宽慰，隐隐还有些无耻的自豪感。

“没事，”她说，然后蹲下来，一下下划着沙发，随即又仰起头问，“那是不是得用刀？”

“也可以不用，但得用一样东西。”

我真正的抢劫经验只是替人望了几次风。其中一次，哥们儿走了很久，我还在口子上守着。直到受害人摁着伤口像只呆鹅走出来，我才知道抢劫结束了。

“开始吧。”勾捏说。

“什么开始？”

“抢劫啊。”

“怎么开始？”

“现在就开始啊。”

后来这一天，我都在压制她蠢蠢欲动想立马出去干一票的念头。她一会儿握住双手并拢两根食指，侧着脑袋瞄准我，一会儿拿矿泉水瓶（假装那是刀）架我的脖子，一会儿戴上墨镜，将手插在牛仔裤前兜，看镜子里的自己。她将它当成一场好玩而刺激的游戏。因为明白这游戏注定会带来流血，会彻底撕裂人与人之间的关系（相比之下，偷窃总是会注意保留最后一丝温存），我开始后悔说出这主意。说起来我只是被她逼得没办法，想要一点面子。因为要面子，很多人去干他从不打算干的事情，现在我是其中一员。她不会知道，几乎就在我们想怎么搞点钱时，法律，那严格而死板的商人，就已经站在不远处等着，好和我们做一场公平交易。此前，我都是依照可能面临的风险来选择自己的行为，我选择偷，是因为只有偷够一万元才能带来三年徒刑，而抢劫，无论你抢的是多少，刑期至少都是三年。中间因对方挣扎，动动刀子，十年二十年就赔进去了。“要玩就玩点大的。”她说。我看着她，心想，那倒是把我们自己玩死了。可我说的是：“好吧。”

我一直在算计：

一、抢劫至少会带来三年徒刑；

二、我不想服刑三年及三年以上。

结论：必须瞒过法律。

而瞒过法律的办法不多。诸如在黑夜中作案、不留指纹鞋印、不留与对方联络的证据、避免被旁人目击，都在考虑之列（她还加了必要时将对方眼睛刺瞎、使对方失忆甚至毁尸灭迹等极端手段），但究竟不能做到万全。我们的对手，那占有通信网络、交通网络、监控网络以及情报网络的强大国家机器，只要起了抓捕的心，就一定能抓到你。勾捏说还有一种办法就是收买，我的答复是你都有收买的背景与实力，何必出来抢呢。在我脑海里想的是，我们唯一能作为的就是受害人这块。我希望他既不反抗，也不声张，还跟着我们一起掩盖这事情。

勾捏不信有这样的事。我说不只是理论上存在可能，实践起来也有很大可行性，我现在就是在想整个流程，只有每个步骤都想清楚，事情才能成功，而且往后还可以依样复制。这种事前人已做出示范，后人还会仿效。她不感兴趣。她一手拿卷起的杂志（刀）一手拿手机（锤子），和虚拟的敌人比画着。“我说我们什么时候开始啊？”她说，“不就是拿刀威胁一下吗，他敢报案，我就一刀捅了他。”我看了看她，觉得自己作为领导者，有责任将局面控制下来。

“我们来演示一遍：你敲了别人的钱。”我说。

“好。”她说。

“你有没有罪？”

“当然有。”

“怕不怕警察抓？”

“怕。”

“好，假设是你被敲诈了，你有没有罪？”

她以为是玩智力游戏，说，有，没有，有，我提示她说没有。她说：“没有。”

“你怕不怕警察抓？”

“不怕。”

“但是你怕警察知道这事。”

“为什么？”

“因为警察知道了，你家人也会知道。”

“那有什么关系？”

“你嫖娼呢。”

“哦。”

“你还敢报警吗？”

“不敢。”

“因此我们要找年纪大点的，结过婚的，但不能太大。五十啷当岁，皮厚得出奇，就无所谓。年过花甲的也可以，花甲老人特别怕自己的形象被摧毁。”

“嗯。”

“这是最关键的，我们要找的对象必须有点钱，有稳固的家庭（只要细心观察，家庭稳固的人和鳏夫还是很容易区分的），有正当的职业，同时性格懦弱，怕惹事。”

“也就是说，是你拿着刀出来而不是我？”

“是。”

“我去引诱他？”

“是。”

“好吧。”

“这样至少会让我们安全一点。”

傍晚，我们走进集市。那些商人打着丰满的哈欠。他们从早上起就站在这儿，和城管玩了一天猫捉老鼠的游戏，正打算熬过这最后的十几二十分钟。光阴暗沉，我们像隐身人挑走口红、高跟鞋、坤包、口罩、手套、白酒和锤子。她对水果刀有着强烈兴趣，被我阻止。一则容易折断，二则过于招摇。我们转过几个摊位，发现有一款男衣和一款裙子几乎每家都在卖，本地人穿的也多，因此各买下一套。我们一穿上就觉得自己是乡下人。我们买了点吃的带回来。我往坤包里放进去一只避孕套，说：“现在你就是一名小姐了，你知道怎么做小姐吗？”

“不知道。”

“一旦我们确定目标，你就装作和他擦肩而过，挨一下他，说：先生，要那个吗？”

“哦。”

“不，应该说，先生，要保健吗？”

我想起一对顶着我脑袋的肉乎乎的乳房，一位长相极为普通的女人正用尖利的爪子将我头上的洗发水抓出泡沫来，可我的阴茎就是不管不顾地挺起来。“先生，要保健吗？”她随意地说。

“什么保健？”我咽着口水。

“有泰式的，港式的，全套的，价钱不一样。”

“全套的是什么？”

“你当然知道。”

这位宏梁老弟真是明知故问啊，你怎么不知道。

“只要那个男人停下脚步，就意味着他上钩了，”我对勾捏说，“上钩的男人智力会严重下降，脸部充血，呼吸粗重，像头驴闷头闷脑地跟着你走。”

我们喝了很多酒，最终我眼眶湿润地说：“这个世界没人会帮我们，只有我们自己，我们要互相依靠。”

“嗯。”她庄重地点头。

“永远不背叛对方。”

“嗯。”

“你爱我吗？”

“我爱。”

“那你准备好了吗？”

“准备好了。”

十八

要蹉跎那么几天（我总是隐隐觉得有什么没准备好，或者说一切都没准备好），要那样活生生看着一天开始一天又结束好几遍并对自己的一事无成充满悔恨，我们才开始行动。黄昏总是去奖掖那些生活充实并因此感到疲累的人，而对于那些沉湎于犹豫的人，它摆出的却是一副讥嘲的面孔。要到勾捏再也不能忍受，踩着高跟鞋，摇摇晃晃头也不回地走出去，我才算是跟着踏上这条不归路。

“我们只剩下一百元你知道吗？”她说。

“我知道。”

“再不开张我们就饿死了。”

“嗯，开张。”

虽然已到掌灯时分，天气还是有点热，我们走得汗水涔涔。地砖犬牙交错，没踩准的话，底下的泥浆就会飞溅出来。好久没下雨，因此可以断定这些都是人们每天倒出来的脏水。我隔着她五米，看着她挑拣着猎物。她一边走，一边对来人展示所谓的妩媚。有名男子，穿着蓝色长袖衬衣，手插在裤兜，倚靠于墙边，一直看着她走过去。路灯迷蒙，我却能看见他急切要吃掉她的目光。他显得极为痴呆。一定是在意淫这意外的礼物，好回去对人吹点牛皮。她放慢步子。他脸上露出粗笨的欣喜。因为觉得她可能是要问路，他挺直身躯，摆出一副乐意为女士效劳的架势。她抬起左手，任它像桨一样向前移动，待会儿它将轻轻挨上他的小臂或者腹部（这是我们设计好的一部分，"如果有把握的话，我就直接握住他的鸡鸡，让它一下子变得鼓胀。"她说）。就在这时，我快步追上去，将她从他面前搂走，她愤怒地挣扎着。

"走。"我说。

"你要干吗？"

"走。"我反复恳求着。

我看见他衬衣的左前胸缝着本地厂名。他发出极为遗憾的叹息，想说点什么，然而什么也没说出来，只是打了个呼哨。"眼看要成了。"在走开以后，她气急败坏地说。

"我刚想到，我们要找的一定得是个外地人你知道吗？"

"有区别吗？"

"要是本地人就惨了。"

"你怎么这么怕，怕就别干了。"

"稳重一点总是没错的。"

"我跟你说，事情就毁在你这一套稳重的流程上。你不知道夜长梦多的道理吗？晚上找个巷子，直接对人下手，什么事都没有，你非要弄得这么复杂。”

“要是对方只有几元钱，下手值吗？刚才这个，你知道他身上带多少钱？”

“他一看就有钱。”

“我说的是他身上具体带多少钱，你观察清楚了吗？”

我们吵了好一会儿，后来简直不是为了真理而吵，而只是为了谁该获得对对方的统治权而吵。她竟然在街道上大声喧嚷，哭哭啼啼的。有那么一会儿，我想转身走掉，她又凄楚地说：“你是爱我的，对吗，你爱我，就应该听我的话。”我不耐烦地扶着她，将她从围观的目光中带回家。我们躺在床的两边。我想用沉默告诉她：我对你现在的状态很不满意。很久后她起身，坐到我身边，一下一下地刮我的锁骨，说：“我听你的。”

我没说话。

“不要再偷了好不好？”她说。

她的样子可真诚了，像是在哄小孩。她就是在用这种恳求与商量的语气审判我。我想起在号子里，一些人也对我不齿，他们认为抢劫、杀人才是丈夫所为。我推开她，而她反复过来挑逗，最终，我揪住她的头发，按住她，让她的脸贴紧墙，从后面，干一只兔子一只青蛙一只水袋那样将她不当人地干了。

翌日中午，我吻过她的额头，出门去六安物流中心。它占地两万平方米，地面因长期日晒及被卡车碾轧而龟裂，罅隙中塞满泥污，可以想见有不少车辆停在此处时，底盘在一滴滴地漏油。太阳晒得人发昏。四处建满简易平房，铝合金窗户与乳白色的门扇上贴满琥珀字体的地名（诸如平顶山、太原、泰安、济宁、徐州，就没有他们发不了货的地方），墙上表格粘满小红旗，棕色的办公桌上摆着一个贴满不干胶标签的文件夹、一枚烟缸以及无数张散落的名片。一会儿就有一辆大卡车空空如也地开进来，一会儿就有一辆。它们停下后发出巨大的排气声。车窗蒙满灰尘，驾驶室放着方便面、开水瓶、瓷缸、漆黑的牙刷、挤瘪的牙膏、油黑的手套、旧杂志以及《公路地图册》。坐垫要么是手编的要么是亚麻的，油光晶亮，熠熠生辉，能想象他们迎着烈日行驶时，汗水一定从额头及胸脯朝下大肆流淌。车门只要一拉开，一股扑鼻的汗臭味就会冲出来。下车后，他们闭着眼打着哈欠，嚼来嚼去而其实嘴内什么都没有，显得再无聊不过。他们没日没夜地跑了数日，至此方得养息。他们和同行随便聊起来，又往往因口音与戒心太重作别。他们登记好后，去诸如成都小吃的小店弄点吃的，吃点酒，随便走上一圈，打发够时间才回来。物流替他们联系上货主后，他们就得驶回公路。他们一般系着腰包，里边有结到的现钱。他们一下车，就已预见这里没什么可玩的。这里太过空旷。勾捏会是洒向他们干渴心灵的雨水。再没有比这些公路的儿子更好收割的谷物了啊，我想。

我回来时，勾捏正在沿着天然的唇线将口红涂抹进去。我想起上学时蘸着水对着描红字帖练字，也许在另一种人生里，我是一位规矩的文化人，我的字至今还写得很好。她涂好后，反复抿着嘴。只此一笔，便让我感觉出陌生来。她真是一名与生俱来的标准的风尘女子啊。

“可以开始了吗？”她说。

“好，你要先吃点什么吗？”我说。

“不了。”

此时日已西斜，地面却仍旧发热，我们走向物流中心。她倚在那过于宽阔的大门边，穿着买来的裙子，手提坤包，一条腿微微抬起，将香烟塞向猩红的嘴唇。门内的治安办公室用链条锁锁好。我坐在对面的马路牙子上，和算命先生瞎聊着。司机们毫无例外，在路过时被勾捏吸引住。可他们都像吃过这方面的亏，仅仅只是放慢脚步看一眼，便继续走过去。有那么三两人，估计是一个车队的，一边端着饭盒吃饭，一边悠闲地走过来参观她。他们注定诚意有限，可勾捏还是努力迎合他们。

“想要服务吗？”她说。

“有什么服务？”他们说。

“一般的，特别的。”

“一般的怎么说？”

“就是打一下。”

“特别的呢？”

“你自个儿知道啊。”

“不知道，说来看呢。”

“你心里都清楚，还要问我干什么。”

“真不知道，你说来看呢。”

“操屄。”

“操屄，”他们如愿以偿地笑着，一边走一边模仿着勾捏的语气，“操屄。”勾捏大为光火，弯腰去地上抓石子，他们像几头犀牛耸着肩，笨拙地跑了。我向胸口急剧起伏的她招手，她恼恨地看我。我叫她回去，她却铁了心要弄到一个。终于走来一位膀大腰圆的男人，提着吃的，一言不发地站在她面前。他穿着该死的草绿色军裤，这意味着他可能当过兵，可能还是特种兵。我仓皇地摆手，她并不理会。她走在前头，他跟在后头，拐向物流中心东侧围墙那边的小水泥道。他就像是押送着她，一点儿也不慌乱。他们将走到后墙那儿。我起身，跟过去，在东侧小道的尽头，我看见他一只手撑着围墙，将勾捏逼在后墙上，另一只手（总有热水瓶那么粗）捞起她的裙子握住她的屁股。在他们身后是一片荒地。我竟然勃起。同时因为感觉是利用她而心生愧疚。而最终占据我全部心灵的还是恐惧。它让我寸步难行。直到她踩起高跟鞋，我才软绵绵地踏进北侧的这条小道。记住，我频繁向自己下令，气势上一定要压倒对手，你占着理呢。

我将左拳贴在唇前，故意咳嗽起来。这样他才将埋在她肩后的脑袋抽回来。从她匆忙去擦拭耳后这个动作看，他将她那里舔得可是一塌糊涂。他平静地看着我。他的脸部红而饱满，准头粗大，嘴上蓄着浓密的金黄色的胡髭。我都怀疑他是西域人。在大概知道我是什么货色后，他将她推向一旁（她的脚为此崴了），然后捉紧我的胳膊。他只轻轻使力，就差不多要捏碎我上臂的骨头，我惨叫起来，锤子掉落在地。

“你刚才说什么？”他说。

“你玩弄我的女人。”我背诵着。

“不是她自己出来卖的吗？”

我羞愧满面，嘟起嘴唇来。我想要杀要剐就任由你了，老兄。他接着说：“孙子，这一套我见得多了。”他这么说，我才松下一口气来。怎么说呢，他没打我，就还算是个好的结局。大的危险没有了。我将头低得更低，听他训斥：“什么不学好，学这个。”我心里还回击：“你不也一样？”我默算着时间，好等他发出滚的指令。倒没用多久。他扎好皮带，拎起地上那盒吃的，骂骂咧咧地走了。我目送他消失于来路，感觉很不真实。

“我们走吧，走这边。”我说。

“走你妈，”我的合伙人兼爱侣说，“你一锤敲晕他不就好了，咳什么嗽。”

“我不也想着只为求财吗？”

“求你妈屄。”

然后我再没办法拦住她了。我能做的就是在她气恼地喊“给我”时死死守住那把锤子。我嘟囔着：“你就不能冷静点吗？”

“可是我饿，你知道吗？”

后来，我甚至还没来得及说话，她就回头凶狠地反击：“我饿。”我也饿，可是不能仅凭饿就放任自己丧失理智不是吗。不能因为一种办法暂时行不通，就想当然地以为另一种办法可行。她的主意从一开始就是错的：那意味着我们连和法律谈判的资格都没有了。我放慢脚步，想自己终于是管不住你了，那就不管了。我想我们本来也就是两只飘萍，机缘巧合（要不是在小客车上顺手偷到一笔钱，要不是怕被发觉在新兴就下了车，要不是下车后买了副墨镜），聚到一起，以后注定也是要分离的，今日不分离明日也分离。天下没有不散的筵席。我看着她耳后那些白发（那年轻身躯内不得不包含的老迈），想到我对她的怜悯以及她对这种怜悯不知感恩地利用，伤心不已。“你考虑清楚了吗？”我问。如果她回答“是”，我就向她的背影挥手，加快脚步朝反方向走去。她回答：“是，我考虑清楚了。”

我停下来。

我相信就是一个人，她也会将这件事没头没脑地做下去。她有着难以置信的倔强。我就站在这里，等街边的这首歌结束，我没那么爱你。

然而她停下脚步。

一个像是从油井里爬出来的人，颤巍巍地站在她面前，问：“有那个么？”油污粘在他的头发、鼻尖、胸前、袖子以及手上提着的原本银白色的活动扳手上。就是隔这么远，我也能感受到他发自内心的紧张。很难想象，一个四十好几的人，身上的肉都有酸气，还会这样羞涩。他是刚才调戏她的那伙人里的一个，如今可能支开他们了。他使她兴奋起来，“有啊，就看你想玩什么。”她的演技可谓召之即来。她故作为难，和他讲了好一会儿价钱，等到他说“不光是我，日后还会有我的朋友”时，她显得好不耐烦，说，好吧好吧。她将他带走。因为怕我没跟上，她在走到小道一半时回头，对着守在路口的我眨眼。他也跟着回头，看看她看看我，明显很不安。他扯着她问:“他是谁？”

“哥，那个，你放心，替你望风的，安全第一呀哥。”我走过去，并在适当位置停下。

“抽根烟。”他这样说我就放心了。他装着极豪迈的样子，从兜内摸出二十元，说:“兄弟你辛苦了。”我接过来，说:“谢哥，哥玩得开心。”

走到小道转弯处时，他又回头了，我蹲在原地朝他掸手，于是他算是放心地走了过去。数分钟后，我们便在田地里尽情玩弄这不知从何处来又要往何处去的异乡人。我戴上手套，拎着他的皮带头，晃荡着，说:“不知道啊？”他的裤子已脱到一半，正双手撑地，想向后移动躺着的身体。“是真不知道，还是假不知道啊？”我恶狠狠地说。我看见他从上衣的外口袋里摸钱。我以为只有这几百元，却见他又从蜷曲的裤子里搜出一沓来。“兄弟，我不是存心的。”他着急地说。

“我知道。”我说。我让他把驾驶证和身份证拿过来，用手机拍照，又给他拍了一张。“你要是报警，我就将照片寄到你们那里。”我接着说。

“不要寄。”

“现在你把裤子脱下来，往北走，走到山脚下，走到河里去，不要回头，懂么？”

“懂。”

“回头就弄死你。”

"我不回头。"

"花点钱留条命还是值得的，是不是？"

"是。"

"还是划算的，对不对？"

"对。"

"你运气好，碰到我别的哥们儿，你就死定了，知道不？"

"知道。"

"还有，你记得，如果不是本地人，就不要在本地嫖娼，知道不？"

"知道。"

"长教训了么？"

"长了。"

"好吧，走。"

他脱下裤子，左手捏着驾驶证和身份证，右手拎着裤子，朝河边走去。他的脚掌不时踩到尖锐的石子，因此脚抬得老高。这时距离完整意义上的夜晚只有一会儿，风带着一股腥气从地间吹来，穿过他光溜溜的下身，使他打了一个激灵。后来，当我翻过来他的身躯，看见他惊恐的脸上全是泪水，两腿间也尿湿了。是勾捏几步追上去，用活动扳手（刚才她一直在旋转调整钮，以使活动颚远离或者接近固定颚）猛击他的头部，将他杀死在这野外。

"你干什么？"我眼看着他笔直地扑倒在地，低呼道。她不予理睬，蹲下去，继续照着他的头骨敲打。扳手总是滑向一边。

直到那儿被彻底敲瘪，人也发出一声长叹（他嘴角下的褐色尘土都被这口气吹得飞扬起来），直到他的双腿不再抽搐，直到带着一股浓烈味道的稠密的血从他的头皮下渗出来，她才住手。这样的时光，山脉黑黢黢一团，风吹拂着一丛一丛的牛筋草，河流按自己的节奏哗哗响地朝东流去，我身处其中，感觉却很超离。我脑海全是她高举扳手砸下去的剪影。机械活动的剪影。她像凶残的人猿，喘息着，露出尖尖的犬齿，发疯地击杀同类。直到感到累了，她才说:“我也是刚想到，他有了活路，难道我们还有？”她用左手小心从坤包夹出纸巾。我感到害怕。我不知道自己是不是能免于她的杀害。

要过好一会儿，她才露出让人心疼的眼神。她已擦好扳手上的血。我满脑子都想将这几分钟倒带倒回去，可是很快又知道，事情它已经不可逆地发生。我们命运的列车被扳上了另一条注定路程很短的轨道。

十九

“我们不能再回头了，你知道吗？”她说。

“我知道。”

“害怕吗？”

“不害怕。”

要用很久我才能相信，我和她还是“我们”。她用尽办法来讨好我，哄我。她让我相信，她之所以下此狠手，是不想给我们双宿双飞的日子留下后患。“我可不想警察随后就到，将我们打成蜂窝。”她抚摸着我的头颅，说得头头是道。死者脚上穿着丝光袜子。我捉住他脚踝，将他拖进工程沟槽。他的脑袋在土地上磕绊。我们将碎裂的水泥块、土块拨拉到他身上，盖上一张废弃的彩虹条纹苫布，并用石块盖住苫布边角。兴许要过数日，腐坏的气味才会招惹来苍蝇，以及一墙之隔物流中心的人们（兴许他们还要将气味先怀疑到死鼠头上），而那时，我和勾捏早已在千里之外了。我静静看了一会儿“墓地”，捧着土，将一路留下的血迹掩盖。我捡起她丢的纸团，问:“你一共用了几张？”

“一张。”

我们后退着走到水泥小道上。快要走出这北侧的小道时，我说：“你等等。”我小跑着回到现场，以极慢的步伐巡查这六七十平方米的区域，确保没有证物留下。我重新拉扯苫布边角，盖上去一些石块，直到感觉差不多了。

“不会有事了，”我对她说，可不久又问，“真的是一张？”

“真的是。”

“一张纸怎么可能擦得干净？”

“我骗你干吗？”

我反复梳理从遇见死者到掩埋他这段时间内的所有事情。一一算计，翻过来倒过去。诸如路人是否留意我们，烟头是否扔在路口垃圾堆里（它可是带有唾液呢）以及警察会不会查到垃圾堆这么远以及垃圾堆中是否还有别人的烟头，现场是否留有我们的指纹、唾液与毛发。鞋印一定是留下了的，这是没办法的事，因此我们必须扔掉鞋。扔掉鞋、扳手还有纸团。分三次扔。扔在三个地方。锤子也要扔掉。

“你当时抽烟了吗？”我问。

“跟你说过一次了，没有。”

“那再好不过，”我说，“你知道，天黑，我们的眼睛就不会像白天那么好使。”

深夜，这种疑虑发作到了顶端。我感到极为的痒，想返回现场，可我又知道，正因为反复返回现场，很多人被抓走了。准丢了一样东西在那，我如此确信，准丢了一样。这东西就像一根线。只要他们提一提，我们便得从隐藏的泥土或迷雾里乖乖地出来。“哪里有那么多东西，再说即使有你也没办法了。”勾捏认为我的忧虑过于荒唐。我说：“这怎么能说是荒唐呢，这可是杀了一条人命的事。”为了心安，我不停地想那丢失的究竟是什么东西。我拍打着衣兜，在包内摸来摸去，掀开枕头与床单，还去卫生间查看。最终有一道让人惊恐至极的白光从心间闪过：刑满释放证明书。我吓醒过来。我用了好一会儿才明白自己是在一辆卧铺车上。她在我身边熟睡。全车人都在睡。大客车就像是一间带着猪圈味儿的移动旅店。窗外世界灰蒙如地狱。我紧闭起眼，对自己感到极度厌恶。那张盖着公章的纸，我早已将它撕成碎片，扔在水面上了。

拂晓，我们抵达洛侯镇。地面透湿，阒无人迹，风钻进单薄的衣服，使我们倍感寒冷。我不知温差何以一下变得如此之大。我们走向那亮着灯、飘着蒸汽的小吃店。沿途我们看见一家单位的挂牌，方知自己盲目奔逃一夜，还在安徽省内。在店内，勾捏坐着，单腿踩凳，对着菜单一通好点。我在桌下取出钱，这么做是为着避免暴露钱的数目以及上面可能遗留的血迹。两千四百元，还有几元零头。它们对折卷起，每张都比新钱厚一些，颜色发暗。它们在出汗的人当中流通久了。死者每天睡三四个小时，剩下时间眼睛盯着千篇一律又暗藏致命危险的路面，整整跑一个礼拜，才赚到这笔钱。当围着白裙的老板端来八宝粥、皮蛋瘦肉粥、蒸凤爪、蒸粉肠、水晶饺、小笼汤包、鸽子汤、酸菜鱼、豆腐丸子、鸭血粉丝汤，勾捏欣喜地伸出筷子，吧唧吧唧地吃起来。

我只喝了点粥，当我试图夹住一颗丸子时，因为颤抖，它掉向桌面。“吃啊，干吗呢。”她对着我翻白眼，将荤食拨拉过来。

“吃不下。”我掉下一颗眼泪。

“你这是怎么啦？”她说。

“没睡好，疲倦。”

实情是这顿饭贵得差不多要让我哭出声来。我们不是用三五年的自由来交换这顿饭，而是用自己的性命。几分钟内，我们便将自己的未来与希望支付一空。我们换来的是两万四千元也好，可只有它的十分之一。我对这个无法管理的人充满怨恨，想站起来好好骂一顿她。最后我说的却是:“好好吃吧，勾捏。”

“为什么？”

我将交叉的十指挡在额前，用拇指揉太阳穴，几乎又要流泪。我的鼻子酸胀得厉害。我感觉现在就是一个死人在哀伤地看着另一个死人吃饭。历史的规律告诉我，现在我和她就是一个还没死的死人。迟早要死的。你就吃饱喝足吧，勾捏上将，吃饱喝足了，我们就在这赊借的时光里继续上路。我用餐巾纸擤了鼻涕。

日出后，那光照的半边街道暖和起来，有阴影的半边则格外阴凉。古镇上卖服饰、茶叶、土产、酒、干鱼、麦芽糖以及各式工艺品的店铺全部开张，游客挤满石街。我戴着口罩，在存取款机前将钱存入一张以别人名义办理的卡上，然后再在隔壁取款机取出一部分。这样我们用的就不是死人的钱了。我们跟着有导游的旅行团瞎走，然后选择一处农家院住下。我们相信它不要身份证，它也果然如此。我和勾捏一起看重播的电视节目。“好好看。”我说。

我这样安排我们昨夜的活动：

18：30—18：50	看本地新闻联播
18：55	看天气预报
19：00—19：30	看中央台新闻联播
19：33—21：35	看电视剧（三集连播）
22：00—22：45	收拾东西并预备租车
23：00	租车未遂，搭过路卧铺车赴洛侯镇旅游

看完后，我随机抽查。诸如三集里中间一集讲什么、剧间反复播放的广告是什么、本地新闻联播头条是什么、天气预报主持人是男是女。她基本答对，可这是粗略大概，一旦细问，便出现差错。我尽量将自己牢记的细节复述于她。“我现在就是要对你洗脑。”我说。我总是出其不意地考问，比如：“昨夜七点四十你在干吗？”她愣在那儿。“看电视，”我说，“你一直在看电视不是吗，你就是在看电视。”

“是。可现在我们在干吗呢？”

“现在我们舟车劳顿，正在酣睡。”

“你偷换了时间。”

“没有，你必须反复跟自己说，一直说到自己相信为止。我这不过是演习，真要碰到警察，你稍有破绽，他就能识破。因此最好的办法是让自己相信，自己就是在看电视。”

“嗯，我确实是在看电视。”

“现在警察可厉害了。当罪犯编造出一连串的活动记录，顺畅流利地说出来，以证明自己不在现场时，警察往往会仔细聆听，然后说，你从后到前再说一遍呢。他就慌乱了。”

“是很厉害。”

“你要死死咬定你在看电视。”

“可——你要我说实话么——杀人这么大的事是忘不掉的。”

“怎么忘不掉。”

“我知道你对我好，可是杀了就是杀了，以后抓住也是抓住，不会有回旋余地。那些和他可能是一个车队的人会回忆起来，至少是能回忆到我。”

她说得很有道理。

“抓住就完了，完了就完了，我担下来。”她说。

“别这样。”

“我想清楚了，抓起来就抓起来了，至少我还跟你好好活过一阵子。”

她盯着我这么说。我忽然松下一口气来。是的，突然就放松下来。有十几个小时，我就像疾病缠身，像处在噩梦中，焦躁，恐惧，慌乱，走路时腿脚甚至会突然发软。我总是低着头拼命抽烟，手抖得都握不住烟卷。现在好了。“人都要死的，”

她说，“活着想想也没多大意思。端盘子端到六十岁，会怎样。”

她说得没错。事已至此，就不如放下包袱好好去玩儿。而且因为死亡就在身后像一名和善的执法者，礼貌地跟随着（到点了他准会提醒我们的），我们眼前那些枯燥无聊的景物因为很难再目睹，一下子变得庄重与生动起来。因为想到明天，这样的肉体就会被密集的子弹打烂，我们激烈地做爱，直到我感觉阳具没办法再顶到更深的地方去了。

二十

有一就有二。往后我们在感到事情棘手——比如受害人不停地呼喊，弹跳——或者预感到事情会比较棘手时，就会处理掉对方。恰如宏阳当初你对狼狗的那些小弟说的：你们不怕死的都来，杀一是死，杀十我也是死。有时我们结束一个人的性命，仅仅是因为这件事已经做顺手了，成了惯例。

我们总是在干上一票后，躲到距事发地较远的地方去。警察总在固定的范畴内活动，或者说，总在自己的地盘内转圈儿，十分懂规矩。有时两地公安相隔仅一条江，却因为隶属不同省厅，便无法呼吸相通，步调一致。我想这就是公安机关不是完全的条管单位的坏处吧。有时我和勾捏就在江这边高高地荡着秋千，看着对岸的民警、武警、保安与治安积极分子倾巢出动，搓手顿足，却又是完全不得要领地忙活。

一俟得手，勾捏便想离开。而为了将事情办得漂亮一点，我总是将现场打扮一番，比如丢下捡来的名片、小广告及留有他人字迹的纸条。有时我们伪装成半文盲在地上写下几个字：

杀人者张；

欠债还钱；

受顾（雇）杀人。

有时画上当地官员的姓名（我们是在读报栏上抄下其名字的），写下控诉的话，加上好几个惊叹号。有一次，勾捏用六笔画下四个等边三角形。还有一次，她留下一个单词：water。每次，在逃亡前，我们都要站着，欣赏一会儿布置好的现场。有时我们还驾驶死者留下的汽车往前开一段。

弄死人无论如何都不是让人愉快的事。每当我们在动手前对上一眼，我都会看见她眼睛里的不安、惶恐与猥琐。这是所有小偷眼睛里都有的东西。她过去是那么不齿于偷窃，现在干的却正是此事。她偷窃的是一个人的性命。观察人的死亡过程更是让人恶心。他们说的话（特别是普通话里藏着的乡音）、典型的动作以及身上浓重的烟味仿佛还在，仿佛人还会爬起来，掸掸手，继续和我们交谈，并为刚才短暂的停顿致歉，但其实他们已经在去往地府的路上走远了。这是让人恍惚的时刻。我想到笋子，拔出来后仍保持茂盛的生长势头。还有树，砍倒后，总是排出一股可以萦绕一个村庄的清香，纵使创面湿烂，如果去闻，那香气笃定还在。可人一死，呼吸，脉搏，意识，气味，力气，热度啊，这些便通通没了，像木偶一样一动不动。你能想到细菌，那些微细而勤奋的工人，会来侵占、拆解和溶化它。一个人变成一具可怕的膨胀的水床，然后在某一天塌陷。

死者总是翻着白眼，呕出一口气，嘴还来不及合拢，就睡着了。就像对我们艰难地做出一个怪相，然后永远地睡着了。

“死了？”

“死了。”

我们往往需要做一番确认。有时会踢踢尸身或者用枝条翻翻对方的眼皮。在确认对方死亡后，我会感受到一种寂寞，这是一种同事、同学或者同行者在死去的寂寞，或者说是人类、人群在损耗、减少的寂寞。特别是在天气将晚时，这种感觉会更强烈。在搜查死者物品时，我们会看到他们生前的一些计划。这些或长或短的计划使我心情极为沉重。我觉得我们远不是剥夺走一个人性命这么简单。因为持续的杀戮与逃亡，我开始有点分不清现实与噩梦的区别。那些残废的乞丐走来时，常被我误会为愤怒而顽固的死者。我常梦见自己齐胸站立在血的沼泽地，看着骷髅和断裂的骨头从中翻滚出来，疯狂扑打翅膀的乌鸦则朝我密集地飞来，抢着用爪子抓住我的头皮，以之为落脚地。我的腿脚被地下无名的双手一下比一下有力地往下拉。我就要淹没在沼泽地里，然后大汗淋漓地醒来。

“结束吧。”偶尔，我这样说。

“嗯。”她说。

“我越来越受不了，我们弄掉的这些人，没一个不是冒着热气儿的。”

“我也难受，而且发慌。”

“我也是。”

在沉默了一阵子后，我说：“那我们去干什么呢？”

“去开小卖部吧。”

“好啊。”

“跑得远远的。”

然而没过多久，我们便忘掉自己说过这话。我们很清楚，根本没有安居乐业的可能性。一则因为我们处在不停的逃亡当中，一则是本性懒惰的我们已经适应了这种生活方式，或者说谋生方式，哪怕为它付出的代价是如此之大。

最先处死的本应是洛侯镇的一名黑车司机。他几乎是将我们强塞进车内，要拉我们去七十公里外的观星台。薄暮时分宜于作案，我想，这可是你自找的。行程中，他始终歪着脖子夹住手机，和一名男子聊天。他的声带就像是被锯割坏了。有那么一阵子我想，哪怕一分钱不抢，而只是为了摆脱这难听的声音对自己的折磨，我也应该去捅死他。途中，我拍拍他的肩膀，示意要解手。即使在拉手刹时，他仍未停止和那名情人（是的，就是）说话。等我们回来，发现手机已经换到他的另一边肩膀上，他对着里头说：“他们回来了。”我们没办法动手。他将我们拉到观星台，一文不少地收了钱，然后去街对面吃饭。因为心中极为气恨，在走出去一段后，我捡起石块，朝面包车车窗扔过去。打在轮胎上。

在观星台旅游风景区的口子上，有间老供销社。一名老人坐在门外角落一张办公桌前，戴着一只五倍放大的钢丝眼罩，握尖嘴镊，在已拆开的表盘内掏来掏去。他强调道：“这里可是寸土寸金。”他约莫六十岁，皮肉松垮，然而衣着整洁、端庄，白发薄薄一层，向后梳齐，略微盖住发红的头皮。每当有人路过，他便抬头，摆出一副技术人才的架势，试图诱拐走他们对医生、科学家与实验工作者的尊敬。同时他还暗示自己是一名诗人。桌面上放着由邮电所准时送来的黄色纸筒，里边包着卷起的诗歌函授杂志。大约有读书人过来，他便说自己本期发表五首，可能是创刊以来单个作者一期发表数量之最，可以称之为专辑了。“想想全国有十几亿人呐。”他补充道。来者敷衍着。对看起来是文盲的人，他并不热忱，但当他们因为无聊而抓起那些拆开没拆开的印刷粗糙的杂志并装模作样地看时（有时还抓反了），他便支起耳朵，等待对方发问。他在等他们翻到有他的那一页。可他们终归是礼貌地将它放回原位，心情极为平静。可以想见他遗憾之至。我像上帝特意派遣的使者走到他面前。果然，在我只是问了一句“这些是诗吗”后，他便迫不及待地拆开纸筒，抽出杂志（它可能邮购了二三十本），并将指甲修理得极为干净的指头摁在厚玻璃上，指点着玻璃下压着的十几首由他撰写的极短诗，口若悬河地讲起来。

《无题》

产房在太平间的底下

《我有三顶帽子》

红　黑　白

帽　帽　帽

子　子　子

《纠缠》

你我盘算来生不注意今天

“我们寻找一切事物蕴含的意义。或者说，我们向一切事物付诸意义。我们在书写时尽可能简单、节省，目的就是为了将巨大的只可意会的含义释放给读者。就像我们给出的只是一夸克的铀，却最终导致宇宙大爆炸。”他说。

后来，我们看过观星台，从观星山下来时，修理钟表的桌子已收进供销社，老人正背着土黄色的书包走向新城。天色将晚，纸屑与落叶在宽阔的柏油路上飞舞。老人以本地人的自信选择小路，因此送了命。我们一直跟在后头，惊叹于他此刻的老迈。他驼着背，侧好身子，将颤巍巍的右腿挪到下一级石阶，再将左腿移下去，要等两条腿都站在同一级石阶上，抖一抖，他才继续侧着身子将右腿挪向下一级。腋下汗湿一大块。他不时扶住石壁歇息，并粗重而卖力地呻吟起来。他还放出机关枪一样的屁，哒哒哒哒，没个休止。处死这样一个软弱的人让我感到羞耻。我记得当他艰难地转过身来面对我时，眼睛里闪现出一种极度的惊恐。他让人想起被屠刀顶着的牲畜。他的裤子分三次尿湿，那湿答答的旧痕尚未停止洇开，新的一团更深更黑的液体便又洇透出来。老人倒地时，我好像看见他射向我的眼光，扬到空中去。是啊，那是一道笔直得简直可以从空气中分辨出来的光柱。我们只在书包里翻出四十六元及一块老式手表。他的生意笃定不好做。因为他死得如此软弱，我也自感软弱，总觉得自己是欺软怕硬。

在距观星台火车站不远的玛蒂娜购物广场，一条阴暗的甬道，凌晨，我们抢了一名还乡者的皮包。因为只顾疯跑，自始至终不曾回头，被劫者捡回自己的命。他的两只皮鞋先后跑掉，急促的喘气声在拱形的墙顶与墙壁间回响。一千九百元整。在下陈镇（当地第二大镇），我们用等待杀死一名年轻人。我们伪装离开小镇：在旅店结过账，最后一次去台球厅消磨时间，并在和老板打招呼后登上门前的过路客车。我们在连接水泥厂与镇上的那条荒凉小道（另有一条相隔遥远的破碎的大道供水泥罐车行驶）上等了差不多七小时，才看见那辆改装过排气管的本田摩托轰鸣着开过来。在行驶过程中，他像骑马者一样弓着背，眼睛紧盯着车灯照耀的路面，我从变压器后冲出来，一把推过去。摩托车直立起来。他摔下来，让摩托车压到了自己。

“弄你妈，谁？”他推起头盔的护镜。我走过去，用切肉刀顶在他的帽带上，说：“地区冠军，知道吗，地区冠军。”他的眼睛跟着刀尖紧张地转动。他说：“你们要干什么？”

“我不知道你听说过一件事没有？”我说。

“什么事？”他着急地说。

“割肾。”我说。

“不要啊，千万不要。”他的声音近乎是在抒情，然而身躯却躺到地上，朝后不停退缩。我晃了晃刀子，他又喊道：“你们不就是要钱吗？”

“我们要肾。”

“你们要肾还不是要钱？钱我给你呀。”

说着他就去掏口袋与背包。一沓沓的。几乎是掰开我的手塞过来。“这里还有。”他掏出一张卡来。还告诉了密码。是那么回事儿，我心里说，是个生日。当夜，我戴上口罩、墨镜、帽子，费尽周折在另一个乡的取款机上取钱，发现卡里其实只有三百元多一点。他给我们的现金合计是四千元。我将他的手机扔进水沟，用刀抵着他的小腹说：“走吧。”他试图爬起来，我捅进去。他似乎不太明白，说：“有点痛。”

“当然，”我继续用力，“现在会好一点。”

一开始，他的身体缩成一团。最后几刀捅下去时，他已经摊开身体了。从头至尾，他都没有大声叫唤，好像在配合着什么。也许他还在等我们给他的创口敷些冰块呢。杀死这样一个人，不会让我们感到羞耻。如果他懂得留有余地，我们也会。不过可能我们也不会。我现在都有点捉摸不透自己了。我们在现场留下四个字，加上捅十几刀，相信是人都会想到这是一场掺杂太多恩怨并且蓄谋已久的仇杀。

我们骑车离开小道。勾捏紧紧抱住我的腰，风吹拂头发。人生之快意恩仇，莫过如此。

也许，这名水泥厂厂长的独子，从小就被自视高贵的母亲教育：不要和他们一样，不要混在一起。她将他周围的人比喻为钻穴逾隙、凶残贪婪、不讲卫生（这一点会特别强调，譬如常年不洗头以致头发孳生虱卵）的乡下老鼠。她本意是想让他有教养，却叫他成了一条让人生厌的眼底无人的寄生虫。成年后他一事无成，来回混迹于县城与镇上，靠嘲讽他人获得一点存在感。本质上他是名乞丐。他每天都在向那些宽宏大量的人乞讨他们的缺点，然后加以疯狂的羞辱。他们不觉得这有什么，然而我不同，我是路人。我依然记得他走进台球厅时的模样，他双手抖动着皮衣，扫视一圈，然后耷拉着眼皮，朝我斜睨过来。这目光真让人不舒服，我想用杆头捅爆他的眼球。曾经，因为一个球解得不错，老板赞唱几句，我便趁势说自己拿过地区冠军。现在，老板向他小声交代我这一并不存在的身份。他的鼻孔喷出一道气息来。然后他就点头。啊，他点呀点的，一直那么点着，直到我将一颗打不进比打进要难的球打偏了，同时让母球落袋，他才阴阳怪气地说:“哦，是吗，地区冠军。”之后是一连串疯狂的笑声。我抬起头，极为谦卑地朝他看着。有人说，在将死者的脸上，能看见一些奇怪的东西。然而我什么也没看到。我不知道他今天和他妈告别了没有。

二十一

后来，我们便知道罄竹难书是什么意思了。有时我们在出亡途中，猛一回头，竟然通体寒栗。就像沉湎赌博的人看见积账，惊惶万状，心想一路拖欠何以如此之多。我权且将它们列举如下：

时间	地　点	对　象	工具	获　利	是否致死
20:00	市场后面	外地大货车司机	扳手	人民币 2 400 元	√
19:00	山道中途	供销社退休职工	扳手	人民币 46 元、手表一块	√
00:00	甬道中间	搭火车归来青年	锤子	人民币 1 900 元	
01:00	荒凉小道	水泥厂厂长公子	切肉刀	人民币 4 300 元	√
13:00	高速公路	解放大货车司机	匕首	人民币 2 000 元、金戒指两枚	√

（续表）

时间	地　点	对　象	工具	获　利	是否致死
19:00	铁路坝旁	正在锻炼的病友	双手	人民币 740 元	
20:00	公园小道	取款的中年女人	匕首	人民币 30 500 元、金项链一条	
23:00	偏僻小路	富康出租车司机	砍刀	人民币 1 080 元	√
06:00	出租屋内	经营玉器的商人	尼龙绳	人民币 20 000 元、玉货折抵人民币 8 000 元	√
02:00	百货店内	百货店看店伙计	西瓜刀	人民币 2 000 元、五叶神香烟四条	√
00:00	寂静小巷	白色雨燕车车主	水果刀	人民币 2 500 元	
14:00	省道途中	斯太尔货车司机	水果刀	人民币 800 元、货车及随车钢材折抵 20 000 元	√
20:00	平房院落	二手车认购客户	菜刀	人民币 15 000 元	√
01:00	小超市外	夜尿的超市经理	砖头	人民币 6 000 元、玉溪香烟十条	√
17:00	玉米地旁	电动三轮车车主	双手	人民币 370 元、电动车折抵 4 700 元	√
16:00	乡道旁边	载重自行车车主	液压钳	人民币 190 元、手表一块	√

（续表）

时间	地　点	对　象	工具	获　利	是否致死
12:00	烂尾楼旁	路过的中年女人	匕首	人民币 100 元	
13:00	省道途中	红色别克车车主	锤子	人民币 4 500 元	√
01:00	金店后院	金店内值班保安	折叠刀	人民币 190 元，金项链、手镯、手链折抵 10 000 元	√
15:00	公园深处	煤球厂内退职工	细铁丝	人民币 920 元、手表一块、收音机一台、老花镜一副	√
16:00	省道途中	大运牌卡车司机	水果刀	人民币 1 400 元	√

其中，一位肺癌病友——总有些人会将生病视为特权——仅仅因为恶狠狠地叫我们“走开”，便差点被弄进水塘淹死了。在进水前，他噙的一声，呕出乒乓球那么大一口血。我看得难过，就叫他滚了。而我们还弄到一把类似于雕刻用的单刃无柄刀，但一直没有使用。

二十二

我们会尽量用仇杀来掩盖抢劫（虽然抢劫的目的是那么明显），然而有一宗，却是用抢劫来掩盖仇杀。那日刚下过雨，寒气砭骨，我们斜躺在客车的座位上，避开从车窗破裂处刮进来的冷风。从哗哗奔行的声音能听出，路面的积水正被旋转的轮胎卷起并在到达一定高度后飞溅出去。小树在后退，光秃的枝条以及有如鹤膝的树瘤被打湿，正朝下滴水。随着客车越行越快，勾捏也变得越来越焦虑。她皱着眉，捏紧拳头，数次低首，又被迫抬起，凄苦地望着窗外。一开始，面对我的关心她还嫌吵，后来却是她自己翻过身来，紧紧掐着我的皮肉，说：

“我快要死了。”

“你在说什么呢。”

“我要死了，还没回家一趟呢。”

她说的时候，泪如雨下。我们在下一站下车（她死活要立刻下，我说你他妈在这里下又没现成的车又没东西挡雨），搭回程车返回，后乘火车来到古井区。它是省城郊区，在高速公路旁，遍布着仓库、平房、高杆灯与T型广告牌。上次我们去登邑大市场后头的勾捏同学家玩，近在咫尺，勾捏却不曾提出要回家。现在又要死要活地回来。我们走过很长一段黄泥路，看到沿途的平房小屋，其油毡屋顶因为雨水浇洒，变得分外黑亮，找到那间红砖小院。铁门锁着，里头的屋门也锁着，一只公鸡单腿站在长满苔藓的泥地，孤独地发呆。她扔过去一颗石子，它撒开腿跑，鸡距在地上留下一串印迹，不一会儿它又端着肥硕的身躯跑回来，钻进鸡埘。

“这是我继父的家。”她说。因为她这么说，我自认为找到她素性暴躁、孤僻和残忍的缘由。在她九岁时父母离婚，她先是住在父亲家，继母让她自己带来的两个孩子住大房，让她住在屋顶石棉瓦漏水、地面透湿的违建小屋。一直以来它都是亲戚或帮工住的地方。她觉得是在自己家做客，因此去找母亲，并从此给母亲带去无尽的痛苦。你也知道，离过婚的女人很难找到像样的归宿，勾捏的母亲不想毁了这段新的婚姻，就让自己忍下很多事，也让勾捏跟着忍受。勾捏每次得罪继父，她的生母都会条件反射地站起来，对勾捏施以殴打。一边打一边看着丈夫，直到后者表态不要再打了。只有她们俩在时，当母亲的眼里便流露出恳求、绝望与嫌弃的意思，好像是在自言自语。“我为什么就要生你这样一个女儿呢？”勾捏判断母亲在心里是这样说的，“为什么啊？为什么！为什么老天你对我如此不公？”

我们没有向邻居打听她的下落，而是径直走向古井公园。

那是座免费公园，无人打扫，破败的水泥道粘着纸屑与断线的风筝，浑浊的池塘里立着假山。水面上漂着塑料泡沫饭盒。“他每天下午都会来这里，风雨无阻。”勾捏说。

“散心？”

“不，是做皇帝。”

接着她说：“就是假设路过的妇女都是他的后宫，一一检阅她们。”

我们在一段弧形围墙的前头发现他。他仰躺在一张褪色的靠背长椅上。在他的上空，榕树的枝条交错在一起，不时朝下滴水。这是一个视觉上比较隐蔽的地方，可以轻松看见两边来者，却不易被他们察觉。他的上身盖着一件夹克，裤裆上则盖着一份报纸。椅子上放着一瓶古井醇香。她示意我猫腰从后边抄过去。她蹲下去，将手放在他伸直的腿上。他用了很久才从遥远的睡眠中醒来。为着适应这醒来的寒冷世界，他还打了个激灵。然后他冷漠地看向她，在意识到她是谁后，多少有了点热情。

“是你呀，欢欢，你回来啦。”他摸向嘴角流的涎沫。

“是我，爸。”

她揭开报纸。他裤子的拉链已拉开一半，黑色的海参状的阳具蜷缩在里边，若隐若现。我闻到精液的腥味。这意味着他今天已经对着某个（或者某些）路人完成想象中的性交。就像是随手抓起家里的什么东西，一切自然而然，她拉下他的拉链，握住那软绵绵的东西，继续和他交谈。“欢啊，年轻人第一重要的是念书，第二重要的还是念书，年轻人应该以念书为重，念好书找个好工作。”他将一只手放在她的头上。而她开始出眼泪。

“你要钱吗？”他颤巍巍地摸向口袋，“念书总是要钱的。”

“我妈在哪儿？”她说。

“你妈呀，”他将一堆钱里所有是一百元的都抽出来，递给她，在受到沉默的拒绝后，他用钱刮她的手臂，“你先接着。”

“我问我妈她在哪儿。”

“医院，”他看起来很艰难地说，“又犯了。”

她站起来，眼泪像是沿着玻璃窗滑下来的雨水，不停地流。在她转过身去时，我拿起细铁丝，猛然勒向他颈部。我感觉铁丝都勒进我的肉里去，挨到骨头了。他的面部瞬间涨红，血管从额头、太阳穴处几乎是弹跳着绷起来，胸口鼓得像个球，阳具也可怕地挺起来，我可没见过这么长这么骄傲的阳具。他的手时而抓住椅子扶手，时而过来抠铁丝。他的鞋跟在泥地上不停蹭着，蹭出一道道凹槽。在蹭掉皮鞋后，他用脚继续蹭着。她过去，抚摸他的眼睛，而他就是不合眼。“还没死呢。”我气喘吁吁地说。直到她说他伸出来的舌头都快要咬穿了，直到我感觉一股与我拉扯的力猛然溜掉，我才松手。我用血淋淋的手将他那玩意儿塞回裤裆，然后将他的每个口袋都翻出来。

我们在精神病院门口待了一会儿。它围墙高耸，墙头嵌着许多碎玻璃。门前停着一辆依维柯医护车，保安靠在车门边玩儿手机。透过大铁门，能看见院内深处有几幢五六层高的住宿楼，晾着密密麻麻的病号服。院内绿化不错。一位病人正对着芭蕉叶说话，几名病友将手交叉插进衣袖，围观着，脑袋不时转来转去，仿佛是在向人示意，他可好玩啦。我们只待了不到一分钟，便头也不回地走了。辗转千里，只为了这么一下。让我的双手勒出道道红印，勒出血来，痛得一个多礼拜没办法活动，就为了这么一下。

我们一起最后杀死的那个人，给我们带来巨大的麻烦。但也正是他，让我对自己在干的活儿感到前所未有的厌恶。我记得，在被捅中腹部后，他脑袋朝右歪斜，贴靠在方向盘上，双手慢慢溜下去。玫瑰花放在工作台上。刮雨器正左一下右一下左一下右一下，来回快速地舞动。车窗一会儿模糊一会儿清楚。就像有什么东西在朝我们挥舞，说，不，不。然而他已经不可逆地死了。我长时间地发呆。有几辆车路过，飞溅而去。最后，我振作起来，将他拖出来，扔到路基下。雨水淋在我和勾捏的头发上，也淋向死者的身体。等到人们发现时，他的皮肤注定已森白发皱。

我们用死者给我们的工作服盖住驾驶室的血泊，将那束花丢到车窗外，开走车。我想花隐喻的是远去的唯一的爱人。她要么抛弃他，要么死了，而他仍对她保持忠诚。“每当凋谢，我就换一朵新的。”他这样回答我的疑问。他不喜欢说话，但总是在你询问时礼貌而恭敬地听着。虽然回答得极为简省，而且有时是不知所云，但你仍能感受到其中巨大的诚意。

他总是放一名歌手的歌。我用了很久才找到那慵散的欧洲女声所隐含的意思：与世无争。

那天，只有他停下来搭载我们，而我们还杀了他。他开着一辆蓝色大运重卡。太多的车面对我们的招手，扬长而去，稍微客气点的，也就是在经过时，避免让积水溅到我们。只有这辆重卡在开过去十米后，停了下来。我们是被一辆客车扔在这里的。拖车拖走抛锚的它。同行的乘客大声咒骂，可是不久便各自找到办法，遁离此地，只有我们俩被留在雨地里，不知道要去哪里。因为寒冷，我们抱着湿透的胳臂，哆哆嗦嗦，走来走去，互相咒骂着。直到他揿响喇叭，我们才奔过去。他亲切地笑着，扯出两件干燥的工作服，让我们脱掉外套披上。他还开了暖气。好一阵子，也许是二十分钟后，或者是半小时后，因为暖气的作用，他睡着了。他双手扶着方向盘，身体微微弓着，头受地球引力的作用，不时朝下猛点一下。他试图睁开眼皮，可是又一阵浓重的睡意袭来。勾捏推推我，我才发现这可怕的情况。我一只手扶着方向盘，一只手轻轻拍醒他。他大声向我致谢。而后从工具箱里摸出香烟，让我抽。他自己并不抽。

我们建议他将车停在路边，好好睡一下。他觉得这个建议很好，便将车驶离主路，然后在没熄火的情况下睡死了，我接过她递来的刀，听凭着某种惯性，捅死他。他之所以不熄火，是考虑到要烧暖气。他怕我们冷坏了。啊，一想到这一点，我就觉得自己很造孽。

二十三

“‘我知道，你们光是听下去都是艰难的，而我却将它一五一十地做出来。’他望望自己，有些不敢相信这些事就发生在自己身上，开始啼哭起来。他擤掉鼻涕后，用卫生纸擦鼻孔，将纸团粗鲁地扔进火盆。啊，喝醉的人哭起来是如此难看，而且有一种明显的表演性。他想让我们看到他怀有巨大的悲伤呢。

“‘没事，哭出来就好。’宏阳虚情假意地安慰着。宏阳在抚摸其肩膀时，眼球在转动。

“‘唉，说出来就好，就舒服了，你不知道这些天——’他禁不住又哭起来，‘我有多累。现在讲出来就好了，我的身体从来没像现在这样轻巧过。’

“‘嗯。’

“‘我犯了这么大的事，光是听着就让你们受罪。’

“‘没事。’

“‘勾捏呢？’我问。他忽而怔住。‘一开始我就应该知道她是精神病的。没有人会有那么灿烂的笑容以及那么深的痴呆的。她的痴呆就像洞一样深。我应该知道，正常人杀人时没那么镇定的。她根本就不惊慌，而且就是有惊慌，也是怕失手。一开始我就应该知道的。’他说。”

二十四

我没有再问。因为她说，我跟你说了，扔了，早他妈扔了。那是一部长一百四十一毫米的韩国新产智能手机，就像一只神奇而璀璨的魔术箱，藏着一名旅行者差不多都需要且都是当时最时兴的配件：照相机、摄像机、录音机、mp3、网络、游戏、聊天工具、交友软件、地图。即使只是对着泛着幽光的硅铝钢化玻璃机身照照自己也让人惊叹。世界已发展得如此之快。当然，它还是一台藏着多个定位系统的跟踪器（“你关机有什么用呢？”一名刚被关进来的电信外线员说。我想起这件事。此前，我们每天都在号子里听一个人诉苦。明明是关机了的，这个人反复说，明明关机了却还是被抓住了）。当她握住它准备划动屏幕时，我叫她扔了。

“等会儿。”她说。几分钟后，我再次提醒。我应该看着她扔掉才是。但是我的脖子这时扭得难受，我右手的指尖正拢起来，捏着尸体上衣的领子，高高举起，左手则伸进衣服的内侧口袋。血染透他的T恤，流到裤腰和坐垫上。我听见她在叹息。车的侧窗在摁过按键后自动下降，我想手机沿着一条抛物线飞进路边水沟去了。

“扔了吗？”在掏出一堆钱并数它们时，我问。

“我他妈不是小孩子。”她说。

“真扔了？”

“扔了，早他妈扔了。”

“那就好。”

这本是一句收场的话，未曾想她听了大发雷霆。“你是不是还要搜身啊？我跟你说，天上那么大一卫星，造价十几亿，好不容易飞上去，就为了跟踪你一部破手机？”她说。

我们在丕州东客站下车，因为疲倦与饥寒，就在车站附近找了间招待所。那是幢上世纪五六十年代建造的苏式大楼。墙面斑驳，留着水泥那丑陋的颜色，看得出贴过很多小广告，然后又被愤怒地擦掉。顶层窗外的铁丝上晾着用消毒液浸洗多年的白被单。排水管漏斗锈迹斑斑，凡水管破损处，都留有积水流淌出来的痕迹。不过，大楼还是保留初建时铜浇铁铸、魁梧奇伟的面目，里里外外都有一种公家单位的派头。相比之下，周围那些后起的粉刷着各式涂料的新楼只能算是一堆柔软轻佻的婊子。招待所能让那些有点钱或者说希望让别人觉得自己有点钱的入住者找回一些面子。

有人用蘸湿的拖把将大堂的水泥地面拖得光亮，因此我们在走进时闻见一股常能在鱼市闻见的腥气。一位画着绿眉的妇人，带着在此上班几十年的气势，命令排在我们前头的两名住客:“身份证给来。”在他们互相搀扶着离去后，她乜斜着眼，继续看他们，直到看饱了。“什么屁玩意儿。”她嗤之以鼻，然后将我的身份证举起来，对着亮光看，一边看一边弹。当初拿货时我也是这么看的，期待能照出什么来。什么也照不出来。我只是暗示办假证的人，我可没那么好糊弄。

“去吧。”她以一种都是人民的口吻说。

那对排在前边的住客就住我们隔壁。是一对夫妻，或者说是同居者。在等待清洁工送钥匙过来时，他们扑在墙上，肩部不停地抖动，就好像在抽泣。他们身上有股腐烂的味道。我想是他们身体某处难愈的溃疡发霉长毛了。清洁工开门后，他们踉跄着走进房间，先后扑倒在床上。

我睡了一个无梦的好觉。这还是亡命以来第一次。当我晕晕沉沉走向卫生间，试图用洗漱结束这由酣睡带来的恶心感时，发现她蹲在那儿。她抬起头，吃惊地看着我。我走过去，夺走她手头正在玩的那年轻司机的手机。“你要干什么？”她站起来。她根本就是蹲在这里玩儿手机，连裤子都没脱。“你要干什么？”我以同样的话回击道。我得确保迅速把她镇住，不给她任何纠缠的机会。我掐住她脖子，使着劲说:“我一再跟你说——”

“走开。”她说。

“扔了扔了，你他妈的偏偏留着。”

“叫你走开啊。”

“什么时候开机的？”我抽了她一记耳光，接着说，“我问你呢，什么时候开机的？”

“不记得。”

“你干什么吃的。”我推着她往墙上撞，直到她说：

“有几个小时。”

“几个小时？”

“不记得了。”

“怎么会不记得？”

“不是一个小时就是两个小时，不会超过两个小时。”

“一路上开机几次？”

“一次。”

“你得说真话，不说真话就害死我们自己了。”

“就这一次。”

我松开手，快步走向窗前，撩开窗帘朝下看。在高架桥的高速路上，车辆飞来飞去。桥底，则无论是主路还是辅路，都没有动静。冰冷的阳光照耀着地面，街道上阒无人迹，随着一股风吹来，一片落叶飞到半空中。

“有人吗？”她没好气地说。

“没有。”

“没有你激动个什么？”

我推开她，走到门前，支起耳朵听了一会儿，取下安全链，然后对她小声交代：“你快收拾。”

“收拾什么？”她问。

“东西啊，你不觉得车站附近没一个人不正常吗。”

我频繁地朝下面指点。她似懂非懂。我轻声走出去。走廊中间停着一台装着活动脚轮的工作车，一间客房开着，应该是清洁工进去打扫了，或者有点什么事先下楼了。红色的地毯早已踩秃，到处是洞。我既没发现此地有摄像头，也没发现没有。我插在裤兜里的手，握着那该死的手机。我得赶紧出手，得将它放进工作车那一大叠被单里头或者是楼梯口的垃圾桶里头，要么就将它塞到地毯下边。可这都不是什么好的选择。或许我应该推开走廊尽头的窗户，将它扔在正在行驶的三轮车的顶篷上，让这部闪烁着信号的机器，带着警察全城乱跑。可是没时间了。一个人极其缓慢地走上来。是隔壁住客，那个女的。虽然情势紧急如此，我还是被她的长相吓住了。此前我见到的只是她年轻的背影（短发，窄肩，细柳腰，长颈鹿式的瘦腿，衣着邋遢但还算时尚），这回看见的却是一张极其残败，起码有五十岁的脸。在这张又黑又黄的脸上，眼窝深陷，眼珠像死人一般无神。我想她一直以来，都沉湎于抽烟、酗酒、熬夜打牌与性乱的生活。她应该是从楼道转角的电热水炉那里接了开水，如今正端着一碗冒着热气的方便面摇摇晃晃地走来。“帮开下门。”她对我冷漠地说。她起码掉了五颗牙。

我旋开门把手，推开门，看着她急急地走进去，双手一松，将滚烫的纸碗落在床头柜上。一些汤水溢出来。她的男人偃卧于床，不停地哼唧，一只枯柴般的手臂半举着，一动不动。我悄悄拉上门，在听到锁的弹簧响了以后，站了一会儿，理理脑子，然后才快步走回自己房间。勾捏正盘腿坐在椅子上。“手机呢？”她说。

“扔了，”我走向窗前，“你他妈的快点收拾呀。”

“我看过了，还是什么都没有啊。”

她懒洋洋地，将烟头摁熄在烟灰缸。我拨开一点窗帘，她凑过来，下巴颏搭在我肩膀上。后来她人就软了。仿若神兵天降，那一直追踪我们，同时因为久不显身而让我们一度以为并不存在的他们，超过五十名警察、武警与保安，正沉默而认真地围向招待所。一会儿，四周便被拉上隔离带。一队特警拉动枪栓，双手擎着枪，侧身向大门内移动。一群招待所员工与住客慌里慌张地从里边闯出来，紧急刹住脚步后，在一个手势的快速引导下跑向原本出售外卖的防雨篷布下。两只狼狗不时缩起前腿，跃起半个身子，它们吐着舌头，下颌骨不停地、有节奏地朝前移动，所表现出的对任务和目标的饥渴让人胆寒。而在一名戴着墨镜的首领模样的人对着对讲机说了什么后，整个楼层都传出电波那嘈杂的回响。到处都在喊到位。我的喉结在往下滴汗。我感觉自己这会儿流的汗比过去几十天流的还多。

“怎么办？”她抓紧我说。我挣脱开，拎起包跑进过于寂静的走廊。她跟出来。很多散落在房间里的东西可是没带。她要跑向楼下时，我将她拉回来。在朝楼上跑了几步后，我又拉着她返回，从另一边的楼道跑向楼顶。我一路都在往上跳。到达天台后，我闩上安全门。我听到铁闩移动发出铛的一声。随后我在水塔边找到一根钢筋条，将它插进已经扣好的门扣里。万无一失，我想。

与此同时，我和勾捏同时想到一个问题：

我们将自己拘禁了。

拘禁在半空中。

除非出现一架直升机而且最好得是隐形的直升机，否则我们哪儿也去不了。

我在天台上往来奔忙。后来勾捏说，我的这一举动让她想起自己在动物园看见的一只白色的老虎，面对囚禁着自己的粗铁栅栏，一整个下午，它都在沿着一个圈走来走去。“连那可怜的眼神都一样。”她说。有好几次，我扑在楼顶的水泥栏杆上朝下看。楼越往下去越窄。我没有在楼体上看见一个窗户防盗网或者防晒顶棚。楼边也没有生长枝叶茂盛的大树。没有任何可让我们平安着陆的跳板（别说是平安着陆，就是残疾着、还能活着着陆也行）。警察在指挥招待所四周的人靠后。勾捏蹲在一堆接近粉碎的石棉瓦边上，抱着腿，不停地嘟囔着。我回头望了一眼，觉得和她并不认识。我对自己和一个陌生人共同待在这地方深感奇怪。“我先走一步了，”我抬起一条腿，让它搭在水泥栏杆上，同时自言自语，“姑娘，您请便吧。”

我满脑子想的都是他们往上走的情景。他们一边咕咚咕咚地喝酒一边讲着笑话往上走。他们是用牙齿咬掉啤酒瓶盖的。咬开后就吐在楼道上。在他们的另一只手里提着沉甸甸的电钻。待会儿他们将插上接线板，用它钻开安全门。他们可真是步步为营，稳扎稳打，一步一个脚印啊。而我要在他们到达之前，翻过栏杆，跳下去，以从这窒闷得快要透不过气的处境中解脱出来。

“傻屄，你干什么？”我听到她在很遥远的地方喊叫。我能判别出她的喊声很大。

“不干什么。”我轻声说。这时与其说是我在回答她，还不如说是我在跟自己说点什么。

“不是还有点时间吗。”她哭起来。我尴尬地看着自己的样子。“不是吗。”她一边流泪一边跌跌撞撞地跑过来。后来我们靠在冰冷的水塔上，坐着，仰头看天。她用指头轻轻梳理我汗湿的头发。就在刚才，这些头发的一部分永远地白了。“我们毕竟是死在一起的，你说是吧。”她说，一边用长舌头舔吸我的耳根、眼睛以及睫毛。有几次因为听见楼内的响动，我推开她，半坐起身，然后又在它们消失时慢慢躺下。有阵子，我想起身，走下楼，对警察伸出双手，说：“别找了。”可我已经不想动了。我用指头划着她裤子下边的阴阜，说：“勾捏，是我将你带到这里的。”

“我不怪你。”她说。

“我从不怪你。”她接着说。

“我们也该到期了。”我说。

“你能这样想我真高兴，看起来你也不会再责怪我了。”

“我不怪你。”

我们就这样温情脉脉地抱着，亲吻着。中间我睁开眼，看见她紧闭着眼，鼻翼微微翕动，脸皮因欲望的膨胀而起伏。她正在像小猪一样吧嗒吧嗒地吸食我的唾液。她的脸太白，比最白的牛奶还白。我觉得极不真实。后来我一直忍着眼泪捏她的脸。而她也狠狠地看我。直到楼下响起此起彼伏的警笛声。他们带着急于邀赏的心情，沿着一个方向撤了。事情竟然如此。那些憋坏了的社会车辆，开始在恢复通行的马路上揿着喇叭狂奔。卖水果卖糕点卖豆腐脑卖彩票卖十元三样的，从地底挤挤挨挨地冒出来，在每个角落复活。我将信将疑地拉开钢筋条，和勾捏小碎步跑下楼，中途碰见一名同样是小碎步上来的保安，我呆立住不敢动，听到他报喜一般激动而热情地说："请放心，危险已解除。"他继续跑着，对着那些开着关着的房间招呼。不可思议呀。勾捏想回房间，我紧紧拉住她的手，扯着她向楼下跑。大堂，人们围在前台，听那自以为立功的绿眉老妇人讲刚才发生的事：警察用消防斧劈开门，将那对半死不活的男女拖出来，而他们不敢相信自己已处于被逮捕的事实中，一直惊恐地望着四周。因为体重太轻，警察喊着号子，一二三，起，顺手就将他们扔进警车就像是扔件货物。"吸毒吸成那样的，为了吸毒什么事都干得出来，"她说，"我一早就看出他们问题很大。"

出门后，我们朝西走去十几米远，又返身朝东走。我压制着步伐，让它们尽量不要太快，又不要不快。一辆三轮车开来后，我们钻进去，重新往西走。

"干吗？"勾捏问。

"会闻到气味，狗，走路的话。"

"我们还没退房呢。"

一直到下车，我才说："还要退吗，你以为我们还会有这么幸运吗？”我对她可是一点责怪也没有。“不会再这么走运了。”我反复说。中途我不停透过车窗往后看，那些公路、集市以及楼房正被越抛越远。我很难相信自己这会儿竟然坐在封闭的三轮车上。我无声地笑起来。

“不会再这么走运了。”我说。

“原来抓的是他们。”

“怎么可能呢。”

我不知道要怎么跟她解释。我将手机放在那端着方便面的女人包里了。她站在门前，因为不能忍受纸碗的热烫，来回踩踏双腿，就像这样能摆脱掉双手的不适。我让手机轻轻溜进她包里——将东西放进别人包里要比将它取出来容易得多——同时，用左手帮她旋转开门把手。“谢谢啊。”她冷漠地说，她的声音真是让人恐怖。

“勾捏。”我说。

“什么事？”

“我还是得跟你说，我们可以去死，可以不怕死，但不能主动去送死，好么？”

“好。”

“你拿了手机，为什么连卡也不扔掉？”

“我不知道怎么拆手机后盖。”

“你不知道找我吗？”

“我怕你骂我，你看到手机一定会骂我的。”

“以后还是把手机直接扔了。”

“你这是在怪我吗？”

“没有。”

我们走上铁路，沿着铁轨向前走。我们有时走下坝基，有时走上枕木，饥肠辘辘，一直走到天黑。在黑夜中我们手拉手，还走了很久。脚步是我们的眼睛。也许在孤独铁轨的对面，一只猛虎正踩着沉稳的步子，平静地向我们走来。他们终究会知道自己的错误，重新在车站及每个出城的路口设卡。但我没听说他们会在铁轨上架设盘查的栏杆。

二十五

往后，我一次也没和勾捏提过那部手机，但这并不代表我不为此痛苦。有几次，我为此痛苦得一步也迈不动。我应该看着她扔掉才是。我对科技并不懂，正因为不懂，我对它是如此敬畏。我谨记电信外线员的教诲："拆下SIM卡及电池，最好是整机扔掉，扔在水里。"她摁动按键，让车侧窗徐徐下降，在我眼角的余光里挥动手臂，然后将它偷偷压在大腿下，关机，并趁我从一堆东西里分拣出钞票之际，将它塞进包内。

"扔了吗？"我问。

"我他妈不是小孩子。"她生气地回答。

我应该检查一遍的。我就知道她会留这个后手。现在，它结束了我们相对镇定的流浪生活（往往是我们转移到乙地，警方才赶到事发的甲地，会有个时间差），迫使我们亡命奔逃。我们沿铁路线走出他们的包围圈——（**"就像代达罗斯为了和儿子伊卡洛斯一起逃出暴君米诺斯的软禁，将翎羽涂上蜡，制造出飞行翼。代达罗斯说：'米诺斯是陆上的主人，水上的主人；陆**

和水是都不准我们脱逃。只剩下空间这一条路了。’佑生，你听着，”宏梁说，“正如这本书里所说的：‘才能常常是被不幸所唤醒的。谁会相信人可以在空中旅行呢？’现在，谁又会相信那急于逃命的罪犯会沿着人们思维中专属于火车使用的铁轨以一小时五公里的速度慢慢走出去呢？”）——发现自己将要走入的又是他们布下的天罗地网。铅（读盐）县，仅只是一个还在用滚烫的沥青铺设主干道的贫困县，和丕州分属不同省，隔着一座足以改变彼此风俗及口音的大山，却也对我们严阵以待。晨光熹微之时，我看见自己，湿漉漉的，印在电线杆上的协查通报里，左眉上的胎记尤其明显。我看见自己准确的身高、体重、年龄，还有不曾留心但的确存在的癖性，以及他们开列的足以使人万死不辞的赏金。对她的介绍甚少，截至当前她还是无名氏，然而画像专家用铅笔画出的她的头像，也有八分神似。它是新贴上的。也就是说，在我们朝着铅县走来的同时，这里的警察已在大街小巷贴好悬赏我们人头的通报。可能方圆一千公里以内都贴满了。不知道为什么，我在通报里读出一种恐怖气氛，就是我自己，作为读者也害怕起那被通缉的人来了。此时，因彻夜行走，我们早已精疲力竭。不远处有一家早点铺，蒸笼里冒着汽儿，几只不锈钢保温桶光可鉴人，想必盛着滚烫的豆浆与粥。我能闻到味儿。近在咫尺啊。长着胡髭的伙计端着被一一切成四牙的腌鸭蛋走出来时甚至问吃点什么，我们却走不过去。我听见肠子里所发出的哀鸣。此时还寒风侵肌。

穷途末路莫过如此罢。

我们不敢在城镇逗留。在下乡的柏油路之外，有时有条可供一台驴车通行的废弃马路，我们沿着它走，如果路面中断，我们就从田埂穿过去。我们找到一条沟渠，捡走水面的枯草，划拨着，挑了自以为是干净的水捧起来喝。喝了很多。早上八九点钟的太阳，渐渐照暖和我们的身体，使我们又有了一些精力。不知怎么我想起童年时墙角那只被刺瘪的橡胶足球。依照热胀冷缩的规律，每到中午它就变得滚圆，然后随着日薄西山，又悲哀地瘪下去。我想到父亲买回这只足球，然后，乖戾到无法捉摸的他瞄准晾衣架飞起一脚，让挺立的竹枝戳爆它，精确无比。“这就是你要的生日礼物，别说我没给过你。”他说。我们将要爬上一座山时，遇见一位拖石碑的农夫。车上还装着几袋萝卜。从拐弯处过来后，他双手压住翘起的车把，让身体笔直悬空，听任车轮从坡上滚下来。我大声叫着。他躲闪不及，让板车的车把撞到石壁，人也扑了上去。还好没什么事。我说：“好伯，卖几只萝卜我们吃吧，我实在饿得不行了。”

“你们随便吃。”他说。

我们吃了这老好人很多萝卜。是夜，当我们隐匿于山洞，依靠点燃的松针勉强取暖并继续吃那萝卜时，我后悔对他提出的要求太少。我应该向他借宿。兴许他还会将某间空宅的钥匙留给我们。我用小枝拨动灰烬，说：“无论如何，先将这阵子躲过去吧。”一路上我不停向她强调纪律。我发现值得我们注意的事情已经太多了。我变得神经质起来。此刻洞外一团墨黑，林间传来鸟儿的啼叫以及野兽就像怀有失子之痛的哀鸣，有时四处寂静，只有落叶在地面沙沙地移动。我用衣服盖住紧紧抱着我的她。几次，我自假寐中醒来，不知身在何处，很久以后才推断出自己是在深山老林，不禁悲从中来。我想起军事史上失利的一方，弃甲负弩，垂首丧气，与饥饿、疫病、糟糕的天气及精神上的颓唐作战，游走在人迹罕至之处。他们的信心像风中的烛火，忽闪忽灭。他们寄望于杀回人间，东山再起，却多数倒毙于路边，徒然遗下一具尸骨。我也想起变成野人的人。我觉得用不了多久，自己也会失去语言，同时因取火困难而过上茹毛饮血的日子，并且，在以前的同类出现时仓皇逃走。也许这就是一纸之隔的未来。

清早，我被勾捏持续的喊叫声——嘿，嘿——吵醒。能听出来，她就在不远的地方，一动也不敢动。我从山洞里移出来，起身赶过去。她站在林中央，捉着一根枝条，与一条相距七八米的狗或者说一匹狼对峙着。它的嘴长而窄，鼻端突出，长得可真像马戏团里想逗人开心的小丑。我让她慢慢站在身后。她颤抖的手几乎要撕碎我的衣角。它“面带微笑”，然而又是平静而阴森森地看着我们。端详我们。研究我们。它的瞳仁是杏黄色的。我无法凭借经验获知它在想什么。我努力站着。全部力气都用在站上了。要过好一阵子，这犬科动物才低头，将漆黑的鼻尖凑近霜打的地面，嗅来嗅去。它在对视的决斗中失败了。又过了一会儿，它抬起头，近乎是征询地看着我。似乎在说：“咱的事怎么解决？”我朝它恶狠狠地扬起拳头。它便转身跑了。我记得它四足不曾同时离地，跑得特别平稳和轻盈。跑到缓坡那儿后，它抬起一条后腿刨挖，刨出一堆土后，纵身一跃，消失于上边的灌木丛。

“狼会吃人，但起码人不会，”在血色回到她惨白的脸上后，她指责起自己的救命恩人来，“我碰到狼了，说起来谁信啊，我碰到狼了。”

“也许是狗。”

“是狼。”

沉默片刻，我说：“我也不知道会这样，我只是想我们不要主动去送死。”我真后悔说了这句话，虽然我说得是那么温和。她跺着脚不停地喊：“可是总比被吃了强啊，你懂吗，比被狼吃了强。”

“我们从山脚下走。”我说。

“不。”

“你听话。”我抓住她的胳膊。而她弹跳开来。“别拦我，你就让我走吧，你爱待这儿就待这儿，爱待到什么时候就待到什么时候。别拦我。你知道吗我待在这儿连厕所都不知道怎么上你知道吗，我就要来月经了。”她说。

她捡来一根枯枝，用膝盖掰断，缠绑上自己的一件衣服，试图点燃它。她不停拨着打火机的滑轮，嚓嚓嚓的，只打出一点火星。在她将火机掷于地上后，我捡起来，帮她点着了。据她说见火则狼不敢近身。她就这样擎着白日的火炬，朝山下走了。早知就不救下她了。我可是一次也没提那部手机。也没提那把她玩来玩去爱不释手的活动扳手。她玩着玩着就将那名司机打死，后者像树被伐倒笔直地扑下去。现在，她又为了不放弃对一块香皂、一张抽纸、一只马桶的享受，毅然决然地走向警方设好的埋伏圈。当然是以山上有狼的名义。可谁说那就是狼的，现在哪里还有狼。她完全就由着自己的性子，想怎么来就怎么来，想怎么样就怎么样，她完全不考虑你的感受，也不顾虑事情的后果。“死也要塞着棉条去死。”你瞧瞧她说的。

在遇见的第一家小卖部我们停下。店主抱着小孩不时抖动手臂。勾捏付过钱，斜睨着我，好似在说：“请问有事吗？”我怀疑这发霉的面包过期都有一年，然而我们还是满含热泪地将它吃了下去。门外是因打霜而发灰的旷野。我们走向公路，坐客车去了陟良县城。下车后，她头也不回地走向那喻示着进城的拱形大门。而我驻足，藏身于一台小货车后。她清晰地穿过城乡分界线时，我想最好能出点事。太多狱友及我自己的经历告诉我，往往就在我们以为无事，从而想当然地越过某条分界线时，警察从天而降，将自己死死压在身下。你不知道他们是从哪冒出来的，并且一下子就有那么多人。你完全不知道。现在，我倒是有些渴望她被捕。我希望她能明白我是对的。

朋友啊，你问得好，我为什么就不离开她呢，我可是有一万次的机会离开她。从我们到陟良县，到转移至流沙镇、丹青镇，到抵达叔夜古城，我都可以离开她。甚至从更早，从我和她烧山开始，就可以离开她。离开对双方来说都是好事，同时也是极为简便的一件事。它无须履行什么程序。她也一次没有转过身来，求我继续跟着。朋友你问得好哇——（“他惊在那儿一会儿，开始不停说，为什么，为什么，为什么呢。似乎是在咂摸这件事，似乎还是头一次去思考它，似乎，他和她在一起，本身就是一件天赋的、自然的、不值得去怀疑的事情，”宏梁说，“没想到我的这一质疑，一语惊醒梦中的人，使他陷入极深的思考。他尝试去解释。他的解释很乱，很复杂，多有相互抵触之处，就是连他自己也说服不了。不过从他倾箱倒箧讲述的态度看，他倒也不是为了掩饰什么。后来因为知道我也是念过些杂书的，他便邀我为司铎，向我求告，让我来剖辨此事。佑生，今天我跟你讲的，就是我所听他说的及我自己揣度的。它涉及人性的隐秘之处。这种隐秘，像西瓜里的瓤，平时是看不见的，只有打开了（只有经过他人的剖辨），你才知道里边是什么。在我的盘问下，他想起自己将收养的狗亲手杀掉的事情，并意识到自己，一名小偷，典型的无产者，对弱小、无家可归、欠缺谋生能力的女人、儿童及动物其实是有着极强的**控制欲**（他说对极了，就是这三个字）。他需要来自对方的臣服。为获取这种臣服，他甘心忍受来自对方的侮辱与践踏，有时甚至是反复的侮辱与践踏。他看起来仁厚极了。但当有一天他意识到对方完全不愿或不能臣服于自己时，便会连本带利地向对方讨还，直至毁掉对方的生命。无论从哪方面讲，他是这样说的，他都不该养那条狗：一、它年岁已高，站立不稳，皮肤上长癣，而口中总是吐着沫儿；二、过去他并无养宠物的习惯及经验；三、一起生活的师兄弟们认定狗侵占了他们的公共空间，同时认定他们的皮肤瘙痒因它而起，向其强烈抗议；四、因为罹癌，它每次就医都会花去他不菲的费用（那时他在停车场干着检查人们钱包的工作，收入并不稳定）；五、（奇怪的是，）即便是收养它，他对其他养狗者仍感厌恶，而他自己也得了洗手的强迫症，每次都恨不能将手洗得只剩下白骨。凡此种种。但据他说，当他在路边将就要饿毙的它捡回时，不知怎么，心里却起了极高尚的情感，在那一瞬间，他被一种同病相怜的情感给裹挟和主使了，感觉灵魂正随着愈来愈高昂的歌声升入天国。'就像全新的生活正在开启。'他说。他照料它的饮食起居，为它添置口水巾、棉袄、皮球、狗床等自己能想到的设施，而有些物品对这条狗来说完全派不上用场。但是在某一天，同样是他，却仅仅因为这条狗不再将忠诚与依赖的目光投向他（它病得太重以至于心智全失），便将它残忍地杀死了。他就像一名旁观者，吃惊地看着自己拎着它的尾巴，将它拖向臭水沟。锄头在沟边起落。他看见自己在那里不停击打它的脊背，直至它的身躯瘪下去。他还看见自己走回贼窝，去向那些师兄弟解释，他一锄一锄地挖好坟穴，流着泪将它埋了。佑生啊，这个世界存在着这样的人。他们可怜，自卑，不容别人背叛、忽视并因此变得嗜杀。也许在一开始他就将勾捏视为猎物。在看见这只走失的羊后，他认为自己有责任像一位父亲那样去收养她，管教她。也许这就是他始终不曾离开对方的原因。最后，在意识到她无可救药后，他将她杀了。他说，死死压住枕头时，好像听见另一个自己对这一个自己说：'你是对的，我早该认识到，我真是白瞎了。'"）——死前一天，勾捏似乎预感到什么，安静异常，配合我用蘸过水的餐巾纸擦洗嘴角留下的胶带缠过的痕迹，听任我给她戴上毛线帽。我将帽檐扯到她耳朵上，搀扶她出门。当我松开她的手，她便驻足，恳求我重新握住它。那手冰凉得怕人。她看起来就像大病初愈刚被接出医院，好奇而衰竭地看着外边。那些吹在我们身上的正常的风吹在她身上要凉一些，对我们而言稀松平常的路程对她而言也略显艰难，而当汽车还在远处时她便已退向路边，直到它其实是缓慢地开过去。路人会用略带哀伤的目光看她，她努力地回以微笑。“你们应该租一把轮椅，那边有。”一位女游客朝我们指点着。“不了。”她歉疚地笑着，脸色中有着过去从不曾有的羞赧。

“还闹么？”在她要求出门时，我问。

“不闹了。”她说。

“还叫我滚么？”

“不了。”

“你保证？”

“我保证，”她说，“你看我也没什么力气了。”

“你要是闹怎么办？”

“你就自己走掉，不要管我。”

我盯着她的眼睛看。很难相信，一顿良好的睡眠会将她重新召回到这正常世界来。“我保证以后再也不闹了。”她就像知道这些天给我带来了太多麻烦，一直在表达歉意。泪花噙在她的眼里。之前一日，她可是屡次三番地滋事，不停地摔砸东西，手持想象中的武器叫我滚开。她将我好心递过去的水与食物打翻在地，指斥我投毒。我抓起地上那被酱油浸黑的米饭，塞进嘴里大口咽着，说：“这是农药吗？是吗？”我对她毫无办法。我不停地责骂她，也责骂自己。我重新用胶带封住她喋喋不休的嘴，用尼龙绳捆住她四肢，然后任她剧烈地弹跳着，直至她精疲力竭，自己睡过去了。“只给你最后一次机会了，”我躺在圈椅里一边喝酒一边跟自己强调，“最后一次了，我受够了。”

现在，她和她生死不明的娘一样，是名精神病人了。他们昼夜不息，穷追不舍。我想正是因为这种追捕，她才变疯的。我记得有一次，子弹就从我们身边飞过去，弹道线几乎都能看见，然后悄无声息地钻进树中。要不是光线阴沉，我相信他们完全可以瞄得再准一点。我们之所以脱身是因为这里的人出现极大的围观的热情，都跑到路上来看。而在别的地方，人们的第一反应是跑开。我们躲进水里，直到很久后，这一片阒无人迹，我们才偷偷划走一只铁皮船。因为是朝前奔跑，我们便不太能看见那些警察，即使看见，也不怎么容易记住。因此，作为这一路上唯一有形象的人，作为她曾经愤恨并正在愤恨的人之一——我对她的管制是那么严厉，而且越来越严厉——我慢慢成为那一切添加给她的看不见摸不着但能明显感受到的压力的代表，成为一个象征，一个集大成者，或者说总代理。她罔顾是非如此，竟认为是我夺走她的童贞而非其继父，是我奸污她，利用她，辱骂她，殴打她，追捕她，不给她吃的喝的，不给她钱花，同时作为死去的魂灵，还一次次来找她复仇。她脆弱的脑子似乎再也承受不起复杂的思考，便将一切于她不利的人简化为我一个，而刁蛮的性格又帮了她一把：她认为只要是她想到什么，那就一定是对的。她开始惧怕、疑心、躲避、袭击和驱赶我。我试图和她解释，比如“假如我要抓你，为什么现在不抓”，同时试图让自己相信这只是她一时的急火攻心或者说是急性应激障碍。但仅仅一两天后我便明白，她已无药可救。我记得，当我捉住打扮得花枝招展将要出门的她时，她说：“你现在不就是在抓我吗？”

在意识到她疯掉前，我还对她勾引一名男子感到恼怒。那天，我在城里“办完事”，沿小路返回，经过一间农舍，像是记起什么，折回。我摘下墨镜，清清楚楚地看到她靠着墙，双手扰住一名男子的后颈，和搂着她腰部的他相互欣赏，并用喃喃低语强化这种欣赏。我走过去对她说：“回去。”又对那男子说：“家事。”回来后，我将一瓶鹅卵石倒在桌上命令她数。一共三十七颗。她问数它干吗。我本想数落她一顿然而一时又觉得没意思。

而在意识到她疯掉后，我只是对那男子无奈地说一句话，他便跑了。面对走过来的我，她显得特别惊慌，他则低首摆好格斗的架势。她的演技比我高超多了，她使他相信，我是传说中的嗜血狂魔。我能怎么办，摊开双手，面带微笑，表示我不是?

“过来了。”她跺着脚，抓紧他的衣服。

“她是不是跟你说，我要杀她？”我停在半路，指着自己的太阳穴说，“她得了精神病兄弟你应该看得出来。”

他在跑掉时差点摔倒，这说明他有所意识。

我是在察觉后的第十天杀掉她的。我不知道为什么要等她。她发作得越来越频繁，病情也越来越重，就像有什么虫子正在吃着她的脑子，就快要把那里吃空了。我取出一些见证过我们共同生活的物品试图唤醒她的回忆，她置之不理。她极其空洞地注视了我很久，然后带着一种女人本能的不安，问我："你是谁？有什么事？"很快她就瞳孔放大，惊恐地指着我，说我就是那个要置她于死地的坏人，又要来捆住她了。我设定期限，做掉她。那最后一日，她回光返照，就像从此正常了起来。我小心翼翼地搀扶她出门。这是刽子手给受刑者置办最后的晚餐啊，我想。我们走了快一个小时，才走到游乐场。中途我问："累吗？要不我背你？"

"不累，我走一走挺好的。"她说。

我们朝那一动不动立于天地间，伟大得让人心酸的摩天轮走去。她抚摸上过闩的泥灰色舱门，透过玻璃窗朝内看。管理员是名乡下男人，污手垢面，毛孔里都是黑尘，头戴着一顶粘着黄泥的白色旅游帽。他抓着一把零钞，稍稍瞄了眼我们，便继续指导起用气枪打气球的游客来。

"我说——"等到我的声音大得不行，他才转身过来说："一两个人不营业。"

"那要多少人？"

"等坐够十个座舱吧。"

我朝仰望着拉索的勾捏走去，我想她看见了我全身的失落。我摇摇头。"那就等等吧。"她说。我重新走回来，对着弓着身子给气球打气的管理员说："我出十人的钱。"

"我说的是十个座舱，一个座舱按两个人的票算。"

"那也没问题。"

他扔下气筒，扒拉着小背包，就要撕票，我说不用了。他的脸还是拒人千里，人却变得再殷勤不过。他小跑过来，抬起一边手臂，让勾捏扶着它走进去。在闩好舱门并启动摩天轮后，他对着徐徐升起的我们挥舞帽子。她深吸着气，抓紧座椅，痴迷地看着几乎是静止到来的天空。底下，那些铁皮屋、碰碰车、旋转木马及稀少的人类变得越来越渺小。"瞧啊，我们刚刚待过的地方。"她指点着。我慈悲地看着这将要杀掉的人，重复她的话说："是啊，我们刚刚待过的地方。"摩天轮吱吱嘎嘎转动好一阵子后，在我们的座舱恰好到达最高处时抖了一下，停在那儿，就像坏掉了一样。一切重负都在这一刻被去除。特别的虚无、空灵和安静。人生一下子涌出无数感喟，然而又觉得无需感喟。我捏着她的手。然后跟着它悲哀地转下去。

"还要坐。"在我们下来后，她扯着我的衣袖，哀求道。我知道这一切都是假象。过于安顺正如过于躁狂，是症状的表现。可我还是本着对对方的可怜，说："好。"我们一共坐了四趟。我像晒谷的农人去察看天气那样，忍不住就去察看她的脸色。我不知道她什么时候会发作，说起来真要是发作我也没办法，我就死定了。我对她说好，好的，好呢。离开游乐场后，我们去了一间歌厅。天虽未黑，但是透过那滴着油污的灯管还是可以想见，因为开关接触不良或灯管漏气，霓虹有一大半不会亮起来。木楼看起来随时会倾圮。每间房只有几平米，自内飘出极大的类似鬼哭狼嚎的声音。每个人都应该出来听听自己这比怪叫强不了多少的歌声。我们走进去，灯光使得房间更为晦暗，沙发布面炸开，露出弹簧与海绵。角落处有一股分不清是人尿猫尿的臊味。勾捏得偿所愿，显得极为开心，一边举着麦克风唱，一边借着荧光翻动歌单并摁动遥控器。我躺在沙发上看来看去，没什么可看的。

“你也唱一个吧。”她说。

“我不会。”

我一直无所事事，看着衣裳上尚有灰尘的她，坐在小竹椅上卖力而自豪地唱。她耳后有着白发几根。有一回，在她演唱的任务已完成而旋律还要自行走一段时间时，她转过头来，露出洁白的牙齿，对着我心无芥蒂地笑。我再没看过比这更干净的笑了。我朝她挥挥手，鼻子发起酸来。我可是一次也没带她去金碧辉煌的场所也没给她买过什么金子银子之类的就是一件衣裳也没买过假如我应该算是她的男人的话，我这样责备自己。我喝了很多。在回到那旁边有坟丘的院子后，我玩弄着她的手，温柔地看着她，听到偃息在床的她说:“说实在的，我有点爱上你了。”

“我也是。”我说。

然后我们开始玩一种叫“未来”的游戏。新年将至，窗外升起烟火，总是嘭的一声炸开，然后散落在漆黑的空中。我们生很多很多的孩子一直到生不太动，她说。我说好。她还给这些不存在的孩子取出一堆的名字并细细加以择选，她认为孩子的名字应该带她的名字也带我的名字因此她问我叫什么，我还没问你叫什么呢她说。我说我叫侯飞，侯是王侯将相的侯飞是飞黄腾达的飞。我们让他们学习弹钢琴以后去纽约、伦敦、威尼斯或者布宜诺斯艾利斯她说。过了一会儿，在我接过她喝干的杯子后，她的手指缓缓扑落，整个人滑向那因为身体疲累而愉悦的睡眠当中。我掖掖被子，取来刃口呈锯齿状的切肉刀，路过她，推开窗户，将它扔掉，然后整小时整小时地看她。这样也好，我想。我好似是带她回到我的故乡旅游，座钟嘀嗒嘀嗒地行走，谷仓飘出陈腐味儿，年画与酒还在那儿，还没有迁徙走的亲戚过来打招呼，亲热地看着我们。“回来了啊。”他们说。只有故乡是去过便不会忘记的，是值得和解的。我想在凌晨两三点，她会醒来，带着极大的满足感去找水。我们便坐在桌子对面，什么也不想地望着对方。油灯下，桌面光滑，龌龊裹着糖衣塞满罅隙，一只侦察蚁探头探脑地爬上来，而窗外一切像是降落已久。我们饮过瓷缸中的泉水，称心如意，诸事顺遂，手拉手走向床铺，想做爱就做爱，想睡眠就睡眠。到了清晨，我们听凭饥饿走出院门，这时候晨霭迷蒙，万物尚未苏醒，我们找到枝条生火，熬上一锅粥。兴许我们还可以种点萝卜，养几只鸡。直到警察找上门来。他们也是没办法。就这样，我长时间看着她略微发红的脸庞。世界安静而长。直到她旧病复发，在睡梦中就躁动起来。她的脸滚烫，发热，开始鼓胀起来。我移开探向她额头的手，听见她极为嫌恶的呓语：“滚开。”一切美好都碎掉了。几秒钟或十几秒钟后，她将醒来，喘着气，用能抓起的武器，轰我出门。整个院子都将回响起她可怖的呼喊，“救命啊，救命啊”，或者“杀人啦，杀人啦”。因为过于凄厉，四周的气流都会颤动。我只能再次扑上去，用胶带缠住她的嘴，用尼龙绳捆起她四肢，并听任她将我抓得伤痕累累。“不，不能再这样，这样的事不能再发生。”我对自己说，然后跳上床，骑过去，将枕头压住她的脸。死死压着。她的身体先是弓着往上挺，接着扭来扭去。因为双手死死攥住枕巾两端，我的指关节显得发白。那用不上力的无名指与小指变得特别难受。汗珠一盏又一盏地，从我的脸上滴下去，滴到床上。最终她的身躯松了一下，一动不动。我揭开枕头，发现她死了。我简直认不出来。她下唇出血，舌尖破裂，眼球睁得特别大。她活像一只目瞪口呆的布娃娃，直勾勾地看着上方。我坐在床沿，觉得这下有很多事情要做了，又觉得其实没什么可做的。我想我得独自面对那剩余的通往天明的时光。我扔掉那印着她面部轮廓的枕头，翻出床头柜里的玻璃瓶，倒出来鹅卵石，将过去要羞辱她的话一字不落地背出来：“我操了这么多女人你知道吗，你只是我操过的之一，你跟她们没什么两样，小兔子。”

我找出她的东西烧了。内有她的学生证，至此我才知她姓鱼，十六岁，我还以为她有二十好几呢。我在天快亮时走了。她就那样目瞪口呆地看着我走了。

二十六

“他讲得太多，宏阳舅可不是个好捉摸的人。”许佑生说。宏梁回答：“可不是。当他掘地三尺地讲时，我一度还为他担心，那薄如蝉翼的信义可是没办法保护他。他甚至是给对方卸下背叛的负担：既然你可以做掉自己的女人，就像你一再表明的那样，无情地做掉，那我为什么就不能做掉你这样一个兄弟呢？（如此书所言，埃及大旱九年时，德拉西乌斯求见埃及国王蒲西里斯，说自己能够平息袠比德的怒火，只需在袠比德的祭坛上浇上一个异乡人的血便好。蒲西里斯答：‘很好，你将做那供献给袠比德的第一个牺牲。’）飞眼相当于卖了自己。宏阳和安徽警方做起来不划算的交易，和范镇派出所做了。飞眼让我想起施仁家的小陈，表面沉稳，其实是最管不住嘴的人。骨子里充满取悦的冲动。为取悦人，往往不惜罄其所有，出卖自己。有时还会撒谎。我记得他讲完时，还在那忧伤里待了一会儿。情况类似于歌手对着散场后空空如也的观众席待了一会儿。以后跑起来，便无方向与目的，仅出乎本能。我身上属于人的东西日渐减少。一天，当我在路边棚屋醒来时，发现自己在雨夜借用的这一蜷缩之地，不过是他人临时应急用的厕所。龟裂的水泥地面到处是粪便及揩屁股的烟纸，几乎每日都有人来，差不多是一个牌子的烟蒂。而我贪其能御寒，竟然住了数日。有时路过闪亮的车窗，我能照见自己，早已是一名鹑衣百结、蓬头垢面的乞丐。实际上我也多次混迹于乞丐者流，以躲避追捕。我时常想念女人。她在时，无论怎样，都不会过成这样。女人意味着生活本身。而我将她杀了。我一个人再不能胜任这高贵的自由。现在，我宁愿用一百个这样的日子换回和她待过的一小时、一分钟。不久，他全身打了个剧烈的寒战。他仓促看向我们，有点对自己的所作所为感到难以置信。他不敢表现出恐慌来，可我们又都是看见这恐慌了的。只有一秒钟。这一秒钟蕴含的信息量是如此巨大：他竟然将涉及身家性命的秘密讲给一个完全捉摸不透的人听，而且讲得那么长，那么完整，一件事也没藏着掖着，一个细节也没漏。就像《西游记》中只有一件镇宅之宝的神明，那宝物刚才还好好地攥在自己手里，现在稀里糊涂地就借给人家孙悟空了。他全身心地感到茫然、失落与惶恐。可是连让宏阳承诺一句也没有啊。但他很快掩饰住这因酒醒及自我煽情结束而产生的懊悔，继续'醉醺醺'地，呆坐在那儿，自顾自地说：'说起来真惨，一路不知何以至此，不知何以如此崎岖啊。'他重复多遍，直到宏阳过来安抚，他才按捺不住，又哭起来。这事算是给了宏阳一次做小人的机会。一天后，宏阳说：'我看你也心神不宁，是啊，换作是谁，在一个地方躲久了都会害怕，别说踪迹会泄露出来，就是你的气味它自己也飘远了。兄弟，我的意思绝不是赶你走，实际上，我倒是愿意你能在这里多住两三天。’飞眼感到愕然，无法接话。他不知是自己让对方厌烦了还是自己的事终究让对方害怕以至不敢再与他发生关系了，都可以理解。有一点让他踏实，就是宏阳至少没将他捆绑去送官。他耽溺于这乡村的酒肉生活。但他不是妇女孩童，可以向对方撒娇，恳请对方继续收留自己。他哑口无言。他知道人间是仁义都有尽头，不能责备宏阳，宏阳已经够仁义了。他噙着眼泪，两只手握住对方一只手，深情地说：‘兄弟，啥也别说了。’而佑生，我跟你说，宏阳每个字都是抠好的，如果他说‘实际上，只要你愿意，想待到什么时候就待到什么时候，想待多久就待多久’，事情可就真变成挽留了。宏阳的心机与他的文化水平是成反比的。为飞眼饯行时，宏阳命施仁驾车去县城弄火车票，并从镇上合作社拿回一套保安制服（‘穿成这样至少算是半个公家人了。’宏阳说）。待施仁归来，彼此正好吃完。

“‘有情况么？’宏阳问。

“‘派出所关着门，看不出有什么动静。’施仁说。

“‘火车站呢？’

“‘火车站还不是那鬼样子。’

“宏阳让施仁去超市抓来饼干、方便面等果腹之物，将自己的不锈钢保温杯灌满开水，一并给了飞眼。宏阳不停朝鼓囊的包内塞些自己临时想起来认为对方应带的东西，而飞眼一边说这就够了一边取出些东西。就在你宏杏舅的房，现在四点多快五点了，你还过去睡吗？就在那房内，宏阳趁拥抱飞眼之际，将一沓一万元的钞票悄然塞进飞眼衣兜。哎呀，飞眼不知该将手往哪儿放不知是该将钱取出来还是该紧紧捉住宏阳的胳膊以表达那难以表达的谢意。宏阳将他一路推上车。路过范镇时，宏阳叮嘱躲避一下，飞眼将身躯缩到车窗以下。'亮着灯的是派出所，'宏阳说，'这个点都睡了，它还有人值班，虽然值班的也是睡。'在火车站，宏阳找到熟人打开出口处铁门。飞眼快步走过去时，那熟人看也不看一眼。在宏阳进去后，熟人锁上铁门，隔着漆了银漆的铁栅与宏阳稍微聊了几句。宏阳与飞眼是蹲在水泥柱子避光的那一侧等候的。惨白的月台灯照射着磨得光溜溜的铁轨。火车将要来的地方一团漆黑。宏阳几次起身要去问车站的人，被飞眼轻轻拉住。'该来的自会来的。'飞眼说。到处是机油味道，还有一些味道则让人想起煤炭、橡胶、陈木、海盐以及旅客的粪便。理论上火车可以去世界任何地方（贵阳、约克郡、尼泊尔的村庄或北大西洋海底）。火车总是让我们想起远方与新生活，我们在踏上前全身总是会涌起一股朝圣的激情。要到晚点三刻钟后，火车才顶着大灯，有如耕耘大地一般声势浩大地驶来。地皮、玻璃窗户及生在水泥缝隙间一米多长的野草震动起来。它稳稳停住，嗤的一声，排出一股白气。人们背着大包小包，从打开的检票口冲过来，挤向车门。而直到所有人挤上车，飞眼才缓步走过去。'什么也不说，你比我有经验，见机行事。'宏阳跟着走过去交代道。然后，他三步一回头，向这还能寄生于世一两年的兄弟——这段时间后者会吃公家的住公家的由公家养着——挥手，直到自己完全消隐于黑暗。”

二十七

“还有一句让你印象最深的话是什么？”

“‘纠结。’他侧着头，一只手半拢着遮住嘴，另一只手擎着牙签在齿缝间剔来剔去，然后不停地嚼着，直到将那枚球状的肉泥吐出来。他说：‘老弟啊，别提有多纠结啊。’”

二十八

“‘你说我是告诉他呢还是不告诉。’赵中男越这样强调，我越觉得他内心没有任何自责。他是将它当成一件趣闻讲给我听的（他的舌尖在牙腔内抡过来抡过去），他对要谈论的对象极尽耻笑，然而又故意否认这种耻笑，以证明自己还是有着一定的同情心。好比那些冷血的看客，在津津有味地参观完一场悲剧后总是感喟：‘他虽说愚鲁，可在那愚鲁之中多少还是保留了一丝良善呀。’中男大我三岁，和我一样都是以超二十分的成绩录取中师。这件事祝老师至今还念兹在兹。在常人眼里，师范不算学府，考上师范也不算有出息。但当时的情况是，只有在中考中了三鼎甲的人才有资格进师范，较差的才去高中。我们也可以弃师范不读，但有句话是这样说的：都是因为我们穷。不是吗？都因为穷。你外婆是这样盘算的：读师范三年后领月钱，读大学是七年后，中间四年只出不进，里外里算起来就是八年；这还是好的，要是没考上大学，或者大学毕业后分不到工作，那本就蚀尽了。佑生，其实读师范还好。也许现在只有师范还在倾心塑造人的灵魂与体魄，只有它的弟子还在熟习诗歌、哲学、音乐、戏剧等这些在精神上自我鞭策、自我约束、自我愉悦却无法拿到市场去兑换货币的东西，而大学则致力于传授与需用有关的技能与知识（比如其招生口号为：建设特色鲜明的应用型本科院校）。大学认为人之所以高级于动物在于人懂得发明、使用与完善工具，而师范（这被他们嘲笑的最低学府）则告诫自己的子弟人应该高级于人，人应该自命高贵，应该给自己立法，应该定义自己人生的价值，应该崇高而纯洁，而不是献身衮衮尘世，受名和利的驱使，做利和名的奴隶，徒劳无益地度过一生。起先，我和中男还类同于隐居乡间的两名修士，秉烛夜读，为《百年孤独》译本是黄锦炎的好还是高长荣的好争辩，一起校译雪莱与拜伦，一起投资购买汉译名著，一起用印刷试卷的机器印刷民刊，虽然那本叫《量子诗刊》的杂志只印行了七期，每期也只赠出十份。我们还对范镇十七座山的野生植物进行考察。然而自打考入公安系统后，中男便变化了。他对上阿谀奉承，吮疽舐痔，对下狐假虎威，任性妄为，一夜间便变成那区区副科级单位微小利益与权势的走犬。他无师自通，混得老练，有时甚至比那些经年浸染其中的人还要老练。他不再认得什么村里的人和亲戚，遑论我们这些同学了。后来我能和他再度促膝夜谈（咳，不如说是听他一人聒噪），还是沾了他临幸此地的光。他乜斜着眼，一脚蹬在工作台，一脚搭着油门，敞开制服，仰躺于座椅，开着那台宽大的吉普来到艾湾。他给宏阳送来见义勇为的确认证书与表彰锦旗，和几乎是滚将而来的村党支部书记、村委会主任、会计、小组长等一班小吏胡吃终日。他面带微笑，轮番听取他们的汇报，而他们其实只是一个劲儿地赞唱与求情。他不时伸出臂膀搂向他们，就像搂的是臣妾，他也不答允他们什么，只是频繁给他们喂酒。他使用的语言已和流子没什么区别，野鄙，乖离，猥亵。你瞧瞧他怎么唱的，大河向东流哇，天上的星星戳瘪抖哇（嘿嘿嘿嘿戳瘪抖哇）。而同样是这张嘴，过去可是对着学生热情洋溢地朗诵——让预言的喇叭通过我的嘴唇 / 把昏睡的大地唤醒吧！西风啊，/ 如果冬天来了，春天还会远吗？——他一边朗诵一边哭泣。如今，直到喝不动了，直到这时，他，赵所，才以见同门师弟的名义离席。注意，不是他想念我什么了，而是他想起还有我这么一个脱身的名义。他在村官们的搀扶下，丑态百出地走上我家台阶，每走一步便颤巍巍地后退两步，直到他们将他抱起来抱进圈椅里。'你们，回吧。'他阴阳怪气地招呼他们。在噗噗噗、噗噗噗地弹了好一会儿嘴唇后，他命令我置茶。他就是喜欢我娘种的那点茶叶啊。他一边对着滚烫的开水吹着茶叶，一边用碗盖刮着碗口。然后他就开始来审视我。他的目光在我身上走来走去。他的目光摆脱了地球引力，在我身上走得是那么自由自在啊。然后他说头发该剃了啊弟。又说说起来我要不是从警也会留你这么长的头发可这是没办法的事你说对吧规定如此。又说你结婚没。又说你年纪不小了该处个对象了最近我在考虑买一台车人总是要一台车的无论是接送小孩还是别的什么事都是要一台车的。好的，我看着他，心里说。我们对彼此充满同情。然后他不停地重复着两个字：纠结，纠结，纠结，别提有多纠结。我断定他是在用这种强调凸显他也会使用网络语言。他可能早已忘记李白先生在《古意》一诗中写的：枝枝相纠结，叶叶竞飘扬。枝形吊灯平静地悬吊在我们头上。我们从庐山站上的火车，他，赵所（这时他已取代袁启海的位置，虽然目前还只是以副职主持工作）说，派出所的吉普车在阳新站待命，侯飞是从瑞昌站上。庐山—瑞昌—阳新。我们要到火车抵达阳新站时，才能假装认出他，并将他带下火车。这样行动是遵从宏阳的意愿。举报前他坚持如此。车是K字头，一路在给T字头与D字头让行，到庐山站已晚点四十分钟，毫无缘由又多停五分钟。袁所打电话给宏阳，未获接听。我们有不好预感。我们没少扑空过，一派出所的人，像模像样的，被人当猴耍了，没少这样过。但你得说宏阳还是讲信用的人，这也正是东明一再强调的，宏阳不讲信用就不知谁还会讲了。车走动起来后，我们收到宏阳托人发来的短信：搞定，等上车。这会儿我们反而没了底气。可是公安部A级通缉犯啊，我们还没抓过这么高级别的嫌犯呢。车厢在轻轻晃动，从车厢连接处照来的有如盐的光也在轻轻晃动，我们想你就慢慢晃吧，晃久一点，可它风驰电掣，不一会儿就跑掉一半路程。都来喝一口吧，袁所眼睛红红的，手微微颤抖，在取出便携式酒瓶喝上一口后招呼我们。日后这样的紧张还会出现，我们要上好几次主席台，到那时我们才知自己是没上过主席台的，是没受过领导接见的，我们在敬礼时五指并拢，可它们就像得了帕金森综合征一样不停地震摇。半小时后，火车抵瑞昌站。它噗嗤一声停下，我们面面相觑。袁所挥手，学涛与肖盛走向两头镇守住两边车门。铐子准备好了么，他问。好了，我说。我们坐在过道座椅上，装着是在聊天。这节车厢是预留给瑞昌乘客的。旅客们几乎是挤进来的，当他们意识到这里稀稀拉拉没几个人时，禁不住都松了一口气，他们将我们当成是外地乘客，朝我们点头。袁所将手机放在左大腿上不停地看。嫌犯坐几车几号都知道，就在我们坐着的地方的斜对面，就要来了。可我们还是等了好一会儿。我刚想出去瞅瞅，袁所打了一下我的手臂，并努努嘴，我透过撩开的窗帘，看见宏阳三步一回头地朝这边挥手。准备，袁所说。我说好。侯飞东张西望地走进来。他头戴保安帽。双肩包高耸遮住过道的灯光（注意，这会儿过道的灯是亮的），使他眼前出现一片移动的黑暗。我吞了口痰。他认真地看我们，这和打量一个陌生人完全不同，他明显是在分辨我们是不是警察。袁所恼恨地回瞪过去，这让他多少为自己的多疑感到羞愧。他找到铺位，卸下背包，呆坐了一会儿，又起身将背包塞向行李架。他就站在我们面前，那身保安制服略显短小，因此能看见他那用皮带扎紧的保暖内衣。他踮起脚尖，肚皮一起一伏。在背包就要推上去时，他又将它扯下来，塞向床底。弄完后，他拍拍手，随后又弯腰抽出背包，拉开拉链，翻找东西。他的背部与臀部黑黑一团，就暴露在我们眼前。我和袁所继续聊天，我们聊到超市使小卖部歇业，觉得生意的精髓在于信任感，只是我们还不太习惯用普通话长篇大论地聊。他撕开锯齿状的撕口，从包装袋内叼出一片豆腐干，慢慢咀嚼，而后又从包内翻出一件T恤（要到后来我们才知道那是一件带蓝色条纹的长T恤），他将它轻轻展开又轻轻叠上。‘骚货啊，骚货啊，骚货。’他泪落如豆，口喃喃诉不止。然后他旋开保温水杯，将水倒进盖子，慢慢地饮。接着他从裤兜摸出香烟，可怎么也找不着打火机。他对着即将起雾的车窗一边回忆一边拍打每个衣兜。这时广播响起，因为什么什么抱歉地通知，我们很抱歉地通知，列车还要在本站停靠十分钟。日后，宏阳会隆重地声讨我们。他嘴上说我不是怪你们，可没有一句话又不是在怪我们。你叫我以后怎么做人，他非常激动地说。袁所被尴尬到了，或者说被伤到了，说：动手是千钧一发的事情，是我让他们动手的，但你要说动手前我们一点没考虑你宏阳那也不对，你这样说不对。东明则说：一、人犯一抓到就进入判死刑的程序，逃不脱的，我们不要管死人怎么看待我们；二、抓捕的时间地点很重要，如果是在阳新抓，可能要求湖北警方协助，若湖北警方将其扣留，不是辜负了宏阳你一片好意吗。宏阳说：别跟我提什么好意，我不是什么好意。袁所说：怎么不是好意呢，你这就是。佑生，你宏阳舅就是善于撒娇。他这样做，就是想让对方少欠自己一点。他摆出一副蠢笨的样子，试图激怒对方。他知道恩情太大压死人，有头有脸的人不会总是允许自己在精神上受一个农人的恩惠的。宏阳总是矢口否认他与此事有关联，我们在他面前提都不能提。推其缘由，无非，一、他不想落下小人的名声；二、他不想让派出所的人对他生厌。他将锦旗扔进薯洞让老鼠撕烂了，他知道唯有这样，他和他们，他们和他，日后交易起来才会更加得心应手。人是你们抓的，跟我没任何关系，宏阳说。唉，怎么说呢，当初可是他宏阳跟我们开会，不停提出条件，以避免让侯飞察觉到是他告发了的。他和我们商定抓捕时间、地点，甚至要求我们在审讯时不要称自己是范镇派出所的，而应笼统地说是专案组，同时在侯飞面前也不要败露了方言。不能不说，宏阳的顾虑是有道理的。如果我们让火车多少走一会儿，侯飞可能就没那么痛苦了，正因为火车没走我们就将他抓住，他才反复问，是不是有人告发了他。要到火车发出第二遍通知，火车就要开啦，马上就要开啦，请还没来得及上车的乘客迅速上车，要到那些月台上的乘客有的踩灭烟蒂，有的还在继续赌博性地抽，我们才像是恍然大悟，想到一个问题：为什么不在这里抓住他？为什么非要等到一小时后？一小时可以发生多少事啊？他可以利用抽烟，泡面，解手，询问乘务员及瞎逛的机会一去不返，只要他稍微对我们有点警觉性。在过往的历程中，他不正是利用自己天才般的警觉性，一次次成功逃过警方的抓捕的吗？当他去做这些事时，难不成我们还要寸步不离地跟着？难道这不是教他撒腿就跑吗？他在卧铺车厢跑跑也就罢了，要是跑进硬座车厢，那还不知会引起多大骚动。他要是挟持并杀害人质，你担当得起责任吗？还有，要是惊动了乘警，你如何向他们解释？你们四个可是便衣呢。而如果你们掏出警官证，说明情况，他们准又得帮你，那最后的功劳怎么算？你总不可能一点功劳不给人家吧。还有，要是人家铁路警方扣留他怎么办？陆地是陆地，火车是火车，车厢之内的事情就归他们管，就像飞往我国的美国客机，制空权是我们的，但机舱之内仍是他们美国领土，如果他们硬说这人归他们了，你怎么办？你要在他们的领地上抢人么？你不就只能尴尬地说甚好甚好都是一家人然后在心里一千次一万次地骂自己苕瘪么？何况现在天这么黑（注意，等到火车启动，那过道的光又准会熄掉），他就坐在黑暗中，他在黑暗中只是一个更深的轮廓，我们要整整一小时地坐在这里装模作样地聊天吗？我们为着不让他生疑，不也得上床睡觉吗？何况我们就是坐在这里也完全看不清他做什么，他掏出刀我们是看不见的，他挨个给我们一刀我们也是看不见的，我们只能靠身体来感知。啊，多少事毁于夜长梦多，多少人在后悔过往的一时夷犹。仅仅为着感激宏阳，我们就应该听他宏阳的吗？他又不是我们的爹。再说我们以后有的是机会向他解释这事。目下就让我们忘了他宏阳吧。否则人跑了——我们跟宏阳也是这么说的——我们还怎么感激你宏阳呢？还有宏梁，我跟你说，一只羊在眼前晃呀晃，晃呀晃，总是晃呀晃的，有哪匹狼会坐怀不乱的？这怎么能忍得住啊。袁所几次试图下令，又几次痛苦地放弃。我们都看着他。最终，在播音员的声音又要响起（就像咳嗽前喉咙内那块病灶总是先嘶嘶作响一样，在广播喇叭内传出细小的爆裂声）时，袁所被惊着了，猛地站起，机械地朝两边招手。我跟着站起来。抓，袁所下令时都要虚脱了。侯飞闷头闷脑地冲过来，我感觉自己的肋骨快要被撞散，我就是因为站在床铺间挡住他去路，才有今日所长位置的。其实当时我大脑一片空白。袁所挤过来猛击他双耳。我们手忙脚乱将他压住，那压着的姿势就像是我在操侯飞，而袁所又在操我。侯飞一言不发。广播结束后，车头发出哧的一声，我们急忙将侯飞拖出来，我们在月台上重新压住他。不用这样，要跑早跑了，侯飞说。在月台灯光隐隐约约的照耀下，我们看见他面无表情，身体处于全然放松的姿态，我们又压了几压。他说，压什么压，用铐子铐起来不就是了。我们便翻出手铐，照着他伸出来的手，铐起来。乘务员吃惊地看着，仿佛作为公职人员，她对此事负有制止的义务，她在犹豫是不是将对讲机举向嘴边，这时学涛举起警官证骄傲地说:‘这是我们的地盘，少管闲事。’她便后退两步，掏出钥匙，将车门关上。火车移动起来。我们踹开瑞昌站铁门，大摇大摆地走出去。袁所叫的车赶到，司机是袁所连襟，他将我们拉到他开的必拓大酒店。这原本是幢商品房，只有十来间客房，螺旋形楼梯扶手上挂满按摩房的干毛巾，他们以为将它们挂在那儿，阴虱与念珠菌就会自动消失，它也好意思叫大酒店。搬走，搬走，都搬走，在顶层大房内，袁所下着命令。他的连襟先是惊愕于他一口的普通话，接着忙不迭地抱走麻将桌。有几只麻将子掉在地上，被袁所踢飞。袁所不停地踢这儿踢那儿，他的连襟不停地从他脚下抢救这抢救那。肖盛扶起倒掉的椅子，学涛用衣袖拂拭桌面的灰尘，而我还在轻轻踢着侯飞的腘窝。不需要这样，他说。袁所看看他，又看看我，也说，不需要。接着，袁所命令我给他端把椅子来，于是我就给侯飞端来一把椅子。我们将床头柜的台灯拆来装在桌子上，这样我们便连他脸上皮肤的每条纹理都看得清楚。并无不同啊，我们久久地凝视着他，在他身上并无任何超群脱俗、异于常人之处，他一点杀人犯的气质都没有。他的配合程度让人吃惊。袁所连襟，那姓刘的贱胚，端着满一盆冷水探头探脑进来，用眼神请示袁所，好将这一盆还带着冰碴的水结结实实地泼到人犯身上。出去，袁所说。这贱胚便出去，然后又返身回来，问我们吃面么。叫你出去，死出去，滚，袁所强调道。袁所对我们说，不需要，什么都不需要，你看他交代得多好。侯飞自己也是这么说的，你们就直接问吧，你们问，我来答，你们问多少我答多少。我们唯恨自己带少了笔录纸。我们又是给他泡茶，又是给他点烟，最后在他说没有了时，我们也相信确实是没有了。够了，他吐出来的琳琅满目，已足够开一间罪行的超市了。袁所给睡梦中的局长打电话。他那样子就像是站在局长床前。他擎着手机不停地点头哈腰，说是，是，是是是。这是下级赏赐上级的机会，这个机会千载难逢。袁所在挂上电话后还长久站在那里，以沉浸在刚刚过去的荣耀时刻内。‘你干得好，特别的好，你为紧（整）个局坚（争）了光。’在电话里，局长以特有的方言说。我们捉着侯飞的右手食指，让它摁上印泥，然后逐页摁向讯问笔录。侯飞一边用卫生纸搓印泥，一边像供货方出完货索要报偿一样，理所当然天经地义同时胸有成竹地说，现在告诉我吧，是谁告发了我？没人告发你，袁所的回答让他大吃一惊。那你们怎么知道我在火车上的，而且是在这节车厢，侯飞说。你知道你有多有名吗，袁所沉吟了一会儿说，你知道全国有多少人在抓你吗？不知道，侯飞说。你知道我们追踪你多久吗？袁所说。不知道，侯飞说。我们找你找得好苦啊，袁所拍着他的肩膀说，好苦啊。我们都觉得袁所应对得好，但就是猪也会觉得蹊跷，你说对吧，宏梁。此后，只要见到我，他就会问：谁告发的我？没有谁，我说。真没有？真没有。你保证？我保证。你发誓？我发誓。我相信对别人他也是这么问的。一直以来他问的都是'是不是有人告发了我'，或者'谁告发了我'，只字不提宏阳。直到某日提审，为着诈取真相，他才提及自己苦苦保护的这个名字。他在交代时夹带着说：'就在艾宏阳告发我后——'他观察着我们的反应。我们都嗯嗯地答应。我们在核对细节时，总是一边听人供述，一边翻往日材料，一边嗯嗯地答应。他眼里的火极快地蹿燃起来。他低语说就知道。这时，又是靠了袁所。袁所像是刚反应过来，猛拍着桌子说，你刚刚提到谁呢，你再说一遍。结果他便什么也不说了。在将他送走后，我们都长出一口气。往下他还要经历很多审讯，而那些审讯者无一知道他是因为谁被抓住的。我以为自己与此事了断了，结果后来还是两次遇见他。正是这两次遇见，让我多少觉得自己是个无耻的人。宏梁，你知道吗，那种感觉很不好。头一次是在看守所，他在我面前声泪俱下，说，你说出来又有什么关系呢，我都要死了，你知道吗，我就要去死了。我犹豫过，就像他一再说的，这事天知，地知，你知，我知，即使违反规定了，也没人知道是我赵中男违反了。我只要轻轻点个头就可以呀。可我还是摇头。我看见他拖着沉重的脚镣站起来，摇那摇不动的栏杆，大骂我，操你妈屄，操你妈屄，我操你们妈屄。他骂得真好。这时的他头发白完了，眼球布满血丝，眼袋都是黑的，在那黑黑的褶皱里长着许多米粒大的小疮，而皮肤比死人还要苍白。也许是整夜的失眠与思考抽干了他的血，就像陷入泥淖的卡车耗尽自己的汽油。据狱警说，有一次该犯起身时突发眩晕，在摇摇晃晃走了几步后，扑倒在地，然后像失控的消防水枪那样猛烈地呕吐起来，呕吐的力量带着他的头部一次次摆动，他吐得到处都是。他承受了极大的痛苦。现在想起来我们的漏洞是多么明显啊。一个人稍有心智就会明白。他却为此用脑过度。他贫血，营养不良，眩晕，呕吐，说不定还要中风。A或B，B或A，你确定是A吗，我确定是A，你再想想，有可能又是B，佑生，飞眼每天都在钻这个牛角尖一个飞眼（正方）说宏阳当初可是帮咱打狼狗的有谁在自己就要出号子时还管这闲事的另一个飞眼（反方）说那是过去的事现在你看宏阳前脚走警察后脚就到更何况在劳教所里还是你先救的宏阳一个飞眼（正方）说宏阳为什么在行前给咱一万元呢另一个飞眼（反方）说请问一万元现在还在你手上吗何况还有那么多悬赏金呢一个飞眼（正方）说宏阳他要是告发咱为何一开始还要送咱去水电站从那里咱就可以直接走掉哇咱要是走了就走了他拿什么去给公家献功呢而且他想告发的话也可直接拨打幺幺〇啊何苦弄得这般复杂呢警察一抓住咱咱就是要死的他怕一个死人干吗呢另一个飞眼（反方）说您可真幼稚一个飞眼（正方）

说假如咱一上车就换车厢（又不是没这么想过都想过一上车就偷偷换到硬座车厢的）那他们这样安排就白瞎了他们难道连这一点都考虑不到吗另一个飞眼（反方）说你真傻屄你是我见过的傻屄里最傻屄的一个那代表正方的飞眼便泪下如雨自顾自地说我是傻屄我是傻屄，飞眼每日求索的便唯此当然我们还得考虑另一种情况那就是一个人明知自己会死知道会死又不知道具体哪天死人因此饱受等待的蹂躏人变得特别的虚弱、敏感和多疑常为一点点的风吹草动而痉挛并毫无缘由地痛哭可以说这种由等待带来的折磨要远胜死刑本身带给人的折磨为着将注意力从这不幸的事实上转移出去死刑犯们往往整日整夜地和蚂蚁、蜘蛛、蚊蝇、毛毛虫玩耍他们从自己的粮食里拿出一部分喂养它们有时会训练它们说话有时则和它们义结金兰不求同年同月同日生但求同年同月同日死有的人则计划越狱他们不害怕失败因为失败了大不了还是一死有的只读到小学四年级却突发奇想要去证明哥德巴赫猜想总之他们需要一份事业或者说工作以使自己能厕身其中侯飞的事业就是竞猜——A 或者 B，B 或者 A，不停地支持 A 或者不停地支持 B——相比其他游戏而言它更逼真更让人全神贯注因为每次下注他都得逼迫自己做出人性上的重大选择**我飞眼是一名君子还是一名小人**他在有罪推定与无罪推定之间来回举棋并真切地感受到愧疚与愤怒这两种情感那愧疚往往因为之前的愤怒而加重因此可以说是双倍的愧疚那愤怒也如此他反复回忆自己与宏阳待过的每一秒钟复盘他们之间的每个动作以及潜动作他将事情弄得越来越复杂越来越深奥越来越扑朔迷离越来越不可解但这终归只是个游戏不是吗佑生虽然他不承认但本质上就是，无论得出哪种结论都改变不了他将死亡这一铁打的事实这是一个无神论的时代他不能作为鬼魂去向宏阳报恩或者复仇。第二次见他是在监狱会议室，记者们对着他咔嚓咔嚓地拍，我也取出相机咔嚓咔嚓地拍，当我将相机从眼前端开时，他恰好抬起头。是不是，他直截了当地问。所有人看向我。不要再想了我说。他露出极无奈的笑，也许他已经认识到这件事不值得再去考虑了，人都要死了。桌上的水果香烟都没动，水果是进口的，估计花了上百元。所有人沉浸在沉默中，都忧心忡忡地看着他，人们往往以这种神情来掩盖自己的好奇。待会儿他将被带上一台形似白色小别墅的依维柯囚车。在传出一阵窸窸窣窣的声响后，两名警察解开飞眼的手铐，并用一根细长而结实的棕绳将他五花大绑起来，就像是给出阵的将军披戴好铠甲，他们在做这些事时也带着一股忧心忡忡的神情，他们慎重极了。随后，他们弓下身给他解开脚镣，然后拍拍他肩膀。所有人都在吸上一口气后长长地往外吐气。室外，天空过于阴沉，那纹丝不动的阴沉让人格外压抑。真不是个好日子啊，在被押出去时飞眼说。我躲在人丛后，我想在这里站一会儿，站到囚车消失，然后就和这事彻底了了，可是（九江）市公安局宣传处的领导叫我跟着心理医生一起上了囚车。我不知道飞眼缘何就对我怀有一种亲热。他总是叫我‘哥’，我可是比他小上不少。而领导以为这会创造奇迹，说不定还会出现‘死囚临刑前跪谢民警’之类的美好情节呢。有的人就是信这个。也许让我去送一程也是囚犯自己的意思。在缓慢的行程中我一言不发。医生例行公事地安抚几句后也一言不发。直到快到了飞眼才说，这真不是个好日子啊。我勉勉强强地接话，是啊，天气太坏了，路很难走，看起来又要下雨了。他说是啊。我接着说，你只要走一趟而我们还要走回去呀。**这句话来自普鲁士的一则轶事这是祝老师最为津津乐道的一则轶事：半路上犯人老是抱怨上帝说他不得不在这么坏的阴沉沉的天气走这么一段讨厌的路传教士想以基督教的精神来安慰他说道你这家伙你还抱怨什么你只要走一趟而我还得在同样的天气在同样的路上走回去。**他沉吟了一会儿，说现在你可以告诉我了，都这时候了。宏梁，说实在的我真想在囚车里笔直地站起来，响亮地回答他：是！就是！可我什么也没说。我搓着手。你不说就等于默许了他说，我说不是这回事。车门拉开后，他一直当着我的面挣扎，直到被拖走。他憋红着脸，朝我这个方向不停吐痰。我站在原地不动。警察们押着他朝前走，而他一直回头望着我，就像要将我吃了。他走得越来越远，已很难看清他是回头还是没回头了。这时整个刑场都回荡起他凄厉的呼喊：如果是的话就请举起你的手。我站在原地，双手死死地垂下。他继续走着，直到走到心里认定的那条分界线，才陷入对迫在眉睫的死亡的恐惧，通体战栗，然后瘫软下去。他们拖着他继续走，他的双脚磕绊着地面，鞋尖在地面上蹦跳着。他剧烈地喘气，他们都是这么说的，他在剧烈地喘气，两眼发直，就像生理上已提前进入死亡的状态。我将相机交给司机，说只要按这个按钮就行，他便以人犯被押走为背景给我拍了几张照片。”

二十九

准得下雨，中午或下午，顶多下午。届时，青蛙鸣叫，蠛蠓一团团飞到路中央，天空停泊下无数黑魆魆的云朵，我们的影子消失，清晨，漫长的关于宏阳的讲述暂告一段落，宏梁捺停风扇，关闭窗牖，给伏案而眠的许佑生盖了件衣裳。在听讲时许佑生差不多翻完那本《爱经》。宏梁在上头做了许多眉批，关键字句处也多画有横线。当许佑生貌似认真地看这些龙飞凤舞的全是对自己训诫与激励的钢笔字时，宏梁在旁一边扤痒，一边跟着一行行地读。“这里不都是男欢女爱的技法吗，舅你还问我。”许佑生说。宏梁发出准备已久的叹息，说：“只是看着玩，包括我问你，也是问着玩。它是写给罗马上层人士看的，教导他们如何去剧场、廊庑、跑马场、筵席勾搭仕女命妇，和我们乡下人并无关系。它没有用具体的言辞羞辱乡下人，但正是从它的不置一词里我感受到更大的羞辱。在奥维德心里，乡下人和牲畜一样没有资格谈情说爱。”你应该问：可我们不就是渴望这样的女人吗？然后我会回答：蟾蜍不能因为背部长出一对羽翼，便认为自己有资格去占有天鹅，我们得明白这一事理。伊莲，光听名字你就明白她是城里人后裔，悄无声息地降临时，我正背对着大门，修理那台随时可能爆炸的电视机。我将显示屏拆下来，小孩子们像风自门前掠过，他们在比谁跑得快，好获得将新鲜信息传播出去的权力。“来了个漂亮妞呢。”他们喊。这和我没任何关系。我继续用起子戳着主电路板。这时与其说我是在尽一切可能拯救它，还不如说是在愤怒地捣毁它。就是在这烦躁的声响中，我听出一阵异常：一层薄纱或者说一层雪轻轻扑落在地。我们在农村活久就会对空间变得敏感。阴影是有质量的，一截阴影就像一截高档的绸布轻轻滑落在地，灰尘随即飞起。我还听见十几米外的邻居停下咯噔咯噔的脚步声，他扛着锄头屏住呼吸望向这边。在我和他之间一定有位陌生人。我转过身来，看见伊莲活生生地站在门口。她胸脯平静地起伏，有着可爱唇珠的嘴唇微微颤抖。从她的腮帮子上滑落一颗汗珠。而一只大脚趾呢，则从平底凉鞋里探头探脑地翘起来，放下去，又羞涩或者说调皮地翘起来。我耳赤面红，看着这从虚无、虚构或者说是意念中走出来的人，束手无策。我心里空空荡荡的，下满了雨。如果时间永远停驻在这一刻就好了。它不应该再前行。它一前行，我渴望已久的女人就不得不去面对如下事实：一、去茅厕经受“那股催人泪下的浓烈的氨水气味”，并看见粪缸里永远在往上爬的肉色的蛆虫；二、闻到从居所隐蔽处飘荡出的鼠尸的腐味（尚在昨日，它还矫健地跃上餐桌钻进纱罩吃掉你差不多是三分之一的剩菜）；三、看见褥子或草席之下铺满的干枯稻草；四、看见锅内擦不完的黄锈以及尝到开水里总有股石灰味儿。等等。不胜枚举。这和她想象的田园风光是完全的两码事。在她的想象中，穷是清新脱俗玲珑雅致的（种几棵松柏，搭一个葡萄棚，诸如此类），她不知道那穷其实也是由富裕搭建起来的穷，而我能提供给她的只是实打实像铁一样硬的穷。杨白劳那种穷。连一块牛粪也舍不得丢的穷。伊莲是换乘多台客车从修水县城赶来的，临行前既未禀明其父母也未知照我，从这种自作主张的特性里，我看出她原教旨主义者的一面。也许在很小时看过杂志上的某篇文章后，她就坚定自己对爱情的看法，并一直让自己活在这种信仰的庇护下。我们知道，那时候的媒体总是鼓吹爱情面前人人平等，为此，它们不惜制造出一些残忍的佳话，以致有不少心地简单的姑娘就此得出“爱情就是献祭”的等式，认定凡不做出牺牲的爱便不能称之为爱。不少人义无反顾地下嫁给肢体残缺者。也许她们要嫁的也不是什么具体的人，而只是内心的一种理念吧。现在，当伊莲踏入我家门槛，我在她眼睛里看见的正是这种神圣而又虔诚的火光。她太单纯，太迷信同时又太自以为是了。用不了多久，不是吗，很快，特别快，随着越来越多地接触现实，她又准会恨悔自己的一时头脑发热，而这是她的父母早就预料到的，他们预见到她会这样反思自己。她会湛浸于一种蒙难的情绪不能自拔，终日以泪洗面，并以这种方式抗议将要去度过的漫长而恐怖的一生。**许佑生在睡梦中用普通话哀鸣：想你，当然想，好想好想，好想好想，好想和你在一起，踏遍万水千山。**几天后，我推着伊莲出门（连着她的粉红色皮箱一起）。她显得很悲伤，然而脚步并不停下。在我家的那几天，她并未表现出什么不满或者为难，佑生，是我自己越来越觉得受用不起她。我想起你外婆说的，这样的女子打主意的人多，你命不硬，小心被别人谋杀了。我也想到《左传》说的，匹夫无罪，怀璧其罪。迫使我下定决心的是一个梦。就像你现在在做的梦。是的，一个梦。而与其说它是个梦，还不如说是一位理性的智者将我单独召唤过去，给我交代这场爱情迟早会迎来的结局。这位智者就像你死去的外公，他对我极为负责任，在他的教导里没有一丝诳骗、遮蔽与夸大其词。相比之下，我和伊莲所处的真实的那几天倒更像是个梦。那就是一个不懂事的女人（她会懂的，而且很快）和一个有意欺瞒自己的男人联袂上演的自欺欺人的假象。在我做的那个梦里，我和伊莲走进范镇街。据十指紧扣的情形判断，我们的关系已进展到极为稳固的阶段，可能已经在民政所登记了。但这并不能保护我。去趟镇上是她反复提出的要求，我总是感觉不祥，然而又不好违逆，我对她说，好，我们这就去镇上。我在心里企盼能早点从这比艾湾要繁华一百倍的镇上归来。那天的阳光真是好极了，佑生，特别清晰特别光明，事物在其照耀下纤毫毕现，就连褐色阴影内湿润的沙土也显得颗粒分明。因为她买来一件又一件明显是用来过日子的商品（包括喷着囍字的洗脸盆、痰盂、柔软的纯棉睡衣以及绣着小宝宝图像的童衣），我禁不住羞愧难当。我越是羞愧，对她的爱意便越是汹涌。我差不多要捧住她的脸对着她热吻。然后，我抚摸着那些作为爱情和亲情证据的货物，坐在石头上，目送她走向厕所。我被一种踏实的感觉包围着。一个男人走过来对我说话。在他的声音里夹杂着一股吊儿郎当的气息，你可以理解他是在表达熟人间的亲昵，也可以理解他本性上就很轻浮，对谁也不尊重。我感到慌乱。“过来了啊？”他说。“嗯。”我说。“这些都是什么？要生孩子吗？”他拨弄着我手上的东西。“在计划。”我说。“哦，”他张望了一圈集市，接着说，“你的女人呢，我还没见过呢，听说她很漂亮。”我感到舌头都在打抖。我又害怕让他看见自己在发虚。啊，这就是一个色狼在问一个男人你老婆呢，对他来说这是不用顾忌的事，他色胆迷天在本地可是出了名。他不稼不穑，游手好闲，整日里想的都是如何去捣毁那号称是这镇上最坚固的几样东西之一——女人内心那代代相传的贞洁之志——就像去捣毁一个个鸟窝。他坏透了。他总是直白地向那些有点姿色的女人说，玩玩嘛。按理说，这样的男人没办法赢得女人的尊重，更别说她的心。然而事实却正好相反。在被勾搭过几次后，她们非常奇怪，像是被下了药，一个个神不守舍地守在他必然要经过的路边。很多人和他发生了关系，哪怕在发生关系前她们就已明白，第二天一早自己准会被踹出门来。他无耻的程度让人难以想象，他会在和女人同行时捏她的屁股，有时还说，我就是喜欢内射。声音挺不小的。然而女人们毫不介意。她们对其他男人是那么心不在焉，是那么搪塞，她们建筑起樊篱，将其他男人阻拦在外，却一路将他迎请进去。有时她们甚至为他明争暗斗。想起他，镇上的男人们都感到悲哀和酸楚。传说他有极长的阳具。还有一点很重要，就是他代表了一种外来的生活方式。他是外地人。长得不算好，却将自己打扮得标致。他的衣服没有一天不是熨过的，他给自己的很多地方喷洒香水。他和我们不同。现在，他沿着伊莲走过的方向走去。我祈望那想象中可怕的事不要发生：一、按照这个速度走下去，他将在伊莲走出来之前，走过厕所。你也知道，女人在厕所待的时间总是够长；二、即使他们打了照面，他也可能会约束住自己。总会有底线的。无论是多么糟糕的人。我和他是认识的，不是吗，我们多少算得上是兄弟或者朋友。他知道那就是我的妻子而朋友妻不可欺。我这样安慰自己，然而悬起的心终究是降落不下来。我不能过去推着他的背部让他快走，也不能朝他扔过去一块石头，我只能揪紧头发反复祈祝，并不时瞅向那边。当他走到厕所旁边时，那地面忽而像是跑步机的滚送带，在他脚下周而复始地滑动，他呢，一直在原地匀速走着。我痛苦地低下头。他从我的话里嗅到伊莲（那传说已久的美人）就在那儿了。当我重新抬起头时，虽然对不幸的场面早有预备，却还是差点叫出声来：他已经抓住她的手。她的手呢，则安顺地躺在他的手心里。刚刚它还在我手里。这并不意味什么，我对自己大声说，这并不意味什么，这只是他在习惯性地占便宜，这便宜说大不小，说小不大，是她不想将事情闹大，很多女人面对这种事都会选择忍耐，是他捏紧她的手，你瞧是他捏着的，而不是她来握住他的手，这并不意味着什么。果然，几秒钟后，在他的手稍稍放松时，她便飞快地抽回自己的手。他有点愕然。他让自己空空的手一直举在半空。你干得好我心里说。她从包内翻找出一面小镜子，旁若无人地照起来。她侧过左脸又侧过右脸。他的手仍然僵硬地举在那儿。直到她将镜子放进包内，并清晰地按上子母扣。她将手向后伸去。在没有得到回应后，她晃晃它，意思是你来抓住啊。他便乖乖地抓住。然后，他拉着她，他们手拉手，欢快地，几乎是跳跃着走进阳光深处。我坐在石头上，始终没有站起来。我感觉自己被沉默地杀害了。醒来后，我长时间地看着熟睡的她，说：我就知道会是这样，我早该知道的。我开始解她的长裤。此前我一共解过三次，均未成功，这一次也不例外。她懊恼地说：你急什么，我迟早会给你的。唉，我真想摇着她的肩膀说，迟早会给为什么现在不给。为什么不。因为这事我和她生了好一会儿闷气，并趁着这股气未消，叫她收拾东西走人。然后，像是要将一件事完成，我去南义镇嫖了个娼。我低头跟着那分不清年龄的妓女走。往后我将知道她有着一具幼童的身体，而在性爱经验上是我的祖母。我控制不住情绪上的紧张，虽然我喝了很多酒，并且一路上还在喝。我躁动得难受。倒不是害怕被抓住，而仅仅只是意识到那件渴盼已久的事注定要发生：我的阳具将塞进她的阴道。这是我头一次干这事儿。卖淫的地方在野外。以前这里是一排活动工房，建筑工的宿舍，也许只用了一个下午便搭建好，然后也只用了一个下午便拆掉，但不知为什么独独就留下来一间。我们踩着瓦砾走过去。推开门时，沉闷的气味扑过来。没有窗户，没有枕头，只有一床破棉絮及一张暗褐色的床单，我感到头昏脑涨。毫无疑问，有无数个男人——多数是老男人——在这里睡过。到现在还能闻见他们留下的烟味。我忧伤地看着这个可怜的出卖自己的人，被我们之间差不多是一致的荒凉的命运给击中了。我快要爱上她。关上门后，她随手一拉，身上的衣裳便魔术般全部滑落。她声音沙哑地说，脱呀。我脱了，悲哀地爬上床，任由她抓住阳具坐到我身上，碾来碾去。她带着极大的嘲讽哼叫着：啊，啊，啊，好大啊，好爽啊。谁知道她脑子在想什么呢。她喊得那么干燥和不负责任。我的阳具滑出来时，她还在依照惯性前后碾动，她瘦小的屁股就像一只磨盘将我的大腿骨压得很痛。啊，啊，啊，她一直喊着，直到意识到一切早已结束了。她从床边抽来一张纸扔给我。这他妈和卖一碗拉面一碗豆腐脑有什么区别，这就是一门生意，我心里是这样想的，嘴上却满是忧伤地说：你应该去念书。她说：念过。我说：你可以好好做点别的，比如去当一名家庭主妇。她说：怎么都说这个，你们可真好玩儿。我沉默下来。她接着说：不就是一道缝儿吗？宏梁推开窗牖，看了会儿天，判断道：早上乌云盖，无雨风也来。

三十

不就，是一道，宏梁悄悄拽上门，一边念叨着，一边朝死者家走去，缝儿吗？几只狗从西边小跑过来。它们也闻到从宏阳家传出的早餐味道。它们克制住想飞的欲望，四足不曾同时离地，可谓是不急不忙地赶来。遇见宏梁后，它们立定，向右转，就近在乱坟堆里刨挖。昨儿晚上还在这儿的呢，那东西，汪汪，咋现在就不见了，它们似乎在说。宏梁黑着脸走过去。就要这么走过去时，他忽然整个人腾空而起，旋转一圈。只见伸出的鞋尖扫到其中一只狗的嘴。“哔，我打！”落地时，宏梁仍保持着格斗的姿势，眼睛则冷冷看着一旁。狗们三两下跑得无影踪。

在宏阳家门口，琉璃瓦下的灯泡粘着飞蛾微细的尸体，要细看，才知道灯光还没熄灭。室内，那些跪拜一夜的人，在收工后吃方便面，吃烟，看手机内的广告短信，然后几乎在同一个瞬间睡倒在地。现在还鼾声如雷。道士仰躺在死者曾坐过的藤椅上。“嫂啊——”宏梁朝着厨房喊。此时头枕着一摞黄表纸酣眠的宏彬，颤巍巍地伸出一只手，让宏梁想到战斗结束后从尸丛里艰难伸出的血迹斑斑的手。宏梁从墙角拿来一盒王老吉，将吸管插进饮管孔，然后将它塞进宏彬手中，并将宏彬的这只手推回到宏彬嘴边。“你说什么呢，我还一分钟没睡呢——”宏彬和梦中的人争辩着。此时他想醒来，眼皮却好似被万能胶粘住，死活也打不开。宏梁又走到墙角拿出两盒王老吉，左裤兜塞一盒，右裤兜也塞一盒。他这么做的同时回头看宏彬。后者继续说着梦话：“这都是宏阳自己要求的，我有什么办法呢，谁让我是他兄弟呢。”这个要求好比长诗之韵脚，每隔一段时间便出现在宏阳的齿间。多数时候，宏阳就是命令本身，或者说是决定本身，他少于征求别人意见，遑论去游说别人。然而在这件事上，他却表现得比那些上访户还聒噪。“你说是不是，几千年都这样，为什么到今天就要改废？”他总是这样说。好几次，我想过去说，拿出点你自己的样子好吗，别再和这些屁都不懂的人交流啦，至于吗。有次他甚至去找那已经罹患阿尔茨海默症的宏槐，就因为后者是艾湾出的第一名中学生。“宏槐哥你说是不是？”他说。后者在其妻室的提醒下，一共点了两百个头。而就在前夜，在盛大的寿宴因为时间关系、天气原因不得不裁减为一桌时，他又向几十里地最有权势的几位重提这一要求。他们以前都答应了的。为着保险，宏阳又逼着他们同意了一次。一开始他们还支吾搪塞闪烁其词，后来看他口沸目赤，像头牛一样激动，便都朗声答允了。“我没别的意思，就是恳求各位届时不要阻拦。”他说。“不会的不会的。”无论是何东明、赵中男这样的旧识，还是缪伶超这样的新交，都这样答允。“真不会？”“真不会。”“说话算数？”“算数。”他们和宏阳一起玩着这怪谬的游戏。他们想宏阳短时间内不会死，等到死了，他们也不知道调哪里去了。宏阳敬完镇上的人物后，自己又喝起来，一边喝一边哭，一脸的眼泪。大家看着彼此，意思是醉鬼就是这样，容易为一件不起眼的事、一件遥远的事，或一件子虚乌有的事瞬间多情，睡一觉就好了，人就清醒了，就会挨个来找咱们道歉。没一回不是这样。宏阳在被金艳扶回家——他可是累惨她了——时，还向后伸手，说没事，我自己能回，你们就别送了。而其实他身后一个人也没有。宏阳躺在沙发上，调好第二天起床的闹钟，然后和金艳庄重地谈了一会儿睡眠这种行为所蕴含的哲学。宏彬吸了几口凉茶，半坐起来。对他来说事情终于做完一半，照这个节奏另一半也快要做完了，这是两个一半中难得的间歇。最后几口吸得特别有力。吸完后他抛掉瘪掉的盒子，对宏梁说：“‘土葬，’宏阳像个小孩子一样拉着我的衣角，楚楚可怜地说，‘我要土葬。’我呢，我答应他：‘好，你要土葬，我给你土葬。’”宏彬这么说时，眼睛还是闭着的。宏阳直到凌晨才走回来，衣裳湿透了，据说在躲雨时睡了好一会儿。宏彬将他拖回合作社（他的裤腿在水泥楼梯上淌下很多水），并请大夫来吊水。第三天，宏阳的高烧才止住，然而那谵妄却并未断根。每隔一段时间他都要扯住人，向对方悲惨地倾吐：“土葬啊，一定一定务必务必土葬啊。”事情起源于一天中午。宏阳从一个烦躁不安的梦里醒来，发现自己双腿不能动弹。

“麻了，麻了。”他叫道。手下们闻讯而来。他们的手刚接触他的脚踝，他就狂叫起来。宏阳在门口坐了一下午，直到夕阳西下，光线一层层暗下来，人的志气与雄心眼看着也要跟着熄得一干二净，他才一跃而起，搭上去县城的最后一班过路车。“不过去，我心里就不安。”宏阳对宏彬说。在梦里，宏阳看见堂姑父陈望凯，正双手悬吊在地沟盖板的栅条上，不停做引体向上，以躲避从地沟深处觅来，就要烧到他足底的焊枪。堂姑守寡后，被人撮合给同样丧偶的陈望凯，于是两人生活在一起，但是并未领证。堂姑过世后，陈望凯为她操办葬礼，艾湾人过来送葬，都很感动，然而事情一结束，彼此也就不再来往了。“确信是堂姑父吗？”宏彬问。“当然，我看得一清二楚。我看到他在看我。他看我时，眼里几乎集中了自己全部的恳求。他在焦急地求我。就好像在说，我只有你这样一个亲戚了，而你还不来管我。”宏阳说。在梦里，宏阳看见那吱吱作响的暗紫色火焰喷射上来，照亮了地沟的井壁，在接触堂姑父的皮肉后，嘭的一声胀大，堂姑父便被吞没进去了。传来肢体烧焦的声响与怪味，衣服及毛发在燃烧后变成黑灰，飞扬而上，而滚烫的膏油有如火雨，不停向地沟深处滴去。宏阳痛苦地闭上眼。就在此时，陈望凯的一只手猛然从栅条中间伸出来，紧紧攥住宏阳的脚踝。宏阳猛醒过来。他大口喘着气，觉得全身都被烤红了。梦无疑是不真实的，然而它带来的不安是如此强烈，以至宏阳决定在当天就去距县城两公里的赛湖农场一探究竟。在过往的日子里，宏阳只见过两次堂姑父，而且还是和一伙人一起去见的。在那两次见面中，那沉默而阴郁的老犯人都将宏阳单独叫进卧室，握着一只怀表对他讲自己密密麻麻的一生。起初宏阳只是礼貌起见，坐在那儿，听一听，后来便完全听入港了。“他一点牛没吹啊，”宏阳这样感慨，“那些奇怪的事、奇怪的经历在他身上都留下了证据。”包括攻打桥梁、与敌人肉搏、触电、森林救火、抗洪、械斗、暗杀和被暗杀。之所以被发配至此，是因为他杀害了自己过去千辛万苦救上来的人，为救后者，他得了一种无法根治且难以忍受的疾病。在和宏阳讲完后，他拉开房门，对着那些吃瓜子的可以算是亲戚也可以不算是的艾湾人，弹奏一曲《卖报歌》。他一边大力踩着教学用钢琴的踏板，一边欢快地唱。啦啦啦啦啦啦（他唱），我是卖报的小行家（他们合着拍子）。在县城下车后，宏阳搭乘出租车到赛湖农场，摸进那没有修路，没有植树，更没有安装路灯的十五连。那里高高低低建了几百栋自建房。因为不知什么时候会被宣布是违法建筑，人们没有贴墙砖，也没有装铝合金窗。当初不知道谁说可以建房了，于是房子便一窝蜂地建起来。堂姑父和年轻人一样，在找不到建筑工的情况下，无师自通、风风火火地干起来。今天宏阳在这迷宫一般的地方反复兜圈。他捉住一个个小孩问，但他们不知道一个叫陈望凯的老人他住在哪儿，直到一名哑巴将他领到赛湖卫生院。在卫生院门口，宏阳看见堂姑父那说普通话的女儿。后者正用一根枝条拨弄着纸钱，以使它燃烧得更旺。“就是一会儿工夫的事。”她说。拨得累了，她便将枝条撑在地上，以使身心交瘁的自己获得少许休息。在宏阳递来五百元后，她猛抢过去，然后捂着鼻子哭起来。他——也是我们——的堂姑父（由于工作需要至今用着陈望凯的化名，壮年时南下安顺，后上调至贵阳、成都，又因杀人送至本地改造）因为舍不得打一种价值三千元的针在高烧中死了。“那么姑父现在停在哪里呢？”宏阳问。他的意思是我们艾湾人多少可以过来帮帮忙。“今早火化了。”她说。宏阳一时惊呆在那儿。可为着继续表达关切，他还是问:“那什么时候办追悼会呢？”他听到对方仿佛是在为自己申辩一样急切地说:“从简，一切从简，还要什么追悼会？”一阵极为细小的响动传来，是狗们试探性地将腿迈进门槛来。在寿宴结束时它们差不多都给自己积攒了一打骨头，早餐那一套东西对它们而言并非美味，如今还是要来，只是为了执行它们自己定下的规则：什么都要尝一口，不尝你就不知道人类会藏着什么掖着什么。人类狡猾大大的。宏梁又欲腾空而起，那些狗挤着跳出门槛。“过来了啊。”水枝冷漠地说。宏梁应声。随即抓来大碗，也不用木勺，也不用铁瓢，就用碗本身挖了大半碗的粥。没有什么比在饥饿一夜后来碗热粥更幸福的事了，没有比这更补力气的了，要是来点咸菜、榨菜或酱萝卜就更好了，他这样想着，端着粥走到门外，坐在门槛边的石墩上。宏阳对土葬念兹在兹，就是因为堂姑父的死让他的思想受了重创。一个穿州过府将近八十年，含量与密度如此之高，丰富多彩到如此程度，传奇到如此程度的人，死后不到四小时就被运送到火葬场，排队销毁了。那世间的人，马照跑，股照炒，舞照跳，仍日夜孜孜于自家营生，没有谁过来问一句，也没有谁过来看一眼，就像这老头儿从来不曾存在过，就像世上根本没有这样一个人。宏阳就是被这巨大的不真实感给吓趴的。宏阳想到自己如果不坚持土葬，那么他终有一日也将被送到喧嚷的火葬场，被停放在铁床上然后拉进火化炉，两刻钟到三刻钟后，肉身烧化，中间因火炉升温，可能还会发出噼里啪啦的爆裂声。“难道你们认为这样很应该吗？”宏阳悲愤地向那些冷漠对待自己的未来及命运的人说。他啊，简直是对牛鼓簧，白费口舌。“我不是怕东明他们难做吗。”室内，宏彬继续在睡梦中解释。而宏梁则嘘嘘嘘，嘘嘘嘘，一连吹着滚烫的粥。嗐，原来如此，原来是你想执行宏阳的遗志，又怕夜长梦多中途生变，故此匆促将葬礼日期定于今日。你想将生米煮成熟饭，你怕时间拖久了就有人举报，而一旦有人举报，何东明他们就难办了。怎么说，土葬也是政策不允许的，政府最近还专门为此发文呢。这就是宏彬你的良苦用心。可要我说，这只是小智小术，只是小聪明，不对吗？为什么非要弄得这么偷偷摸摸，让人觉得你是在害怕呢。

三十一

上午的事并不复杂：移灵柩至门外，亲友吊祭，吃流水席（甚至这一日的事情也不复杂：吃罢，由本宗本族者扶柩而行，外地亲友此时即可返乡。至夜，唯留水枝作陪青灯，与前两日还在因此看起来现在也在的宏阳叙旧。在这场肉身缺席而灵魂并不缺席的谈话中，宏阳变成缄口无言的孩子，任由前妻批评教育——不要到那边了还这么张狂，这边我们尚且能忍，那边谁去忍，嗯，你懂的，你总是懂的，可这些年你都懂哪里去了——任由她数落）。

道士醒来后，宏桨、宏柒、宏染三兄弟端来冷水、肥皂、毛巾、凉茶、热粥（要稠点，道士交代）、煎鸡蛋、皮蛋、花生米、土豆丝、萝卜丝、腌小白菜，服侍他洗漱用餐。之后，道士令宏染敲锣。那锣声十万火急，宏彬赶紧着人去请八仙施仁、施恩、施义、施良、施忠、施善、施刚、施灿。却在此时，众人瞅见施光、施明、施堂、施正打着赤膊，排成一排，阔步走来。在他们精赤的脊背上，各用布条（想必是从不穿的蓝色涤纶裤子上剪下来的）缠缚一根长棍（那是由宏材用老红木刨子迈一步退一步，弓着身子一步步刨出来的，刨花堆满角落，很多人要引火便来取用）。“木香姑，木香姑在哪里？”他们喊叫着，眼露凶光。未获回应后，他们又喊：“水枝娘，水枝娘你在哪里？”宏彬原打算假寐片时，惊得跨出门来，那一条腿刚跨出门槛便停住，仿佛是为着完成惯性里的动作，他将另一条腿也迈出来，然后才整个人退回屋内。他一边退一边向后摸索着什么。“你，别走。”那四兄弟喊道。这伙亡命之徒不知羞耻地杀回了，宏梁从石墩上站起，退向一边，看着他们鱼贯进入死者的堂屋，于所造罪，自观无耻啊。“干什么你们想干什么？”宏彬被逼进墙角，他焦急地喊。然后只听见屋内传来此起彼伏的扑通声。宏梁猛骂自己该死，自己早该想到的。我早该想到的。他们现在一定在费力地解那根棍棒。出发前他们细心地绑上它，并让女人检查是否绑牢。我早该想到的。没有人打架是光膀子来的，而且将兵器绑得这么死。负荆请罪。《史记·廉颇蔺相如列传》。小学五年级语文下册《将相和》。他们在自己家肯定面面相觑坐了好一会儿，直到灵机触发，想到这个全国一半家庭知道的故事。他们苦闷的心灵被彻底照亮，抢着去翻课本，看到这件事的结局：“蔺相如见廉颇来负荆请罪，连忙热情地出来迎接”。而就在昨日，廉颇对蔺相如的攻击还是如此疯狂、残暴并不计后果，简直是视国法为儿戏，不但未给彼此留下任何余地，就是后代的关系，也提前给撕裂了。然而就在请罪之后，“他们俩成了好朋友，同心协力保卫赵国”。施光他们感到释然和开心。要知道，自从他们和政通这支人打过仗后，内心便被一种罪孽感紧紧攫住。还为此痛不欲生呢。他们意识到自己是傻瘪：周萍是，周萍的男人施明是，施明的兄长施光是，然后施堂施正也是。他们为了一个自己都觉得不要脸的女人，莫名其妙地动起手来，然后在气愤状态下大大方方地宣布放弃自己应得的两万元遗产，以及归属于八仙那必定有些价值的礼品。冲动是魔鬼啊，冲动使他们付出昂贵的代价。对宏阳遗产的分配，他们什么时候都可以表达不满，然而不满不能以放弃即将到手的两万元现金为代价。不能这么傻瘪。两万元是什么，是一百个一百元乘以二，是五元一包的红梅烟一共四千包，是一千多斤猪肉还是纯瘦肉。现在，他们将一千多斤瘦猪肉、四千包香烟、一百个一百元乘以二像盆水轻易泼出去，潇洒是潇洒了点，悔恨起来也牙痒痒。特别是施明，差不多要一脚踹死小周。然而又一定是这奸猾的女人想到解决问题的办法，她说，事情并非没有回旋余地。她影影绰绰记起课本里提供的这一成本很低的补救术。她一说他们便都想起来了。电光石火啊。找个“荆”还不容易，家里有的是刨好的棍子。他们从一捆中抽出四根，一人分发一根。他们决定抄袭这个战国的故事。他们要让宏彬、水枝以及木香潸焉出涕，泪如雨下，不得不（乖乖地）交出那两万元人民币。他们刚才就是带着这股必胜的信心鱼贯冲入堂屋的。宏梁转过身来，朝内看，发现那四兄弟果已跪成行，拖动膝盖，不停围逼那显然已原谅他们的宏彬与水枝。他们一齐举起棍棒就像是将珍贵的哈达献给对方。宏梁在心中默念："请您用这根荆条狠狠地抽我一顿吧。"果然，他们一齐朗声喊："请您用这根棍条狠狠地抽我一顿吧。"棍条，你妈瘪的棍条，你们背诵得倒是很统一，宏梁鄙夷地看着，啧啧有声。然而宏彬与水枝哪里看得懂这里边的机心，他们只顾将他们拉起来，说："那分给每家的一万元不会少你们的。"

"您要是这么说，我们就不起来了。"他们说。

"不是这个意思，我的意思是我们都是艾家的人，还有什么过不去的。"宏彬说。

"正因为想到是一家人，我们才回来的，我们就是想，要是连自己人都不帮衬，我们还是人吗，我们今天若不给自己人出力，以后自己人里头谁给我们搭手。"施光说。施堂附和。

"贤侄，你们能这样说我太高兴了，我这就来安排。"宏彬说。

这股浓情瞬间达到高潮，本以为还需一点眼泪佐欢，不知那劲儿却怎么一下过去了。为着填补这种无以为继的缺憾，施明复读机一般反复咒骂自己并不在场的妻室。水枝说算了，莫怪她，这还不是妯娌之间常有的事。在八仙一一到来后宏彬走过去，沉吟了一下，开始安抚嫡亲的侄子施义与堂侄施良。得费一番功夫啊，宏梁摇头叹息，转身几步走下台阶，你叫人家来救火，现在又叫人回去，人家怎么想？何况你还是叫自己人回去。你净会干这亲者痛仇者快的事。还有，光明堂正四个，你们比那群过来打探的狗还无耻。两万元到手就可以了，何必再贪图八仙份下那点小礼。哦，不对，你们是觉得，如果你们不尽这抬寿材的义务，拿两万元便名不正言不顺，毕竟在死者面前你们和政通一支是打了一仗的，还对木香与水枝出言不恭。你们怕不做八仙就拿不到钱，也不是怕拿不到，而是怕不保险。总之，你们太低估艾家人的心胸了，你们以为所有姓艾的人都和你们一样，你们让我为自己和你们一样都是姓艾深感羞耻。你们是在尽情透支同宗同族者之间才有的血浓于水的情感啊。你们的行径着实让人作呕。宏梁三两步跃到老坟堆那儿，对着一棵树尽情地呕吐起来。而后事果然是施义不服（他倒不是为自己出头，而是为着将毛巾摘下一言不发走掉的施良），进而导致施仁、施恩、施德也不服。

“就为了这些人？”宏彬的儿子施德说。他的另一个儿子施恩逼得更紧：“好吧，我不做八仙了，你让他们都来做吧。”施仁施义附和之。那施德又说：“孝子也可以让他们去当。”迎接他的是一记耳光。宏彬想想不均匀，给施恩也来了一记。他用手轮番推着仁义恩德的前胸，说：“我一再叫你们顾全大局、顾全大局，顾到哪里去了。今天这事，到此为止，谁再多一句嘴，谁再破坏艾湾的安定团结，我一锄头打死他。”那四人眼中便都有了泪花。在抬灵柩出门时，施恩没忍住，那施仁、施德便也忍不住，哥儿几个拼命地往地上掉眼泪。施光、施堂低着头，佯装专心致志于搬移寿材，躲过这一尴尬。寿材落于门前三张长条板凳之上，像一艘黑色的可怜的龙舟、一只黑色的装着妆奁的樟木箱子、一头黑色的绑好的羸瘦的牺牲，昂首停泊于灰蒙蒙的天地间，准备几小时后开始的一段孤凄的旅行。待纸鹤做毕，插立于寿材头，在风中摇曳，就更像是一场远行了。

那吊祭不过是复制昨日的阵势：来者点燃引线，提着一边炸响一边扭动的鞭炮走来（惊）；孝家故意显得慌乱，从几米外的地方跑过来，拍打着双膝，诚惶诚恐，在寿材前方左侧稽首（动）；来者向死者顿首（亲）或拜揖（疏），扶起孝家，妥当后，将礼品及礼金交付账房。在昨日，那近处的、家无要事的、无须邀齐他人同来的、并不懒的、并不疏远的，都来了；今日，则是所有应来的都要来。整个上午就是在一阵接一阵的鞭炮声中度过的。有时两伙亲戚同时来到村口，彼此还得谦让一番，让一方先行，另一方则驻足于原地，抽上一阵烟。那些本村的看客或远或近站着，掐指计算，有谁已来，有谁正在来，有谁还没来，同时他们还要核算这些亲戚的心意，比如鞭炮多少响（一千响、两千响、五千响还是一万响）、礼品多少样（两对四样、三对六样、四对八样还是五对十样，甚至于细化到毛毯是腈纶、涤纶的还是羊毛的）、礼金多少钱（二十元、五十元、一百元、两百元还是五百元），以与往昔宏阳对他们的恩泽对照。“嗯，可以可以，这个可以。”这就意味着来者的礼数做到，颇过得去。一般而言，都送得寡淡，这再次印证了人们心中关于此人吝啬的看法，然而这也是可值得原谅的吝啬，因为毕竟没有短缺太多。有时，这种评价还得虑及对方的经济现状。若近况不佳，则颇可值得原谅，若近况甚好，则显得小气。当然也会有超出预想的，但也不会超出很多，毕竟那样会让别人难做。像福忠那样的，属宏阳再造之命，另当别论。其实来者在行前也计算了半天，人们的反应尤其在他们的考虑之列。这场道德阅兵式的高潮是木香（清晨她就走到田家铺等）带领着伛偻的丈夫、女儿们以及并不伛偻却得了小儿麻痹症的唯一的儿子出现在河对岸。木香像是气息奄奄的牧人或者落魄的马戏团老板，吃力地赶着这些抬着四副抬盒的亲人。在田家铺，当她的儿女们看见她，一定会问："吃药了没有？"木香一定会回答："吃了的，我在汉友医生那里讨了止痛片。"然后木香痛苦地移动肥胖而虚弱的身体，带领他们走向艾湾。完全是因为她罹患癌症，行走过于沉缓，他们的拜祭才成为这日吊祭的压轴戏。姐啊姐啊，宏梁和一伙同样潸然泪下的人小跑过去，几乎是抢，将沉甸甸的抬盒抢到自己肩上扛着，姐啊姐啊受苦受难的姐啊。当队伍抵达村口时，围观的年轻妇女一个个泪花滚动，想要控制住不哭，却是只要一看那面色肃穆、一滴眼泪不曾落下、白发有如烈士在风中飘扬的木香姑，便都忍受不住鼻内浪潮一样涌来的酸楚，齐齐哭开了。就是好些男子也哭了。大家亲眼看着政退在世上留下的这另一支血脉从异地迤逦而来（那第一支血脉已经随着宏阳的死亡终结，宏阳在户口本上未留下后嗣），又将亲眼看着他们像胡人一样在江湖上飘远，永远地与艾湾失去来往。这会儿，不单施德、施恩、施义、施仁等施字辈齐刷刷跪在地上，那宏字辈，能跪的也都跪下来，一起等着木香在棺柩前发出猛然的悲啼。

弟哎（嘀）！

弟啊（哒）！

要到木香不省人事，扑倒在地，她那接近痴呆的儿子（他总是鼓着大大的眼球好奇地看着周围，手上总是在做毫无意义的动作）才会恰到好处地收起唢呐。这是他的玩具。他今天一路上的良好发挥，是人们悲伤的一部分。

三十二

许佑生提着摞满餐具的竹篮朝这边走来，不时望向阴晦的天空。外婆走在前头，一边走一边像是仍在用力排便那样呻吟起来。自从许佑生来临，她便对相陪自己半个世纪多的隐疾大肆渲染，她想这样关于她痔疮又发了的事，就会从外孙口中传到女儿那里。有时怕外孙不长记性，她强调道："我今天又屙了半碗血哎。"她感觉来自女儿的关心总是文不对题，后者间或让人提溜着牛奶、海带与银耳过来，而她眼馋别人家收受的脑白金礼品装。

天上停着一块篮球场那么大的黑色云朵，而人们仍埋头朝这边搬运桌椅，准备开始的宴席。那桌子多是八仙桌，少许是可折叠的，椅子分靠背椅、扶手椅、交腿椅、塑料椅，省事的则搬来长凳。许佑生并没有提多重的东西，然而他还是感觉乏力。在晒谷场的一角，他的嫡亲舅舅宏梁正坐在椅子上不停抖二郎腿，一只手的食指与中指轮番点击着桌面。

"它会来的，一定会来的。"宏梁对外甥说。

没人为此忧虑，他们心怀侥幸，按照原定的并且再未修改的计划（或者说是按照他们内心想再次任情饕餮的意志：就在前日他们还在想，能再过上一次这样大碗饮酒、大块吃肉的好日子就好了，他们的集体祈祷应验了，今天就得偿所愿）行事，将二十二张桌子摆齐在晒谷场及周边空地，甚至摆到房屋之间那并不宽绰的道路上来。碗、筷、碟、勺、杯摆在各自面前，洁白的大瓷碗——也就是公碗——共六只，搁在桌中央。待宴席开始，厨役会挈着铁桶或木桶（在昨日它可能还被用来朝井中打水或者盛猪潲）从建在宏植家东侧巷道的临时厨房走来，给每桌打菜。那大厨子是从学校食堂聘来的。他拎着一米来长的铁勺，在冒着热气的大铁锅里不停搅和。一共建了四座土灶。打下手的在朝灶里塞柴或扇风点火。案板由一扇白门板充当。砧板原是一根树桩，堆满切碎的葱叶、蒜薹、辣椒、生姜及各类食材。

今日菜品如下：

凉菜：油炸花生米、泡椒凤爪、皮蛋豆腐、卤鸡鸭杂、卤鸭脖、凉拌三丝、凉拌肉、夫妻肺片

正菜：炖鸡、炖鸭、清蒸豆豉鱼、蒸肘子、精肉、梅菜扣肉、三鲜汤、腔骨、八宝饭、墨鱼炖排骨

尾菜：青椒肉丝、莴笋肉片、蒜薹肉丝、油淋青菜、上汤娃娃菜、鸡蛋羹

酒水：四特白瓷五十二度、雪津啤酒（一箱）、大可乐、大雪碧、极品金圣、软红金圣

和前日的区别在于尾菜的甲鱼由鸡蛋羹取代。人们责怪宏彬："能省几个钱呢？"宏彬说："是省不了几个钱，可你们为什么放着这么营养的东西不吃，硬要去吃那些用避孕药喂大的东西呢？"还有，就是前日死者单独为自己开了一席，他和外姓人镇党委委员、常务副镇长何东明，党委委员、武装部长缪伶超，副镇长陶建，副科级维稳信息督导员温侯廷，民政所所长郑照胥，经管站站长胡金一，水管站站长马玉星，派出所教导员（主持工作）赵中男，土管所所长赵晨威，以及宏阳自己的妾金艳坐在一起。他们吃的是范镇宾馆用两台五菱荣光运来的肴馔（为防汤水溢洒，车速一直控制在二十迈，自良田方向的平路开来，而不是从铁岭埂登山陟岭。它们在一台扛着音箱不停播放《万寿无疆》的长城皮卡带领下，挂灯结彩而来），分西餐、中餐两道。

西餐菜品如下：

开胃菜：香草腌挪威三文鱼佐鲜海胆、温泉蛋及鱼子酱

头盘：法式鹅肝批佐杏酱及甜菜

汤品：意大利豌豆汤配澳洲带子

海鲜：烤布列塔尼鳕鱼佐黄椒奶油汁

主菜：红酒烩澳洲牛肉佐鲜松露及青豆泥

主食：海鲜汁佐福建面线

甜品：提拉米苏 & 时令水果

酒水：雪利酒、勃艮第白葡萄酒及红葡萄酒、伏特加酒、依云矿泉水

中餐菜品如下：

鸿运当先 狮子头

三阳开泰 一品羊杂锅

凤凰报喜 草茹蒸鸡

玉女献羞 红烧鲍鱼

飞黄腾达 黄焖鱼翅

生生不息 五谷粗粮扣辽参

豪气冲天 山药焖牛筋腩煲

金玉满堂 柴把鸭子

福如东海 清汤燕窝

年年有余 松鼠桂鱼

前程似锦 银耳素烩

包罗万有 佛跳墙

日月生辉 刘国平师傅金银馒头及蛋挞

难忘今宵 刘国平师傅汤圆

那白酒原来配的是五十二度五粮液。戴白色尼龙手套的宾馆外送正欲从车上搬下来，宏阳说住手，着施恩搬来一箱二十四瓶矿泉水瓶灌装的五粮液七十二度原浆。“第一，不曾勾兑；第二，绝不上头，”他招呼何镇长等入席时这样说，“照着喝，喝不了的咱带走。”应该说，他就是被这需要批条子才能拿出的内部酒给活活喝死的。当时他以一敌九，情形却不是那九位要对他施以围歼，而恰恰是他自己不自量力，甚至是不顾对方劝阻，要与对方搞车轮战。金艳总是抓他小臂提醒：“少喝一点，你少喝一点。”她娇滴滴的声音引来那些大人物的凝注。她本意也不是要他少喝点（虽然她知道他酒量不行），而只是要通过这种提醒来强调自己是宏阳的女人。“好啦，不要再喝啦，再喝我真跟你翻脸啦。”她眉头微蹙，言语娇嗔。他听得实在厌烦，便转过头来瞪她。在他的眼里有一股锥心蚀骨的冷漠。她被这种生分给吓着了，半晌不敢言语。直到他狞笑着抓起她的脑袋朝下按，她才放下心来。她用舌头探到他的裤子拉链，用牙齿咬住拉头，扯下他的拉链。阳具暴跳而出。他轻轻抚摸她的头发，不时拢着嘴唇向外吐气，有时猛然一下坐直。哟嗬哟嗬哟嗬哟嗬，他轻声喊着号子。那一桌人面面相觑，想说点什么，又觉得太过故意，因此闷坐着。有的偏过头去抽烟。直到宏阳提议再喝一杯，他们才遥遥举杯，以示应和。

那天，眼见一更将尽，一场大雨就要降临，出赘于老屋场张氏的宏朴踌躇再三，擎着酒杯走向宏阳，宏阳说：“你比我大，还讲这个礼。”那宏朴连说使不得，却不料宏阳已一饮而尽。那些同辈的、晚辈的见了觉得不能失礼，遂排队跟上。说起来有些是素不能酒的，他们嘟囔着，觉得自己是受了绑架。他们一嘟囔，那多数人也就觉得自己也是受了绑架。他们窸窸窣窣地挪动脚步，高擎着酒杯——有的倒的是白酒，有的是啤酒，有的是饮料，有的是汤，有的以白水当白酒，有的等下会直说我不太能喝你看我就用白水当了——走向烂醉如泥但仍努力颔首微笑的宏阳。他们伸长脖子，点头，努力地笑着，然后喝掉杯中之物。宏阳起先是半杯半杯地喝，后来只喝四分之一杯，最后改用酒盅喝。遇见善饮的有所要求，又换回大杯。现在想起来，这个场面就是一场集体处决：在微弱的灯光下，村庄每户派出一人，照着那失去抵抗能力的霸王一人补了一刀。

没有一个人想到这个问题：一个人是喝不了这么多的，就是大象也喝不了这么多，就是喝水也喝不了这么多。只有到次日听说死了，大家才恍然醒悟过来。

那天的雨是在人们酣睡时降临的。此前，宏阳被金艳扶回家。体重巨大的他压在她身上，使她发出难堪而丑陋的呻吟。那些公家人钻进自己开来的车，打着远光灯走了，他们一路上都在说恶醉强酒、以酒解醒、酗酒滋事、借酒装疯、这个人怕是完全疯了，或者，吃这么一堆鬼怪东西还没吃饱。人们收拾家什归去，偌大晒谷场只剩几张桌椅板凳及一堆碎骨，狗们心有不甘，在那里扒来扒去。宏阳回去后给自己调了次日起床的闹铃，然后一边喝调配好的柠檬柚子枸杞茶，一边说："睡觉就像一场赌博，睡着了什么事都不晓得，就像麻醉过去了，医生给你开刀你都不晓得。我看见有人睡着了就没醒来。我每次睡着都会顿一下，想自己明早上会不会醒过来。我总是保证不了自己第二天早上就一定能醒来。"

宏阳这样说时得意扬扬，感觉自己是一名很了不起的智者。他将她的脚捉过去搁在自己腿间，她便用脚掌轻轻摩挲他软下去的阳具。然后她睡着了。她在不可阻挡的睡意中感觉自己的腿被移到地上，并听见他倚在门边叫她去弄杯水，好似还过来踢了她一脚。雨水有如马队疾驰而来，击开尘土，到处飘散着一股腥气。次日，人们依据地上留下的鞋印及宏阳剥下的外衣——上边有着雨点打下像是鸟屎一样的痕迹——判断，燥热不安的宏阳在子夜独自走向井边，喝干了桶中的水。还有一种神奇的说法是，宏阳在汲水时让桶子掉了下去，因此他用四肢撑着井壁，左一下右一下，将自己缓缓挪移到井底，在那里饮水，并痛快地洗了个澡，爬出来后又打开电扇抹干身体，过后才回到沙发床上。证据是堂屋丢着揉皱的毛巾并且电扇一直没关。早晨金艳醒来，发现他仰着头，眼白微露，嘴唇大张，牙齿伸出来，人已经不能应声了。

现在，宏阳偃卧于棺内，双脚捆缚，脚尖并拢朝上。如果他还活着的话，就能看到这一幕：傧相宏彬——他亲密的战友及接班人——正张开双臂，侧身追赶鹞鹰岩的母舅。那脚步错乱有致，有点像是球员在训练时做侧向交叉步前进。对方目无余子，鼻孔朝天，因为心情激动鼻翼还在疯狂地翕动呢，正朝前疾走，走的同时还踢翻了好几条凳子。宏彬试图拉扯他时，他甩下袖来。宏彬也不知怎么想的，上去就抱起他来，相当猥亵。那母舅只顾在空中蹬踏。好不容易落地，便暴躁如雷地喊："开什么玩笑！"这个时候，宏字辈最小的宏梁正抱着施仁的幼女，一边哦哦哦地摇晃着，一边张开她的开裆裤，对着他的外甥许佑生示意。"你宏彬舅还要跪的，看着吧。"宏梁对许佑生说。事情起于安排座次谁应当坐一位谁应当坐二位上，宏彬只顾想着艾家亏欠水枝，却不曾考虑来自宏阳母亲文氏娘家鹞鹰岩的母舅，心胸狭窄，易生芥蒂，是得罪不起的人，而来自水枝母家的人则彬彬有礼，好让不争。再说就是他们有什么聒噪，水枝也能镇压着，势必出不了事。宏彬偏偏将鹞鹰岩的客排在后边，招致自己现在狼狈不已。正当束手之际，宴席深处传来宏梁捏着鼻子的提醒："去跪呀。"于是宏彬便提着孝服下摆，匆匆跑到鹞鹰岩的母舅面前，叩起头来。"请细母舅原谅。"他说。那母舅跨过他的身子走了。宏彬起身时连连向后招手，于是又十万火急地跑去几个，一并冲到该母舅身前跪下，齐道："请细母舅责罚。"那人绕开他们走了。众人又追随着宏彬拦了一次——"请细母舅止步"——却不过是让人家气息很大地哼了一声。望着对方行走如飞的背影，宏彬神情落寞，无尽怅然。过了一会儿，他想起什么，忽然双手叉腰狂笑起来，那笑声点燃大家，于是整个艾湾的人便都跟着哈哈大笑起来。"饿着肚子来，又饿肚子走，十好几里路，可怜不如狗。"宏彬说。那鹞鹰岩的心眼细的母舅便因羞愤走得更快，竟至于是忘了自己的自行车还停在艾湾原小队会议室的土砖墙边。直到以后，这里变成一片浓浓的湖水，也没人来骑走这坐垫蒙了绒布的自行车。宏彬对众人说："给脸不要脸，你说是不是，本来就要断根的亲戚，还作俏个什么。"众人称是。宏彬又特为向木香解释，后者说："随他，他要走让他走。"

宴席开始后，四周就嘈杂起来，有高声招呼声（您也来啦，哦您也来啦），筷子敲击在桌面的声音，指点声（来，肉），夹菜声，道谢声，推辞声（不消得，我自家来），汤匙撞击瓷碗的声音，木勺自桶中舀菜的哗哗声，喝汤的嘘嘘声，咀嚼的吧唧声，饮酒时咽喉的咕咚声，碰杯声，倒酒声，敬酒声，劝阻声（女：还喝，都喝死人了。男：喝，怎么不喝，要死卵朝天，不死万万年），易醉之人的撒娇声（你是看不起我咯），小孩撒尿冲击沙土的声音，被母亲连续拍打屁股的声音，因心愿不遂而纵声大哭的声音（在哭的间歇他还冷静地看了一眼大家，然后继续闭着眼大哭），以及狗被踢走因而呜咽的声音。那狗在人们的腿间拱来拱去，脊背极其温热，那种温热在人们抓住鸡的羽茎时也会感受到，是一种滚烫的温热。在吃喝中途，几滴雨洒过来，人们赶紧用碗碟或衣服盖住菜肴。然而它就只下了那么几滴。声音于是又在人们头顶上的半空聚集，缠成一团。

宏彬端着酒杯走过来，这时他已是满嘴酒气。他看一眼手表，问：

“墓碑到位了没有？”

“应该到了。”宏梁说。

“什么叫作应该，棺材都要上山了。”

宏梁连声说我就去我就去，却是慢慢转悠到死者家二楼，在那里将插头插好，从兜内取出一张 CD 用衣袖拂拭，而后放入 DVD 机的碟片装载槽。在选定曲目后，他双手抱头，闭目，将腿脚搭在沙发扶手上，偃卧在那里。意大利歌剧《费加罗的婚礼》，第三幕，伯爵夫人和苏珊娜的二重唱：献给微风的歌。难以转世再觅的天籁，宛若银泉，嗓音反映着天赋与技能训练的极限，因为过于妖冶、辉煌而让人惊恐。宏梁任大颗的泪水朝脸颊上淌。他背诵着电影《肖申克的救赎》里著名的旁白：我至今也没听懂那两个意大利女人在唱什么，我也不想知道，有些事情还是不知道为好。我能想到的是，那是非笔墨所能形容的美境，美得让你心痛。随后，他站起来，哐的一声拉开铝合金窗户，将音响的音量调到最大，对准十几米外的宴席现场。他一直站着。和电影里囚徒们停下手中的活儿驻足聆听不同，底下的芸芸众生未做任何反应。他们明明是听见了的，都听见了，却仍一个个专心于眼前的食物，仿如犬豕那样欢快而用力地进食。他们的眼睛一刻也没有离开公碗内那别人还没来得及夹走的食物。因胃病或牙疼而不能继续胜任美餐的人则遗憾地坐着，用指甲或舌尖拨弄齿缝间的肉泥，不时打出一颗肥嗝。宏梁又哐的一声拉上窗户。来自自己的泪水也已干了。他感觉自己这次的哭泣有百分之四十是真实的，是被歌声触动，还有百分之六十则是为了使自己看起来“深受感动”。“为什么就是面对自己也要表演呢。”他一边问自己一边推起眼镜，擦拭泪痕，随后撕开易拉罐的拉环，喝掉黑啤。

三十三

八仙专门坐了一桌，由施德亲为斟酒，也给施光施堂斟了。施光施堂弓腰说:“自己来自己来，还讲这个礼。”施忠从旁说是这个规矩。于是他们便让施德给斟了，施德说请，他们便端起碗饮了。施德又拆开一包烟，挨个请，请到施光施堂时，两人又站起来，弓腰，颔首，双手将烟接过去。那施仁施恩也与施光施堂碰碗，只是不好言语，匆促间用“来”字对付了。中途宏彬过来，拆开一条中华烟，一包包地抓出来，用“嗯”字逐个打招呼，顺时针每人丢了一包，众人便都装进兜内去。如此，诸般餍足，他们嘴上叼着烟，肩挎一捆粗麻绳，来到停柩处。水枝靠在寿材上已有一会儿了，有时摩挲着棺木，有时低声倾诉：哼哼我的哼哼哎。

“走开，莫挡我们做事。”施仁说。水枝抬头看了眼，又去看棺柩，叹息一声，擦拭那无眼泪的眼眶，起身让向一边。于是他们就抬来两根长四米、直径十五六厘米的龙杠，将之捆绑于棺材下沿两侧。他们双足蹬上龙杠，身体不停后仰，试图最大限度地拉紧绳索。刚要祭龙杠时，自村东驶来一列车队。领路的是三台从婚庆公司借来的公路巡航摩托，尾随的是各式轿车九台。一直开到晒谷场前。随着嘭嘭的关车门声次第响起，来者或扣上最后一颗纽扣或掸衣裳，聚在一起，等待一名烫染琥珀色飞机头同时右耳栽纯银耳钉的精瘦男子走下车，一起阔步走向棺柩。朱爽！许佑生禁不住前迎。和宏阳总是漠然对待熟人不同，这位范镇街的新晋魁首举起白手套向许示意。他们一个个穿着黑色修身西服、白衬衣、黑色尖头鞋，戴墨镜，扎黑领带，头发基本做了定型或绑扎，跟来的几名女子亦如此，唯有朱爽自己，下身穿的是一件直筒休闲短裤，他就这么光溜溜地露着毛茸茸的腿。他们献上四顶大花圈，每顶写一字，合起是“往生净土”。然后，朱爽居首，大家一起手持燃香，对着灵位鞠躬再三。礼毕，朱爽除下墨镜，与遗像上的宏阳一刻不放松地对视。一分多钟后，像是终于败下阵来一样，他戴上墨镜，自顾露出华仔那种又职业又灿烂的笑容，转身与站立一旁的死者家属握手。

“节哀。”他说。

“什么？”水枝说。

“你不要说话就行。”宏彬用肘弯碰她。于是水枝便不作声，在一片慰问声中，任凭对方一个个过来，捉住自己的手抖动。其间，朱爽特为走到许佑生面前，给他整理衣领。这让许自豪至极。在斜睨到人丛中那每隔一会儿就用手背抹泪的福忠后，朱爽说：“他还以为宏阳是他恩公呢。”

“是啊。”许佑生说。

“瞧他活得那么起劲。”

“是啊。”

朱爽想再说什么又不说了，只是举起一根手指点点，意思是你知道的。许佑生其实并不知道，但还是点头。朱爽拍拍他肩膀，而后高举起手拍掌，那一众子弟便跟着呼啦啦地走了。中途，他们中的几人做出试图逼近福忠的样子，哑巴连连退避。也有几人用眼睛挑许佑生：*走不走，一起走？*许佑生只顾摇头。一则，父母因去黄山参加创业培训不能前来，特为叮嘱他要等棺柩上山后才能回去；二则，他也不想跟在这威武、高贵、豪华的车队后边骑一台电瓶车回去，电瓶车是什么，是女人骑乘的东西。他直怔怔望着车队自南方的土路开出去，左转向东，又左转向北，自村东头他们来的方向消失了。许佑生有些痛悔起自己当初的选择来，他忍受不了这些同龄人眼睛挑过来时揶揄的姿态。说起来整天待在影楼，和待在发型中心有什么区别（那些小男孩总是忸忸怩怩，弱不胜衣，在上衣口袋插一把高级梳子，走路甩甩发尖），都很娘，阴柔，中性，而他们干的则是打架、赌博、吸毒、嫖娼、搞大女孩的肚子带着她们堕胎又役使她们去广东福建卖淫这样的事。往常，他们在范镇街混，听宏阳的话，想成为宏阳的随从，然而宏阳总是有意疏远他们、分化他们。宏阳不让他们成群结队地来到合作社，也尽量避免去役使他们。宏阳知道：一旦有组织犯罪的罪名坐实，别人的罪行就会计算为他的罪行，别人应受的刑罚也会合并计算为他应受的刑罚，而利益却不一定会交他分配。宏阳死后，他们，这些曾经的小朋友，经过一夜间激烈的吵闹，商议成立以朱爽为总舵主的久安会，分设钧字头、苍字头、变字头、玄字头、幽字头、皓字头、朱字头（由朱爽兼管）、炎字头、阳字头等九个字头，将范镇街分块接管，并在一年零两个月后因为桂林桥老九的挑唆而发生凶残的火并，让范镇街流满他们这些短寿者的肠子。

却说车队离去的声音还未消逝，自村西又升起滚滚尘烟。宏植的儿子施飞（他自己更名为Jeff Ai，而且他一直建议施德更名为Snyder Ai）骑乘驾校的三轮摩托车风驰电掣而来。转弯时，他让边斗翘起，然后一路倾斜着开进晒谷场，后又以边轮为圆心，令主车朝右转弯，不停地做陀螺转向。众人看得呆了。特别是那一众同辈兄弟，说你不早来，早来就显给范镇那伙人看看。施飞下来后，宏梁叫把钥匙丢过来。于是宏梁骑乘至南方马路，又骑返，中途忽而让后轮悬了空。众人一阵喝彩。而后他在驶进晒谷场后，任摩托车保持运动状态，自己单腿立于坐垫，双手做合十状。熄火后，他自己坐进边斗，一只脚踩在挡泥板上，招呼外甥坐上主车后座。那边，预备着要好好哭一场的妇女，十几位，已经穿戴齐整，提着板凳走来。当时施仁故意藏身某处，其女在棺柩前不停转圈，焦急寻找。那帮哭匠便都过来调笑嬉亵，眼见小女孩要哭了，又一个个哄起来。水枝和木香早已伏在棺身上啼哭。这些个人摆好了板凳，掸掸，侧身坐下，引臂替枕，不停拍打着棺木，嚎道：哥啊，我可怜的哥呀；爷呀，我最亲的爷啊。有时忽然停下，冷静地用拇指与食指夹住鼻尖，擤走鼻涕。道士曾过来驱赶，但她们只是简单起身，旋又聚拢过来。道士用利爪扺裤裆的痒，而后高举此手，搓一下五指，宏桀宏柒宏染仨便上前奏乐。乐罢，道士将手中燃烧的纸钱丢进瓦盆，取过一张信纸（是以嗣子施德名义写的祭文，计一百八十一字）念起来：公元二〇一二年七月十日，不孝男施德，谨以清酌时馐，致祭于显考宏杨府君之灵前，吊之以文曰：呜呼，痛唯吾父，偶饮薄酒，无疾过身。嗟余不孝，祸延严君。号天泣血，泪洒沾尘。深知吾父，毕世艰辛。救世济人，日夜奔行。兴家立业，俭朴忠信。处世有道，克己恭人。孝敬老人，细心认真。对待吾辈，爱护如珍。如斯人德，宜寿百旬。胡天弃我，一别吾分。魂游冥府，百喊不闻。瞻望不及，音容莫亲。哭断肝肠，情何以伸。兹当祭奠，聊表孝心。先父九泉有灵，来尝来品，呜呼哀哉，尚飨。

施德重孝在身，稽首灵前，做震怖慑服诚惶诚恐状。苴杖置于右侧。眼见着道士几道经文念罢，声音愈发高亢起来，扛着纸幡、花圈的孩童也已奔到前头排好队，那些妇女便拼命地捶击起棺木来。一时喊声震天，眼泪也如倾盆之雨，洒了一地。许多女子过来，抚摸她们的肩背，弯着腰小声劝慰——要得啊，要得哈，我看哭这么多要得——而这简直是在挑唆。一时又听见鼓乐声大作，施德抱起灵牌和苴杖，转身疾走。八仙大喊着“过开”，将那些哭匠扯到一边，然后用肩膀扛起龙杠，同时蹬翻原用以停置棺材的长板凳。那些个水枝、木香、五娘、四娘、三娘、小陈、小周、小刘、小曾、小李等，拼了命向颤巍巍升起的棺柩扑去，被早有防范的人或抱住腰，或捉住手臂，或推住身子，阻拦住。特别是小周，费了众人很多精力。她明明已经被按倒在地，却仍像侦察兵一样不停朝前挪移，间或还拿额头磕地。要过好一阵子，她们才能从巨大的悲伤中走出来，睁着通红的眼，吸动鼻子，失神地望着插着纸鹤缓缓前航的棺柩。她们的身体看来极其衰弱。然后她们拍打身上的灰尘，去安抚仍赖在地上抽泣的水枝（“你说我要怎么活，我一个人要怎么活哦，老妹。”水枝唱道），又约好去三娘家打牌，三娘家有自动麻将机。一时凑齐两桌。

“灯亮呗？”小陈问。

“亮，怎么不亮，要多少瓦才算亮哎？”三娘说。

“那就好，怕漆黑一团的，看不见。”小陈说。

“包你过瘾噻。”三娘说。

棺柩从村西宏阳门前出发，行进十余米抵晒谷场，又沿村前朝东行进。一路都有人家燃放鞭炮送行，间或有人具酒祭奠。木香设了路祭，方桌上摆放香烛祭品，那宏阳的外甥及外甥女一早稽首于道左。施德跪在棺柩右侧，磕头回礼。木香请奏乐，宏[illegible]仨便奏《好人一生平安》及《敢问路在何方》。木香请献礼，宏桊他们便即兴演唱，比如“他们呀，送来香烟和水果，还有一箱非常可乐”。队伍如此彳亍而行，天畔传来隆隆的响声以及时隐时现那银色的闪电。众人只道雨下过了便不会再下，却不曾想只是几分钟的事，老天又憋出这一场雨来，而且明显是大雨。八仙扛着棺柩止步不前，不知该作如何计算。逡巡间，一声巨雷劈下。细屑四溅处，往南的路边，一座小桥的预制板被打出碗大一个坑，露出锈迹斑斑的钢筋。人们于是狂奔至屋檐下。一时间，暴雨倾盆，烟雾弥漫。一名老妇人冲向荒旷之地。她苦心梳好的头发被雨水冲成六七缕，露出鱼肚色的头皮。青色的衣裳也被浸得透湿，变成黑色。她沉浸在令自己恐惧的雨水中，失声痛哭。雨随后停下。据她说，闪电时，她看见艾湾二十年的死者。及至赶上去时，死者们又如轻烟飘散开。她走向停柩处向蹲着的人们讲了此事。一定是看见了的，她说，一铲铲的煤就浇在她儿子身上，扑簌扑簌地滑落。你都看到谁了看见宏阳没人们问，她说人太多一时记不清并且自己只顾着找宏杏（日后，但凡天阴，可怜的老妇人便走到室外，像旷野的稻草人，守望着闪电）。不过她倒是指了指正从十余米外埋头走来的宏术。后者看着水流成河的地面，左手捉着死去的右手，前脚上前一步，后脚跟着荡一大圈儿，艰难地走来。原来擎着纸幡的小孩蹦跳过去，捡走几根横在地面的竹枝，以防阻碍他的行程。以前，他们可是掩着嘴跟在他后头，一招一式地模仿他古怪的走路方式。

“等他走过来呗？”八仙说。

“等他走过来，发射的火箭都在太空飞几十万公里了。”宏彬说。

不过大家还是抽烟等着。本着有朝一日能复原或至少复原百分之六十的愿望，宏术每天都要出来走七八个小时，而明眼人一看就知道，他的身体早已每况愈下。每天，乡党们都能看见他内心的焦躁，以及由这焦躁衍生出的搁在眉头的怒火。过去，他的子女还会从县城归来，陪他慢慢地走，然而最终都忍受不了来自时间那永恒而细碎的折磨（想一下：一小时只能挪动几百米）。他叫他们滚了。每隔一段时间，他都让施飞骑摩托将自己拖到范镇，在中学操场绕着圈儿走路，计时。当他去厕所时，那些进去的学生都会带着极大的惊诧走出来，因为他在洗手池前用左手接住哗哗流下的自来水，清洗肛门。裤子褪到膝盖处。

出殡队伍为他让开道。他目不斜视地走过去。他枯黄色的衬衣，后背已撕开。这印证了宏梁妈妈刚才所说的，她说她看见宏术的衬衣撕开了好大一个口子。雨水使他原本稀薄的铁灰色头发看起来更少，也使他衣裳下的根根肋骨凸显出来。从他惨白的脸上，隐约能看见骷髅的形状。他就像不知道今天有葬礼，也忘记自己就在刚才被一场雷暴给袭击了，只顾在乡党面前极为缓慢地走过。雨水沿着他的腮部及裤腿往下流淌，泥水则从旅游鞋内不时溢出来。就这样走过去四五米，他停下来。他的那只好脚、那只健康的脚，想要抬起来，却被什么死死粘住，再也抬不起来了。“我完了哎。”他微微转过身，向他的同辈兄弟悲伤地求助。

“术哥，是紧张啵？”宏彬大声朝他说，“有时紧张会这样的，你莫着急。”

“不是哎，不是，是我这条好腿也废了啊。”

他看了一遍又一遍那条颤巍巍的腿，仰起头，大哭起来。那些宏字辈的都跑过去，七手八脚扶住就要瘫坐下去的他。没事的，他们说，术哥你不要慌。是施全将他抱回去的。施全说抱起来轻轻松松就像抱着一只老鸡。当天，他被在县城忙于经商的子女接回县城。并在卧床两个月后，因为一场意料不到的昏迷而死去。他和宏阳一起改变了艾湾，或者说掏空了艾湾。文弱而老实的艾湾人跟着他去县城做生意，野蛮的则被宏阳带到镇上搞事业。

棺柩再起前，又吹吹打打好一阵子。迤逦行至村东口，先行队伍已转向朝南的道路，棺柩却又停下。在马路转角，立着一名披麻戴孝的小孩，长一米二三，穿明显是大人的湖绿色雨靴，脑袋微微侧歪夹住发光的伞柄。自牛舍顶上滑下的雨水，有一声没一声地滴落在大黑伞上，嘣嘣有声。在他手里端着一只脸盆，盆内盛着一只插着筷子的猪头，猪耳朵扑着，眼闭着。他咬牙端着它，双手发颤，人不停地调整呼吸。他看起来太像宏阳，大圆脸，皮肤黑得发亮，长着一堆永远无法梳直的蓬乱的头毛。然而，他距离宏阳又是那么遥远。他只在母亲那里继承了一点：斜眼。而就是这一点，使他与冷漠、蛮横、残忍的生父宏阳，在本性上有了巨大的差别。斜眼使他与自己名义上的父亲——那长着兜齿的民办中学教师——看起来一样滑稽，一样可怜。他是多么的柔弱、淳实和怯于事物啊。今天能站在这里，一定是经过别人的反复鼓励。他不知道自己站在这里的意义何在。他只是守候在这里，等着将一项自己并不清楚的任务完成（至于如何完成，他们会告诉你的，孩子，他的妈妈流着泪向他交代）。宏彬眼睛通红，走过去，接下他手中的猪头放在棺柩前。又抚摸他的后脑勺，连叫了几声伢儿。而后取来哭丧棒放在他手中，带他到棺柩前鞠躬作揖，跪在随出殡带来的麻袋上，一叩首，再叩首，三叩首。那些个人便都议论：多少是个后啊，我不知道说得对不对，多少是个后啊。宏彬起身后征询他们，你说让他掇灵牌可否。有什么可不可的，多少是个种啊，他们都说。却是此时，遥见水枝撕扯下头巾，披头散发，狂奔而来。不能啊，不能，她振臂高呼。那小孩已有了退葸之意，缩到宏彬身后，抓住宏彬的裤子。

“你们让他掇灵牌，就让我撞死。”言罢，奔跑中的水枝腾空飞起，冲向棺材，众人只得伸出双臂，将她捉住，掼在地上。

“怎么就要不得呢。”宏彬说。

“就是要不得。”水枝拉下脸说。

“你又不给宏阳生，你要生了不就用不着我的儿子来掇灵牌，宏阳既然有这么一个种，让他掇灵牌怎么就要不得呢。”宏彬看起来很激动。

“就是不能，我说不能就是不能。”

“嫂，不是我说你，你也不能太横，该让一步就让一步。”宏梁这时说。

“是啊，是啊。”众人都应和道。

水枝瞅瞅众人，又瞅瞅，清楚了形势，便趔趄着扑向棺柩，有如中流击水，拍打起棺木来。“你还在不在啊？你这死人还在不在啊？说我横，我怎么就横了？他们就跟你一样，护着一个野种，就护着这样的事情，他们都是跟你学，做这样的事情。”她朝着棺内喊。眼见着无人过来抚慰，她又屈身在泥水里滚上几周。众人只好等她表演，倒是那小孩看见自己招惹出这么大的祸殃，没禁住，哭了起来。一听见他哭，水枝高举利爪，横眉竖目，返身冲过来。那小孩以宏彬自障，彼左则右之，彼右则左之，惊慌不已。忽然间，水枝伸出双臂，隔着宏彬探扑过来。小孩跌坐下去，以手撑地，连连后退，眼见她绕过来，连哭也不敢，翻身朝来的方向跑了。水枝依旧不饶，冲到桥上，捡起石子、泥块，朝竹林那边扔。一时没有可扔的，便去桥下寻。急不择途，顺着泥路就一屁股滑下去，在河边捡了好几块鹅卵石，抓着草，又蹿上来。有种你就出来，别躲着，你这个偷人精，有种你就出来，你这个婊子，你娘的瘪你那里每天都不洗，你这个贱人，娼妇，你每天掰开臭瘪让人戳，你这千人耕万人犁的老瘪，野瘪，苕瘪，贱瘪，你娘的贱瘪眼。你真有种啊，你瘪上能开花。你娘的贱瘪眼。她站在桥上，横刀立马，大声辱骂，直到累得呕出一口水来。

她这样骂得不成体统，满村之人，为之粲然，不禁想及十余年前她与周海花唯一一次的晤面。那日清早，日光晒得地面晃眼。宏阳将描眉画眼、傅粉施朱的周海花带到艾湾——为此行，他特意为她买来十厘米细跟黑高跟鞋，因为脚跟磨皮，仅只是从村东走到宏阳家，她便数次停下弯腰用手绢拭血——时，自己也有点为难。有妇之夫将有夫之妇带回家，在哪里都算得上是极大的丑闻。难以想象的是，水枝像忠犬为他们打开家门。水枝将里外拾掇得干净、整洁，连给她周海花夜尿用的痰盂也擦得放光。同时烧炭，用熨斗将自己穿的衣裳熨得硬挺笔直，使自己看起来气象一新。她挈着周海花那肉乎乎的手，请其上坐。周赧然退让，被水枝摁在椅上。吃没，她亲热地问，周海花一千个一万个推辞还没道出，她已碎步奔至灶下，端出一碗鸡蛋面来。周海花一根根地吃。眼看稠了，水枝又替她泡茶。周努力吃了半碗，然后专心听对方聊天。水枝讲到兴起，对周耳语，将向不秘传的做面技术——如何做到白、细而又有韧性——传授于对方。全艾湾做油面没有不断的唯我不断宏阳生平最爱吃我做的油面，水枝自豪地说。周千恩万谢。当宏阳去田家铺问周海花要不要同行时，后者嘟起嘴，沉吟半晌，还是决定留在这儿听好姐姐继续聊天。水枝坐北朝南，眼瞅着宏阳一截截地走远，嘴里还在滔滔不绝地说话。约莫差不多了，她起身说，走，我带你去见一个最好玩的姐妹。两人没走多远便出了汗。水枝跃过一处水洼，转过身来，慈悲地唤："妹啊。"

"嗯，什么事？"

周海花嫣然一笑。她真是白啊就像白里又化出一层白。干瘦、蜡黄、形同枯木又有瘿瘤未除的水枝羡慕地看着周，丈量好步伐，埋头冲过来。眼见着要被撞上两乳之间的胸骨，周出手阻挡，同时连退数步。正当其重心摇晃时，水枝弯下身去，一把捞起她双足，将她整个人扳倒在地。周海花自此落下可算是不小的脑疾。水枝扯下这呆笨女人的高跟鞋，用力丢向沟渠，旋又骑乘上去，伸出双手，照着那白花花的脸就是一顿拧、掐、抓、挖，直到自己那枚蓄养多年、长约数寸的指甲生生掰落下来，她才住手。周若非双手护目，估计已成瞽者，不过一时间也落得皮开肉绽，血水沾颐。水枝又翻身下去，单手抓住周的一把长发不停拧转，而后掂量掂量，扯，扯不动了又用一足抵住地上冒出的石尖，身体侧着，尽最大力气去拖。本想着要将周海花拖到政逵家积满黄水的厕溷中予以溺毙，因对方体重过大，悻悻然作罢。不过水枝还是将对方穿的丝绸直筒裤给拉到膝盖处，又猛追穷寇，撕扯她白色的纸内裤。那纸内裤是什么东西，只一扯裤裆便碎了。“都来看啊。”水枝喊道。于是人们都应邀来看。

“有什么特别吗。”水枝问。

“没有，我看没有。”人们说。

那周海花又羞又急，不住地扭动身体，眼见着要昏厥过去。水枝玩赏了一会儿，在地上掬起一把泥，糊在周的阴部上，而后到沟渠边濯手，并站立在那儿，看着宏阳从远处匆忙赶回来。在这中间，她从衣兜内寻出一根皱皱巴巴就要断掉的香烟，叼在嘴上，不疾不徐地刮着火柴，大口吸着。中途她老练地吹出烟雾，并瞅向手中的烟卷，弹弹。她饱尝着这印第安人最早用以解乏的玩意儿，像烈士一般坦然。宏阳到家后，她举起百草枯，眼瞪着他，就要痛饮，被宏阳一巴掌扇下。“不是你不能死，也不是我不想让你死，你死了对我绝对有利，懂吗。”宏阳找到尼龙绳将她绑起来，塞进箧笼。然后开车送到水枝母家，连人带笼子扔下去。

“她整天寻死，我没工夫收尸埋人，药这里有好几瓶，你们千万监督她喝了。”宏阳摘着水枝的耳朵提出水枝，将崭新的百草枯扔到她兄弟面前，说。这件事的后果是水枝被贬谪至阮家堰永世不得翻身（“你要想回来除非我死。”宏阳说），而周海花家的大厦慢慢建起来。

三十四

棺柩自村东又拐弯，向南航去。左邻是小港，港内暴涨的溪水将注入两百米外的九源河，河水往西流（咄咄怪事世上流水都是向东唯九源河往西艾湾人最爱对陌生人这样介绍）。棕色的浪涛快要溢出河岸，烂根的树木、四脚朝天的课桌及裸体塑胶模特，般旋而下。一时的雨，洪水就这么大。人们停止吹打，沿着河岸朝西走，后奔河北上，在岔口又奔西而去，将至阮家堰时，朝西北方向斜插进去。稻谷尚未收割，出殡队伍径踩过去，在泥田留下许多只有水牯才能踩出的洞窟。八仙的腿脚沾满泥水。老远望去，棺材就像蚂蚁搬运的巨虫，东倒西歪，摇摇欲坠。它朝左倾，众人便疾趋向左，朝右，又齐奔向右，人人之间竞相提醒，喧如鼎沸。

宏彬带人提着柴刀，照着蓁莽与丛棘斫去，在山上斫出一条宽阔的路来。纱帽翅山靠近艾湾的这一块原被垦作梯田，后退耕。螺丝旋与山下相距两道塝，因水土流失，其中一塝消失，变成斜坡。那余下的塝高一米好几。上塝时，塝上安排数人抱好龙杠，剩余人无论老少都踮足立于墈下，将棺柩往上递送。如此上了墈，众皆力竭时，猛见得宏彬夺过宏染手中铜锣，一通急敲，同志们加把劲儿嗷，（哎嗨哟，）不能让棺材落了地嗷，（哎嗨哟，）落地他就丢了魂嗷，（哎嗨哟，）众人遂拼命将棺材再度举高，在十几米的斜坡上行两步退一步，蹇缓而行。起先，那棺柩还直着上行，只几米工夫便斜着走了，又一会儿差不多横着行了，费尽周章调整回来，众人往上顶、扛、拉的力气都用到极处，恰好与地球强大的引力相抵，形成僵局。再努把力啊，宏彬肩扛龙杠，紫涨了脸说。于是就有人将鞋从泥地拔出来，甩脱那足有半尺厚的黏土，重新寻找可踩踏的支点。然而杯水车薪。看起来大家像刚刚死去，或者被泥石流掩埋，或者被冻住。一张张脸贴在龙杠上，青筋暴突，汗流交颐，鼻翼扩到最大，那双腿沾满泥浆，一前一后屈着。一动不动。唯有棺顶的纸鹤在微风吹拂下左顾右盼，一副悠闲自得、超然物外的模样。如是沉默良久，在后边埋头扛着龙杠的施仁施恩说：

你——倒是——出点力啊。

在前的施光施堂何其敏感：我怎么就没出力啊。

要是——出了——力，压力怎么——全堆到——我们这来了。

不要妄说，大家都在，谁要是不出力，谁断子绝孙。

哼——要是——晓得出力，就不会跑前边去——了。

那剩余人“算了算了”的解劝声还没说出，施仁施恩已然卸下龙杠，自顾走了。那在后头一起扛着的施忠施善及众帮手压力陡增，怕断了腰，于是都撤下。后头的撤了，前头的想不撤手都难。于是众人都跳向一边，眼瞅着刷了一身新漆的棺材沿着斜坡溜了下去，直到龙杠顶住塝下的水田。因为坡陡，势能太大，棺材还差一点直立起来。作孽啊，人们看着两侧像射满屎的棺材倒回到塝上，禁不住连连叹息。“要不是你给钉上钉，棺材怕是早已抖散了。”后来，他们这样拍打着哑巴福忠的肩膀说。后者受此鼓励，更加卖力地拍击起坟堆来。却说回来，几乎就在棺柩嗵的一声撞击到塝下的同时，宏彬痛苦地弯下腰，双手扶额，不住摇头。宏阳啊我要怎么跟你交代以后我下去怎么跟你交代，他喃喃自语，然后在巨大的责任感及愤怒的作用下，起身，指着那离去的背影说：

“回来，给我回来。”

施仁施恩径自跳下塝，走田埂上去了。“一点组织性纪律性都没有。”宏彬咬牙切齿地说。而后抓起一把烂泥，扔过去。都没扔到塝下。这让他倍感羞耻，因此不顾劝阻，从泥地里掰出一块尖石，在人们“小心、小心”的呼喊中朝他们甩过去。切！他们头都不回，只是挥了一下胳膊。总有茶杯那么大的石头越过他们头顶，飞过去好远。“回来，给我回来。”他继续喊道。眼见着来自自己的命令或者恳求都失效了，他终于破口大骂起来：

“我戳你妈的瘪，我就戳你妈的瘪啊。”

这时他的儿子施恩转过身来，冷漠地说：“你戳的不就是我妈的瘪么？”

宏彬气得跺足，众人砉地大笑，一个个弯腰捧腹，前仰后合，就是宏彬也管不住自己，匆促笑了一声。这众人的笑起起落落，眼见要住了，又重新飘扬起来，明显是要缓解这尴尬的局面。虽如此，宏彬还是怒火冲天，宣布将原定分配给宏杉家的一万元取消，另对自己罚款一万元。而后他与众人计议，特事特办，拟定将两万元补偿给村西头的几户异姓，以使棺柩能借道自其家门前经过，并允许出殡队伍为通行需要砍倒部分篁竹。“你们又不是不能走[illegible]上。”这几户人家说话倒是客气，然而他们自有其根深蒂固的忌讳。事情直到村委会李复兴主任前来协调，才处理好。那异姓何其通情达理，事情既已讲妥，便谦让起来，不肯收那两万元的补偿费，好说歹说，才应允收了一万，于是宏彬痛快地打了欠条。依宏彬的说法，这次谈判涉及两姓几十年未有之肝胆相照、同舟共济、睦邻友好关系，实在值得在族谱上大书一笔。到此时，天色已经昏暗，有些要断黑的意思。

那边，坟井业已掘好。长宽高均比棺身多出五十厘米。施义他们用鹤嘴锄、工兵铲挖掘一两小时，尚看不见大致的形貌——半途倒是挖出不少蚯蚓，施义疑为不吉，所谓四对头四不葬，软对头不葬硬对头不葬生对头不葬死对头不葬，蚯蚓就是地龙就是生对头。剩余弟兄却是几脚[illegible]死它们，并将尸身搓进泥土，说：你看见了吗，我可是什么也没看见——福忠操着木把铁锹来，半小时就弄清楚了。横平竖直，方方正正，标准得挑不出任何毛病。待那擎纸幡、花圈的都到齐了，棺柩也蜿蜒游来，守在坟地的妇女们（这次阵容大减）便跌跌撞撞迎去，我的、我的、我的爷啊，有如断气一般号嘶起来。棺柩落地前，杂役点燃鞭炮并飞速朝天空抛撒冥纸，宏柒手中的铙钹亦愈敲愈急。落地后，八仙对着棺材草草作揖，随即抖动手臂，松松筋骨，开始互相借火，吃起烟来。那些个妇人蜂拥而至，嘭嘭地拍打起棺柩来，直到八仙们歇息够了，叫声“走开”，她们才又走了。他们解下捆绑龙杠及棺材的绳索，只留两根兜住棺底，一起用力，将之缓缓降落于坟井。这当儿，宏柒走向高处，仰首鼓腮，吹起《朝拜曲》来。那唢呐声起先像是放了一个悠长、曲折、尖细的屁，而后像是有鸟儿探首，小声呜啭，在遇见应和者后，陡然提高音调，招呼，嬉闹。聚集到一定数目后，众鸟整齐划一地合鸣。又有一鸟自群中飞出，将凤凰引来。一时漫山遍野为之欢腾。百鸟之王立于簇拥之中，昂首啼鸣，其一声既出，便以飞矢的速度与准确性，一路上行，蹿到云霄深处。众人只道这高音永生不灭，只见宏柒撇下唢呐，声响顷刻失踪，连甩尾的影子都看不见。众人便错愕不已。

“好。”宏梁带头鼓掌。

“好在哪儿？”宏彬说。于是大家朝宏彬望去。他蹲着，用一沓黄表纸抽打着送来的湿淋淋的石碑，继续说：“告诉我，好在哪儿？”和下午那个在灵柩坠墈事件中表现得滑稽可笑的宏彬不同，此时的宏彬显得过于阴狠，不可接近，且不可劝说。他在尽力控制自己的愤怒，而正是这种控制，使他的每个动作、每句话——包括不做动作、不说话——都显得无比恐怖。人们面面相看，试图琢磨出他语气与神态里的意思，慢慢地，他们清楚，火不是发给他们的，也不是发给胫股寒栗正用极缓慢的动作往口袋边轻轻擦手的宏桨，而是发给宏梁，那宏字辈里文化程度最高同时年齿最幼的一位。同情的河流流向宏梁。后者痴挣了一忽儿，语带颤音，问：

“怎么了？”

“你过来看看。”宏彬说。宏梁走过去。宏彬拉着宏梁，让他看石碑。宏梁看见碑上“杨”字（按理还应该是“楊”字）被刻成“扬”。“我分明是交代清楚了的，你过来。”宏梁说。于是独目的石匠，弯腰驼背，喘着气走过来。“我分明跟你交代，刻成杨柳春风的杨，不要刻成太阳的阳。”宏梁说。

“你跟我说的是扬州春风。”石匠说。

“世上哪有扬州春风。杨柳春风懂吗，羌笛何须怨杨柳，春风不度玉门关。”

“你不要说假话，你当时说的就是扬州春风。”

石匠从裤兜摸出一枚粉红色塑料打火机，扶扶镜腿，看了眼，而后递给宏梁。宏梁看见火机上印着：

扬州春风洗浴中心

地址：鸡公岭

“我以为你是去过的，所以才这么说，无论如何，钱都是要结的。”石匠继续说。

“我知道，可我说的真是杨柳春风。”

“难道说我听错了，这怎么可能呢。”

这几十里地有名的老实人像是受到极大的侮辱，甩掉手中的劳动服，挥手就走，说：钱我不要，行吧，赖我。这时宏彬说，美龙哥，不要生这个气，错不在你，你找账房把钱结了。然后，他就在众目睽睽之下掐住宏梁的脖子，摇晃着宏梁，说：

“你每天都在想些什么呢？”

宏梁呆似木鸡，满面通红。“我问你呢，嗯？想什么呢？”在得不到回答后，宏彬弓起右手的中指和食指，连续磕打着宏梁的脑壳，继续说：“可是你跟我说的，保险没问题的。”大概是因为头发太厚，磕不痛对方，宏彬又揉搓起对方那扎好的长发，使之蓬乱如刚被剪发的清代人。“瞧瞧你，谁像你，留这样一个女人的头。”宏彬继续说。然后宏彬似乎觉得跟这样的人计较没什么意思，便蹲下去抽烟，直到抽得过滤嘴烧起来他才抬头。宏梁还站在那儿。于是宏彬给他下了一个明确的判决：

“还站在这里干什么？死开。”

宏梁将镜框扶正在鼻梁上，带着事情终于结束的轻松以及注定毕生难以忘怀的耻辱，匀速朝山下走去。手上还抓着那把凿子。刚刚他还想在“扬”字的左偏旁“扌”的腋下加凿一点，使之看起来像“杨”字，而且他还可以说，在民国的课本（比如《澄衷蒙学堂字课图说》）里，“杨”字的左偏旁“木”，其一竖本就是写作竖钩的。然而已没任何必要了，也没意思。他本应走篁竹之间的小路归去，然而在巨大的羞愤中他慌不择路，走向那已被踩得七零八落的斜坡。每行一步，鞋底都带起沉重的黏土。他就这样艰难地走到塝边，立定，跳了下去。他在田埂边的渠沟将黏土擦掉，然后悲愤地走向暮色。人们瞅着他的背影，什么也没说，但内心的议论却极其响亮，他们觉得宏梁就是一株中看不中用的树，长得花枝招展，然而没有什么经济实用价值。这个人不踏实。

随后，施德抱起灵牌，沿原路返回。他前边只有两个人，一个宏柒，一个宏染，一个敲钹，一个打锣，后边一个人也没有。施德带着宏阳的灵魂往回孤零零地走。钹每敲两声，锣打一下。然后寂静。那些妇女还有多数人也都回了。螺丝旋只剩几个扫尾的。他们将掘出的土浇进坟井，垒起挺高的一座坟堆来。福忠举起铁锹，绕着坟堆就是一顿拍打。原本松散的像是一堆可可粉的红土由此变得比铁还硬比钢还强，比混凝土还结实。人撞上去都能撞死自己。福忠是歪脖子，左撇子。因反复举起铁锹拍打，衬衫的袖窿脱了线，撕开一大口子，露出腋毛来。然后，等他感觉差不多了，他就丢掉铁锹，跪到坟前，在宏柒那高亢的唢呐声伴奏下，反反复复地哭。

“你说他哭的是什么呢？”施刚说。

“哭的是那四个字——尚无寸报——吧。”宏彬说。

宏彬又散过一圈烟，忽然说，瞧这两日我忙得连屎都没工夫屙。言语间已抄起黄表纸，一边解麻绳一边跳进坟堆深处。他先放出一个臭屁，然后才说，太公太婆，事急无君子，莫怪。众人故作好玩，哈哈哈，哈哈哈地干笑了几声。此时，峻岭间有鼠类跳跃在鸟道的声响，有鸟哒哒哒的咂嘴声及林间破裂的涛声。远处，有鸭子款步归来、河流减缓、小孩搬动比自己还高的椅子、媳妇将婆婆揿灭的几十瓦灯泡重新揿亮以及劣质烟向前燃烧的声音。暮色朦胧。巨大的寂静自天而降。人们以之为凭恃（或者说是说辞），好毫无廉耻地吃喝玩乐下去的一件重要的事——一个人的死——至此告罄。

三十五

舅舅被剥光了，许佑生离开艾湾时这样想。是宏梁帮他将电瓶车推到村东口的桥头的。“你也不弄个脚撑。”在移走倚在枣树上的电瓶车并掸掉坐垫上的炮纸时，宏梁这样说。此后一路无话。直到许佑生骑上去，宏梁才又说：“小心哦，佑生。”声音低沉，眼神黯然，挥别的手臂僵硬舞动。舅舅被剥得溜打精光，有如宾馆养殖的孤独的孔雀，许佑生想。

三十六

许佑生是看着舅舅从塄上灰溜溜地跳下去的。后者在田埂上匀速前行，十余步后，消隐于浓重的暮色。暮色黯淡，昏浊，使人窒闷。掘墓人趁着这机会，扔掉工具，相互借火（在点着后他们往往还会拍打对方擎着打火机的手），又吃起烟来。许佑生从没像现在这样思念自己的出生地：范镇街。虽然此地距范镇街仅只有十数里。他想走过去，捡起铁铲，铲土，浇向棺材。自上午开始，每当他自以为是地认为葬礼就要举行并且很快会结束时，棺材都停滞在原地。他像热锅上的蚁子，腹热心煎，焦眉苦脸。有几次他想向这些数目庞大的舅舅中的一个，提起自己有事，甚至想不打招呼地走掉（这没什么嘛，是吧，他盘算着），然而又是自己拒绝了自己。

乡下的事务

繁文缛节

繁琐的程序

人们对待任务的懒散及推搪

待会儿再去弄的拖拉

以及对他这个镇上人在态度上的亲昵

——令人生畏

他快被这种淫荡的友善

以及想让他多待几天的愿望激怒：

他感觉她在一点点流失

“瞧你，魂不守舍的，是不是——”嫡亲的那个舅舅宏梁说。“不是。”他说。“如果不是，就趁着这几日大水，和我在这儿捕鱼吧，”然后舅舅又自顾说道，“据轶事的说法，路德维希·凡·贝多芬曾与最钟爱的女人约好私奔，然而在奔赴途中，马车滞留于大雨天的泥潭。后来，弟子在他的指点下，从其一首乐曲中听出这种人不得不滞留于某地的烦躁情绪，禁不住双泪交坠。”

似乎洞察到外甥正在恋爱的舅舅没有顺水推舟地说：“你回去吧。”

直到那帮掘墓人再次从憩息的地方站起来，左一铲，右一铲，将最后的一堆土浇上去，许佑生才感受到禁锢的松动，好比是囚犯刑期将满，听见从走廊深处传来钥匙插进锁芯的声音。然而事情还是让福忠给耽搁了一会儿，在踩了几脚坟土后，他举起铁锹，绕着圈儿，不停拍打。往后他还要跪在那儿悲号哽咽，好好地哭上一会儿。大家得让他哭。人们只剩下黑影，比夜色更黑一点，比黑还要黑。虫子噬啮着人的皮肤使人不停地扤痒。

“你怎么还在这里？”宏彬感到很奇怪。许佑生没有答话，感觉对方的手摸过来，握住自己的头顶。“你这孩子，”他听到对方说，“几次要哭，没哭出来，这些我都是看见了的。我没想到你对宏阳这么有感情。你这傻孩子啊。”许佑生就让对方这样摸着：苕瘪母舅，那是因为我有眼疾。

“天都这么晚，就在这歇吧。”宏彬说。

“不呢。”许佑生斩钉截铁地说。

回村后，许佑生向外婆辞行，外婆让舅舅宏梁送一程。宏梁说“这么大的人有什么好送的”，许佑生也说“不消得”，然而外婆还是执意让舅舅送（既然许佑生执意不肯在这里睡）。因此，舅舅宏梁将许佑生的电瓶车一径推到村东口，仿佛这样就能分摊对方的一点辛劳。只有到舅舅将电瓶车郑重地交付于他，只有到舅舅举起手舞动，并且让那只手慢慢停止在半空，许佑生才算是获得彻底解放。他追风逐电，勇往直前，全凭记忆规避着路上随时可能扑过来的危险。他的心早已飞回镇上，飞到灯红酒绿的现场。崽啊，我就要回来了，这趟可真是待死老子了，快给老子备些酒。尚在棺柩朝山上行进时，他就向朱爽发短信。对方未回。在掘墓人开始掩埋棺柩时，他再次发出短信：崽啊，老子在这鸟地方待得苦死了，可有吃的。

有，宾馆，这不正等着你吗。朱爽回。

爱你。许佑生马上回。

宏阳的死让年轻人（包括算是宏阳亲戚的许佑生）松了口气，他们看着这块被掳掠、侵占的土地重归己手。在宏阳时代，混黑社会是件有门槛的事，必须具备一定的后台与资源，或者在宏阳那里有所质押。每年，被吸纳进来的人少之又少，比政府增发的编制还少。那些有志于黑社会事业却不被认可的本地儿郎，只能偷偷摸摸地在自己生于斯长于斯的范镇街蹭食，直到宏阳有天来到他的小勾当前，说："苹果熟了。"这意味着他所辛苦积累下的，都要缴给合作社。而即使是那些获准成为宏阳跟班的人，也从来不敢跟他有半点亲昵。宏阳在所有人与自己之间筑下一堵高墙，使自己变得神秘、遥远和深不可测。人们依靠小道消息来揣摩他的心性，并依此安排自己的命运。然后仅仅在一夜间，在他戏剧性地死亡之后，热情大度的朱爽走出来，将黑社会的戒牒派发给所有倾心于此的人，使镇上成为欢乐的海洋。朱爽过去就以"仗义疏财"与"救焚拯溺"闻名，人送外号"雪中炭"。这次收复范镇，他只讲了两点：

其一，我这人就是互联网，信奉四个字：共享精神；

其二，发挥你们的主人翁精神。

却说许佑生怀着朝觐的心情，于夜色中飞行，十几里路，飘然忽至。他将电瓶车扔向墙角，跳上台阶，推动旋转门就进去了。在包房区域的步廊，每扇门前都装有一盏仿羊皮壁灯，橙黄色的光芒照着大理石地面。包房设牡丹厅、月季厅、芙蓉厅、菊花厅、杜鹃厅、水仙厅、蜡梅厅、山茶厅及总统套间、首相套间、主席套间。许佑生寻思宏阳惯于在蜡梅厅作乐，如今朱爽递补上位，宾馆或会让其从此据有此厅。推开漆黑的实木门，发现情况果然如此。厅内亮如白昼。朱爽一只脚踩在另一张皮椅上，人则半躺在这一张皮椅上，正朝天弹击着手中的鸡尾酒杯。过去，这是专门给宏阳留的位子。服务员时加拂拭，无人敢于染指。椅后摆着两盆巴西木，墙上挂县政协曹兴平副主席的墨宝：

腊已遥遥梦未灰　黄团香抱美人胎
明知岁换烟花落　只等春归故旧来
一半韶华成记忆　几多惆怅入尘埃
生涯任便人情薄　不负鸥盟冷雨台

这是许佑生第一次走进这传说中的仙山琼阁、淫乱的豹房，据说到点后，男女便扯脱衣裳，捉对嬉戏。此时，一帮跃跃欲试准备开创新事业的人物呈扇形坐在朱爽周围。许佑生踩上地毯时感觉置身云端。

"来坐，这是第三场了。"朱爽微微抬手。又说："崽，怎么回得这么晚。"

"都因为下了雨，"许佑生找到空位，说，"别提了，一时天都黑完了。雨下时，就像有几根消防水枪对着来回扫射，地面都要被击穿。水流成灾，浓雾四起，连风都湿透了。人站在屋檐下就像站在码头的小木桥边，望着汪洋大海，无边无际。可也就下了那么一会儿。"

"我知道，这边只下了点细雨。"

言罢，朱爽举杯，众人响应。朱爽舔了一口，捏着细柄看了眼，将酒杯放回桌上。许佑生从包内抓出一袋用油纸袋包好的花生。“我外婆特为炒的，还是热的。”他说。朱爽拨弄几下，脸露厌薄之色，丢在桌上，说：“有什么吃头，你们吃吗。”

“不吃不吃。”众人摇手。

“崽啊。”许佑生惨叫一声。他强颜为笑，欲要分辩，这时从席间站起一巨人。此人一米八几，皮肤漆黑，铜铃般的眼睛布满血丝，以前在矿上看场子，年纪较众人要大上一轮。他举杯说：“炭哥，满子我先干为敬，炭哥您随意。”

“满子，还说这话。”朱爽用右手中间的三根指头点点桌面，算是回礼，然后一口干了。朱爽又招手，于是满子弓腰坐过去，侧耳，目不转睛地听，不时答以是是是。两人说得入港，撇下众人。许佑生取来台卡，喊服务员来加了几样特色菜，而后在桌上敲齐两只筷子，吃起剩菜来。因见气氛死寂，他和黎军打招呼。后者长着一张满月脸，正哈着嘴，露出半截舌头，有节奏地喘气。同时让腿一直那么抖着。像是在纺织什么。有时还流涎。

“切尔西赢了没。”许佑生问。

切尔西是朱爽最中意的球会。黎军是朱爽小弟。许佑生是朱爽发小。许佑生自认为这是张飞向周仓打听。正在与新宠密谈的朱爽举起一指，提醒应该叫车路士。“对，车路士赢了没。”许佑生继续问。要过很久，仿佛是要等两腿抖舒适了，黎军才回答：“你说什么。”许佑生真想一棍打断他的腿。后许佑生又举杯示意。要过一分半钟黎军才端起杯子，也可以说他只是自饮。许佑生很想找机会与朱爽交心：你要提防那种看起来为你累得像狗一样的人。他越为你累，你越信任他，越将事情托付于他，他拥有的权力越大。相对而言，你的权力也就越小。有一天，即便他不愿逼你让位，他那些对权力饥渴的小弟也会逼他这样做。所谓人在江湖身不由己。何况他不会不愿意。你要相信人的本性都是懒惰的，人越积极我们就越要提防他是不是别有用心。

“车路士主场打纽卡素。”朱爽又朝这边说了一句，然而没说结果。

“你等等行吗。”许佑生说。

朱爽当时愕然，然而很快又眉开眼笑起来。

“我跟你说件事。”许佑生说。

“什么事。”

许佑生微微侧头。

“都是自己人。”朱爽说。

“那我可就说了。”许佑生说。

“你说吧。”

“你还记得派出所捉住的那个连环杀手吗。”

“记得，有那么点印象。”

“是宏阳告的密。”

“你确定？”

“我确定。”

“瞧瞧，我就说，事情不至于那么巧。”

朱爽点点头，咧嘴笑着，品尝了几番这事，然后说起正事来。大概是许佑生比他朱爽大几天，他朱爽又比黎军大几天，虽则只数日，兄终归兄，弟终归弟，然则，从今往后，佑生这为兄的，同时是镇上乡贤、邻里间有面子的人，更应理解与支持弟的事。许佑生说自然。言语间，黎军端杯走来。许佑生举起酒杯。黎军拍拍他的肩膀，示意他放下。然后黎军踢出一张椅子，坐下，将自个的手臂搭在许的后肩之上，专心一意地听朱爽讲话。朱爽说："佑生，以后叫他黎叔。"

"为什么。"许佑生说。

"都这么叫，"朱爽说，"黎叔很生气，后果很严重。"

随即哈哈大笑起来。黎军坐在那儿喘气，不置可否。很好笑吗，许佑生想，只要是碰到一个姓名里带黎的就用这个该死的梗。后来，怀着由屈辱带来的极大不爽（甚至可以想象，未来当朱爽巡视至影楼时，还会淫荡地问：老庚，今天，你叫黎叔了没），许佑生以小解之名，来到宾馆内院的假山旁，坐在石梁上抽烟。孔雀蜷缩在草丛间湿润的沙土里，眼神充满混食于此的黯然。经过公鸡母鸡没日没夜成群结队的攻击（它们时常小碎步跑上它的脊背，刨掘，翻找其中的虫豸，然后急速地啄食），它的铜绿色的尾羽已脱落过半，露出丑陋的暗红色的皮癣来。直到这会儿，晚风吹拂着垂柳，自己也出现一无所有的悲伤感，许佑生才取出手机，开始拨打。途中，他想起舅舅宏梁提过，手机是"爱情之癌"，它方便了人们去监察自己的情人。也想起感情的节奏问题，在同一场爱情里，男人往往表现得比女人要更急切。他还想到这会儿她可能在吃夜宵，或者睡觉，电话会打扰到她。等待的铃声响起时，他又想到：应该怎么称呼她呢。铃声一停，他阵脚大乱，慌得不行。

“喂，您好。”她说。

（几乎与此同时，在她身旁有一名男子在问：岁啊。）

许佑生吃惊地站在原地。“你港，”她沉吟片刻，继续说，“你托我的事我会去问的，我现在在和朋友吃饭，先挂了。”愚蠢啊！愚蠢，许佑生看着手机屏幕熄灭，真你妈愚蠢！既要骗他，又要骗我，手忙脚乱地，因此，你港。港你妈！不久，她拨来电话，极为歉疚地解释刚发生的一切。她找了一个新的说法，然而这只是使漏洞变得更大。“听话。”最后她说。他气得脸红筋暴，浑身战栗。

回到蜡梅厅后，许佑生举起酒瓶，一口气喝下去，然后将空瓶敲在桌上。众人齐声喝彩。朱爽摆手，说：“莫要吵。”众人说：“隔断做得这么好，怕什么，墙体都是混凝土浇的。”朱爽说：“算了，不在乎这一日。”许佑生饮第二瓶时，看见朱爽心疼和慈悲的眼神，深受感动。他想走过去，抱住对方痛哭，并接受对方的安抚：兄弟如手足啊女人如衣服只要我们想要她们就一定会有就像烂在地里的白菜喂猪的白菜一毛钱好几斤的白菜贱卖的白菜到季节了的白菜满屋子堆着满院子堆着满大街堆着的白菜只要我们想要她们就有一定会有。然后，许佑生埋头扑在桌沿假寐。他感觉朱爽走来，取过衣架上的风衣，盖在自己后背，并说：“我老庚就是这样，从小不会照顾自己。”

要过很久，他才醒来，并且在醒来时需要确认一下这是在哪里，几点。在他脸上凝结有泪痕数道。这时，大家似乎在期待什么，不时朝门口那儿张望。许佑生听见高跟鞋自步廊敲击而来的声音。从这错落有致的声音可以想象，来者的每一步似乎都要将腰扭断。随后是门被推开，鞋跟扎进地毯，发出沉闷的声响。许佑生仍旧沉浸在痛失新欢的悲伤里。来者穿着露背蓝色真丝连衣裙，颈部系粉红色蝴蝶结，从许佑生眼前走向正张开双臂的朱爽。她甩甩刚烫好的大波浪卷发，侧身躺在朱爽用手臂搭起的“吊床”。屋里留下一股子烫发水的氨水味道。怎么样呀，她向大家眨着假睫毛。然后，她突然从朱爽身上站起来，拉过皮椅，端端正正地坐好。“怎么了，宝贝。”朱爽嘟起嘴唇凑向她脸颊，说。她僵硬地笑了一下，低头不语。她一下也没看许佑生，就像从来就不认识他，彼此间也不值得去认识。在许举手试图打招呼时，她甩甩侧披于一侧胸前的棕色头发，继续低头寻找可以掩饰住自己尴尬表情的事情。比如用指尖夹住一块又冷又硬的春卷，认真地去嚼。许佑生直勾勾地看着她，心中泛起悲伤的笑意。他想起夏日的正午自己去砖瓦厂，赤脚踩向温热的泥地。他回想着那黏糊糊的泥浆从趾间冒出来的淫荡的感受，回想着那咕吱咕吱的响声。他和对面女子性交正酣时也会发出这种响声。他想起自己撞击着对方的身体，在对方的身体内一进一出。想起对方忍不住翻过身来将自己推倒，并在骑乘他的间歇俯卧过来，用乳房压他。用锋利的指甲抠他。想起在交欢结束后她还要用双腿夹他，并且不厌其烦地舔他的耳廓、乳头、肚脐和龟头。一切就发生在昨天。

很久以后，朱爽才豁然大悟。“我知道，我完全知道了。”他举起手指这么说。许佑生感觉自己忽然什么都不害怕了，无所谓。金艳还低着头。朱爽将她扯到许佑生旁边，让他们坐在一起。他自己则站在他们身后。

“你呢，是我老庚；你呢，金艳；你许佑生可以叫她弟妹，以前呢，则是你舅妈。”

“是。”许佑生说。

“我现在知道你不说话，她也不说话的缘故了，”朱爽说，“兄弟，这没什么不妥。”

许佑生任由对方重重拍打自己的肩膀，心里说：在、其、私、处、的、左、侧、是、她、的、左、侧、而、不、是、我、们、视、线、的、左、侧、长、有、赘、疣、不、是、一、个、是、俩、希、望、你、能、注、意。朱爽继续说：“宏阳作为多年的大哥，我是尊敬的，按理说我不应该——”

“是。”许佑生说。

“但是，人已经走了，放手于这个世界，那么她就是自由的。如果是我，我死了，也会让我的女人自由，我不会拖着她。你说是不是这个道理。从她的角度看我觉得没什么不妥。”

“是。”许佑生说。

“宏阳死后，她孤苦伶仃的，连住的地方都没有。总归要有人照顾。谁来照顾呢？思前想后，你觉得还有比我更合适的吗？”

"没有。"

"你是宏阳的老弟的外甥，算是他亲戚，我希望你能理解。"

"我理解。"

"那就好。我们毕竟都是讲道理的人，你说是吧。"

"是。"

朱爽和许佑生碰杯。朱爽每说一次没什么不妥，许佑生就得回应一次。但他心里想的是那赘疣，他以为它是扎人的，也许是尖锐湿疣，也许是别的，总之是性病留下的痕迹。按朱爽的要求（朱爽说：政府这会儿正在宾馆款待港商，怕是影响不好），许佑生将影楼的钥匙丢过去，作为首届久安会总舵主今夜的炮房。"就一晚。"朱爽说。此后，人三三两两地告辞。许佑生以指蘸茶，在光滑的桌面写字玩儿。他想起自己和朱爽彻夜看球的经历以及他们对《体坛周报》的热爱。总是一份报纸一人读一半，然后交换。俱往矣，他写下这些顷刻消隐的名字：吉米·哈塞尔巴因克、卢卡·托尼、胡安·贝隆、里瓦尔多、兹拉坦·伊布拉希莫维奇、尼古拉·阿内尔卡、克里斯蒂安·维埃里。

三十七

梦频繁而廉价地造访早睡的乡村。出于应付空洞的需要（虽则对农民而言，这种无始无终、无边无际的空洞并未使他们付出多少代价），他们对梦以及梦的启示总是郑重其事。像按下雌雄同体物种的四肢并掰开其性器查看一样，他们怀着异趣，一起赏析、琢磨那些降临在自己身上的梦。而在造梦的机器运转到一定次数后，村庄也终于结出两梦相符甚至多梦相符的奇葩。在镇工作队进驻艾湾的这日清晨，来探望宏彬（或者说仅只是凭借内心的不安，来瞧个究竟）的村民络绎不绝。一路上他们交换意见，发现彼此做的是同一个梦，所见所遭，述之悉符，因此愈加骇怪起来。

在梦中，他们站在角落，看着一个人双手被棕绳捆在身后，吊在房梁上，被另一人殴打。每当行刑者发现鞭子上的水甩干，便将它插进铁桶，重新蘸湿。这是一条用来抽打耕牛的鞭子，时常在田园响起，如今被施诸人身。受刑者穿着的化纤面料衬衣被抽打成条条碎片，背部显出一道道血红的口子。每当啪的一声传来，站在角落的做梦人便全身一紧。他们试图退出这漆黑的房屋，却寸步难行。他们也不敢迈到光亮那边去。就要轮到我了，他们被迫待在这儿，打完他就打我。

“你也看到了？”面对越来越多前来安抚自己的亲友，宏彬几乎哭起来。他开始相信这并不是一次私下的托梦。行刑人几乎是拎着他的头发，将他拎到全村人面前，当众予以报复。至少有十三人回答：“是啊。”他们原本都以为只有自己一个人在梦里旁观。

“我搞不清楚为了什么，”宏彬低头，晃动着脑袋，说，“他对我是那样的仇恨，简直是恨之入骨，可又不说自己为什么这样仇恨。”

在梦中，宏彬挣扎着，使被悬吊着的身体在空中晃动，同时哭丧着脸，急于辩解。对方一次次高举起鞭子，镇定地鞭打他。马灯搁在长凳上。宏彬自信在行为上对对方没有半点背叛，就是在思想上也没有。他为对方做的每一件事都出自耿耿忠心。但对方此时却有自己的结论。每当宏阳心中有了结论时，他就不会听别人去解释。他是如此武断和顽扈啊，但这样对待宏彬还是第一次（虽然一切只是发生在梦中）。这样的惩罚超出了人们的认知范围。这比一个人打落自己满口的牙齿还让人感觉不可思议。显然，宏彬对此也缺乏心理准备。

“我到底做错了什么，我的亲哥。”梦中的宏彬说。而对方只是敬业地抽打他，直到灰白色的有拇指那么粗的鞭子被抽断。这是间木结构的房子。一块块木板钉在一起，被烟火熏得漆黑，房内羼杂着粪便和污血的恶臭。也许它是护林员遗弃的居所，建在悬崖或者山谷里。它使梦见它的人意识到，在屋外，十几里，几十里，甚至是上百里，寻不到一处人烟。宏阳踩住断裂的鞭梢，向上扯手柄，使它们彻底断开。而后他弯腰捉下布鞋，用它掴起宏彬一边的脸颊来。你自己数，他仿佛这么说，于是宏彬便数起来，直到数字像毛线不可开交地缠绕起来。宏彬觉得自己的脸肿起来，特别是左眼，肿得像血红的李子。宏彬需要抬起头，才能看清殴打自己的人。在歇息的间隙，宏阳推起宏彬的身体使它在空中荡了好几个来回，而后突然用力，扯下宏彬的裤子。裤子掉在膝盖上，不久落在脚上，缠住脚踝。宏阳又扯下他的内裤。宏彬感觉胯裆凉飕飕的，没经历过几个女人的阴茎非常奇怪地硬起来。宏阳轻蔑地笑了一下，揭开马灯的灯罩，将蜡烛伸进去，点燃棉线做的烛芯，然后让蜡烛倒着燃烧。在滚烫的烛油一滴接一滴快速地滴下去时，宏阳将它移到宏彬身前。于是，烛油每滴在宏彬的阴茎上一下，宏彬的身体便要深刻地弯曲一次。宏彬感觉阴茎起满燎泡。

最终，宏阳对宏彬肿胀的左眼结结实实地吐了一口痰。宏彬感觉那里有些凉快。随后，宏阳摘下手套将它甩在地上，走了。作为障碍物的墙体与房门似乎并不存在。宏阳径直走出去，走上昏暗的大道。它通往更昏暗的地方。

“你们告诉我，我到底哪里做错了。”宏彬抚摸着裤裆，直到再一次确信那里并没有受到损害。

“你什么都没做错。”他们说。

“那么你们觉得他有什么指示呢。”

“看不出来有什么指示，如果他有求于你，一定不是这个样子。”

三十八

“破归破，德国货。”他们说。

当下源村党支部书记张吉松、村委会主任李复兴屁股不沾坐垫，左一蹬，右一蹬，挥汗如雨，自田家铺骑来，不得不觐见亲征的镇党委委员、常务副镇长何东明时，他们将主要精力花在夸说后者新配的奔驰二手车上。他们左手搔头，右手抚摸、擦拭轿车前盖，直到将罅缝间的油泥全都抠出来。虽说宏阳猝死当日，宏彬前来田家铺陈请土葬时，他们并未完全同意（他们是这样说的：“只要镇里同意，我们好说。”宏彬说：“镇里不同意我来找你们干吗。”因此他们再次说：“只要镇里同意，我们也就不会有什么意见。”事后他们还彼此作证，将宏彬行贿的财物登记入册），但只要镇里追究起来，他们还是罪责难逃，可谓是包庇纵容甚至是带头参与违法违规殡葬行为，轻则诫勉，重则免职。他们还不能申辩“这是经由你们镇上同意的”（一说必死）。虽则他们听闻，在寿宴上，镇上诸要员向宏阳应允过：“只要村里不反对，我们也就没什么意见。”

何东明朝他们点点头，背着手看风景去了。他就是喜欢看见对方这样一副惴惴然如履薄冰的样子。虽然于情于理他都应该（而且一定会）宽恕对方，但他不会这么快就将这个意思表露出来。也许到今日的事情完结，甚至在今后很长一段时间内，他都不会就此表态，就让他们自个儿慢慢去琢磨这事儿吧。今日他带的人马足够，仅官吏就包括党委委员、武装部长缪伶超，副镇长陶建，副科级维稳信息督导员温侯廷，镇团委书记寇帅军，综治办专职副主任郭贤路，民政所所长郑照胥，派出所教导员赵中男，土管所所长赵晨威，经管站站长胡金一，水管站站长马玉星，计生办副主任张锦平，财政所副所长李尧，文化站站长胡宗锋，卫生院副院长伊虹，合计十四员，要文有文，要武有武，已无须村委会从中转圜。起初，当他率领八十人光降时，本地小组长急急赶来，从七元一包的软红金圣烟——还是葬礼上遗留下的——里捉出一根，请示他抽烟否。“不会。”他恶狠狠地说。只这句话就将小组长撂向一边。后者遥遥地站立着，陷入长久的恓惶中，微微发抖。何东明在这里等底下人去将宏阳那在河边临流浣衣的家属寻回。

当穿着全蓝的确良军装（系复员军人施飞所赠）、青色老人裤及黑色雨靴的水枝，一脸茫然地出现在何东明面前时，后者一点儿也看不出这就是继承了丰厚遗产的新孀的寡妇。她朝系在腰间的防水围兜抹手上的泡沫，望向晒谷场。计有轿车七台、小客车两台、警车救护车宣传车货车各一台。最远的一台停在宏柄屋前。货车车厢装有一台挖掘机，黄色的动臂悬在空中，高十数步，甚是吓人。行前计议此事时，镇党委书记问纪委书记："我欲走艾湾的艾宏阳撕开口子，王书记度用几何人而足？"王书记说："不过用二十人。"问何东明，何云："非八十人不可。"书记点头称善。确定出征前，何东明亲自到派出所查户籍，看艾湾青壮人口数目到底几何。大军过汽配厂，他又令停车，请修理工一一敲打汽车的轮胎，确保有一个好的车况，中途不会掉什么链子。

如今，何东明命令底下去向寡妇宣布政策。虽则也可不宣布，但宣布还是要比不宣布好。日后人家告状时，"在根本就没打招呼的情况下"这一笔就写不进去。

"你是死者艾宏阳的家属吗？"民政所的小毛问。

"我是水枝。"她答道。

"我问你，你是死者的妻子吗？"

"什么子？"

"妻子，老婆。"

"我是艾宏阳的家属。"

此后水枝像是记起谁的叮嘱，对对方的话均应以一声"啊"。"今天天气这是怎么了。"当小毛做如是感慨时，她亦瞌睡似的应声。因此小毛自觉作为一名正常人且是公家人，被一个傻子给糊弄了。他伸出指头在她眼前晃。指头移到她左眼时，她向左看。移到她右眼时，她向右看。村委会主任李复兴瞅见，觅到用兵之地，跑来。于是，民政所的小毛照本宣科一句，他便大声解释一遍（"就是——""意思就是——"），仿佛她聋聩了一般。如此，水枝听懂啦，她说：

“连七都没做呢。”

“什么没做？”

“就是农村做七，人死后七日才晓得自家死了。”村委会李复兴主任说。

“我知道，不用做啦。”小毛说。

“那我就做不了主。”水枝说。

“谁做得了主？”小毛问。

“队长，”沉吟了一忽儿，水枝又说，“房头上的。”

因此，工作队看见艾湾几乎所有男丁出现在自家门前，或扶锄，或扛铁锹、枪担，或肩背犁轭，或对着青石磨刀霍霍，或将砍入木柴的斧头拔出，好像各自要去干什么活儿。这些男丁瞧着这边，就像刚刚才发现，有车队开来了。工作队从他们的眼神里读出一种随意来，所谓的瞧过来只是顺带着瞧瞧捎着瞧瞧；同样的眼神，孀妇水枝却读出示威、声讨和抗议的意思来。不久前，在宏彬的主持下，她将宏字辈每户应得的一万元财产分发到位。这些村民有办法将暧昧的事处理得双方都无话可说。只有他们的孩子，完全凭着欣喜，在车与车间来回奔跑，摸这儿摸那儿，并不吝于高声赞唱每一台车。间或，会听见不知是谁，想必是看见工作队内有自己认识的，喊上一句：“××，你威风啊。”或者：“有本事和德安县的人干去，在这里是逞什么能呢。”

“你妈屄的说谁呢。”只见穿着迷彩服的胖子黎军，燕颔虎须，豹头环眼，拖着红色的消防长斧，任谁也劝阻不下，走到村前。“甭说打德安县的人不打，我先管教管教你。”他说。村庄一时鸦雀无声，唯阳光照耀下的墙壁在回响这来访者的叫骂。好些艾湾子弟气得咬牙切齿，浑身战栗，然而就是无法从这让自己倍感羞耻的沉默中走出来。他们试过几次，可就是站不出来。直到黎军拖着斧头回去了。水枝抽抽噎噎地哭起来，众人因此都觉得欠了她以及这世界什么，自己是个窝囊废。

这会儿，宏彬还在努力尝试将现实与梦境分开。他弓着背坐在阴凉的石块上，右拳托腮，沉浸在痛苦而迫在眉睫的思考中。当工作队开着十三台车，鸣笛，自村西缓缓驶入，摆明是要来端平宏阳的坟茔时，宏彬起身提走凳子，给他们让开路。后来又在思考中忘记将凳子放在哪儿。如果我还算是宏阳的兄弟，我就应该出面制止这帮言而无信的人，可他宏阳又判决我不是。那么多人瞅见了的，他们可以为我作证，他们看见宏阳脱下我的裤子，在我的卵上点蜡烛，他先这样想，接着又朝另外一个方向想，如果就因为这样，从此我不是宏阳的兄弟，那么我就是在依据梦行事。一个人怎么能依据梦来行事呢。这未免太可笑了吧。可是！它要只是随便做做的梦就好了，它偏又像赶不走的神灵，向我提醒，存在着这样一种我过去不敢想象因而并不代表它就不存在的事实：宏阳，就像一只穿行在一大群白色绵羊中间的毛蓬蓬的公羊，侮辱我，并亲自动手，抢走我的荣誉礼物。只要他还活着，他就一定会在活着的某一天里这么做。他是如此霸道、无耻、自私和没有原则可讲。他侮辱过自己的恩师、父母和妻子，甚至是公开侮辱。他没死的话，也一定会这样对待我。有阵子，宏彬甚至想穿越沉默对峙着的双方所留下的空地，走过去搂住谁，极为抒情地告诉对方一个自己刚发现的真理：这世上根本没有什么忠诚可言。他感觉忠诚那玩意儿在自己心里，松动得比即将塌方的山坡还厉害。将他领出思考迷路的是他两个儿子中的一个。“爹，以后咱都没坟了。”后者说。他如梦方醒，一下明白了自己的职责所在，走向敌军阵中。

“东明，东明。”他恬不知耻地喊道。

何东明转身，看着这智力低下却是万事都要想明白的人，试图穿越镇上年轻人的阻拦，朝自己走来。“我跟东明怎么不认识呢，认识多年。”宏彬向那些年轻人辩解。何东明想及自己与他，以及宏阳，十余年来打了引号的交情，想到他们对自己的信慕，觉得就这么将关系撕裂了有点可惜。我是替他们可惜呀，何东明在心里说。而后，这神一样的镇党委委员、常务副镇长朝宏彬说：

“你谁啊。”

宏彬像被判死刑一样，惊呆在那里。绝交真的是件痛快的事呀，何东明转身走开时这样想。他自打进入艾湾后就有的空洞感，至此才稍稍填满。“我是谁，我是老百姓，是人民，”从他身后传来宏彬新的喊叫声，“人民！”

“是老百姓！”宏彬多次重复道。仿佛是要跟自己再明确一次这新的身份，以及它肩负的义务与责任。然后这乡下男人开始他幼稚的申辩，有时他发出孩童一般可笑的恐吓与威胁，有时则残存着自己仍然是副镇长朋友的幻觉。敢问、请问、退一万步讲……从他嘴里冒出这些仿佛很硬气然而自己并不熟悉的外交辞令。何东明想起自己还在做纨绔子弟的时光，和哥们儿光着膀子，混迹于文化馆和工人文化宫的舞厅、游戏厅、台球厅，百无聊赖，然而又舍不得丢弃这种自由的生活。某日，在“下面，我们要干点什么好”的追问下，他们归纳整理出所有能呛死活人的话语。今天他水来土掩兵到将迎（有时宏彬尚未说完他便已回击过去），用的正是当年的储备：合着、不敢、不敢当、是吗、对不起、你以为呢、哟、得、您说呢、您可真好玩儿、就你这样，不忙、您瞧着办、哟嗬、已然、嘿、再见吧、像你这样的、你会干点啥啊、叫我说你什么好、瞧你那样。其中光“敢情”一词，他就用出三个意思：

（一）表示发现先前没有发现的情况；

（二）当然，表示求之不得；

（三）表示情理明显，结局有必然性，不用怀疑。

当这些只有寺人才能说出口的刻薄的、讥讽的、挖苦的、揶揄的话语从自己嘴中顺顺当当不带一丝磕绊地说出来时，何东明还是为自己的阴毒及下流狠狠吃了一惊。那些底下的，像看耍把戏的艺人一般，惊诧地看着他。他们想起中学的年轻老师，总是将要惩罚的学生叫到教室外，收起拇指，并拢剩余四指，用腕力去扇学生的脸。规模小而精致。内藏着狠劲，以及对对方的恣意玩弄。何副镇长精心准备的伤人的话亦如此。宏彬溃败得不成样子，往往只会重复某句自以为有理的话。这说明在迫逼之下他的脑子已完全无法转动。最终停止争辩时，他噙满泪，求饶似的望了眼何东明。这让何东明颇感酸楚。他很想走过去，拍打对方肩膀，说这一切都是闹着玩的，朋友，是闹着玩的。对神样的何东明来说，这并无难度。后来，那由村干部升上来的水管站站长马玉星，认识宏彬的，搭着宏彬的肩膀，将宏彬拉到一边，打过去一支烟，并低声说了几句。宏彬像想通了。这可怜的农人说："早这样说就好了，你早这样说就好了，对嘛。"

掘坟时，村委会李复兴主任搬来靠背椅，让何副镇长坐在勘下的稻田里。后者早早旋开风油精，然后跷起二郎腿，专心瞧着上边：他们正高举锄头挖掘坟丘，每当锄刃挖进土内，他们就用力扒拉一下。不一会儿，锄柄松动，他们蹲下去用石头敲打插在连接孔内的楔子。他们埋怨着是谁将坟土拍打得这么结实简直比石头还硬。民政所雇佣的两名工人抬着担架，认真地守在一旁。

"自古，越是强人死得越奇形怪状，有的死于狂笑，有的死于蚊蚋叮咬，有的被自己扔向空中的擂鼓瓮金锤砸死，宏阳死于忽冷忽热。"村党支部书记张吉松过来搭讪。

"是呀，谁死都一样，就像被什么舔上一口。"何东明说。

"是啊。"书记说。过了一会儿他又说："像宏阳这么大的个子，烧起来得费多少柴啊。为防尸体爆炸，火葬场是不是还得对着他连戳十几刀，戳得到处是洞？"

显赫的老政法委书记的儿子、神样的何东明没有接话。

此时村民已围到马路上，黑压压的，甚至包括附近村庄如港北、文府、多石的燕窝周的村民。随着时光暗沉下去，人们沿着田埂走过去，有的甚至走到何副镇长前头。派出所教导员赵中男赶鸭一般，哦啰，哦啰，将他们赶到他认为合适的分界线外。“再不许越雷池半步。”赵中男说。虽如此，在赵转身后，他们还是集体朝前偷挪了几步。移时间，传来看见棺木的消息。有人在清理压在棺材板上的石头，一块块地往外扔。因为钉子钉得太深，根本没办法撬开，民政所郑照胥所长决定直接劈开。有人一连劈下十几斧，那薄薄的棺材便全部裂开。“哦，天哪！天哪！”只见劈棺的人扔掉斧头，跳向一边。那原本围观的众人，轰然惊散，又几乎同时聚集回去。就像被什么深深吸引住，他们贪婪地看着棺内。擅长呐喊的张杨乐康，一直跟朱爽混的那名十七岁小孩，定睛看了几眼，朝山下跑，并几乎是飞着从塂上飞下来。有翼飞翔的话语迅速传到村民耳中并导致后者炸开锅。他们争先恐后地赶过去，并在塂上互相推搡，挤来挤去，将地面踝得不成样子。虽然他们知道自己将会看见什么，但在亲见时，那惊愕的成色准保不会减掉半点。

“啊，可怕！可怕！可怕！不可言喻、不可想象的恐怖！”张杨乐康仍在奔跑。

“什么事？”那些相向而行的人焦急地问。

“不要向我追问，你们自己去看了再说。”

图书在版编目（CIP）数据
早上九点叫醒我 / 阿乙著. —南京：译林出版社，2018.1（2018. 8重印）
ISBN 978-7-5447-6983-9

I. ①早… II. ①阿… III. ①长篇小说 - 中国 - 当代 IV. ①I247.5

中国版本图书馆 CIP 数据核字（2017）第 173067 号

早上九点叫醒我　阿　乙 / 著

责任编辑　赵　奕
装帧设计　蔡南昇
封面插画　陈青琳
校　　对　张　萍
责任印制　颜　亮

出版发行　译林出版社
地　　址　南京市湖南路 1 号 A 楼
邮　　箱　yilin@yilin.com
网　　址　www.yilin.com
市场热线　025-86633278
排　　版　南京展望文化发展有限公司
印　　刷　恒美印务（广州）有限公司
开　　本　880 毫米 ×1240 毫米　1/32
印　　张　10.5
插　　页　4
版　　次　2018 年 1 月第 1 版　2018 年 8 月第 5 次印刷
书　　号　ISBN 978-7-5447-6983-9
定　　价　48.00 元